Victoria Holmes

Reiter in der Nacht

Victoria Holmes

Reiter in der Nacht

Aus dem Englischen übersetzt
von Kerstin Michaelis

ENSSLIN

Für meinen Vater,
der immer an mich glaubte

Dieses Buch erschien erstmals 2004
bei HarperCollins Children's Books,
a division of HarperCollins Publishers Inc., New York,
unter dem Titel »Rider in the Dark«

In neuer Rechtschreibung

1. Auflage 2005

Aus dem Englischen übersetzt von Kerstin Michaelis
Einbandillustration: © 2004 by David Bowers
Einbandgestaltung: Karin Paprocki
Einband: © 2004 by HarperCollins Publishers Inc.
Gesamtherstellung: westermann druck GmbH, Braunschweig
ISBN 3-401-45197-9

www.arena-verlag.de

Danksagung

ICH BIN SEHR DANKBAR, dass sich die folgenden Menschen so viel Zeit genommen haben, um mir mit ihren Fachkenntnissen bei meinen Recherchen zu helfen. Alle historischen Ungenauigkeiten habe ausschließlich ich selbst zu verantworten.

Chris Chapman; Sue Clark, Dorchester County Council, Dorset; Dai Evans, Uppark, Hampshire; Ashley Gething; Terry Hearing, Richter a. D.; Nicholas Mander, Owlpen Manor, Gloucestershire; die Mitarbeiter vom Poole Local History Centre; Sam Powell, Steinmetzmeister; James Wild und seine Familie, Puncknowle Manor, Dorset.

Weymouth, West Bay, Chesil Bank und Beacon Hill sind alles reale Orte in Südengland. Das Dorf Roseby und alle seine Bewohner sind hingegen fiktiv und jede Ähnlichkeit zu lebenden oder verstorbenen Personen ist zufällig.

Kapitel 1

Dorset, England, 1740

Die Hufe des kastanienbraunen Pferdes trommelten dumpf über den Rasen, als es den Berg hinaufgaloppierte. Helena Roseby riskierte einen Blick über die Schulter. Die graue Stute blieb ihnen unaufhaltsam auf den Fersen, ihre Nüstern blähten sich und ihr Atem rasselte. Der Abstand zwischen den beiden Pferden wurde immer geringer und die alte Festung auf dem Berg, die bisher nur als flacher grüner Umriss am Horizont zu erkennen war, lag noch ein gutes Stück weit entfernt.

Helena stellte sich in die Steigbügel und zuckte zusammen, als das harte Leder ungewohnt an der Innenseite ihres rechten Knies rieb. Ihre Mutter wäre entsetzt gewesen, hätte sie gewusst, dass Helena nicht im Damensitz auf dem Pferd ritt; Damen hatten schicklich seitwärts auf einem Sattel mit festem Horn zu sitzen*. Aber die graue Stu-

* Der Damensattel besitzt im vorderen Bereich einen Aufsatz, das so genannte feste Horn. Um ihn wird beim Reiten der rechte Oberschenkel gelegt.

te war dabei, sie einzuholen, darum hatte Helena keine Zeit, sich über das korrekte Benehmen einer Dame den Kopf zu zerbrechen. Sie nahm die Zügel in die linke Hand, beugte sich hinunter und versuchte mit dem Stoff ihres Rocks ein dickeres Polster zwischen ihrem Knie und dem Sattelblatt zu formen.

Piper warf seinen Kopf zurück und schnaubte. Dabei versprühte er klebrigen weißen Schaum. »Ruhig, mein Junge«, sagte Helena besänftigend. Sie blickte nach vorne, zwischen den gespitzten kastanienbrauen Ohren des Pferdes hindurch. Eine Weißdornhecke ragte vor ihr auf. Daneben verlief ein steiniger Pfad.

Pipers Ohren bewegten sich lebhaft, als er mit seinem schnellen, scharfen Verstand die Höhe abschätzte. Helena ignorierte ihr wundes rechtes Knie und presste ihre Schenkel in die Seiten des Pferdes. Sie merkte, wie Piper seine Schritte verkürzte, seine Flanken blähten sich und er machte sich zum Sprung bereit. Jetzt waren sie nur noch vier oder fünf Galoppsprünge von der Hecke entfernt. Sie war höher und breiter als alle Hindernisse, die Helena je übersprungen hatte; aber dies war der direkteste Weg zur Kuppe des Bergs. Sie meinte die Stimme ihres Vaters zu hören, als sie sich die Springstunden ins Gedächtnis rief, die er ihr im Sommer auf der Koppel neben dem Obstgarten gegeben hatte. »Sieh immer auf die Spitze des Zauns und zweifele keine Sekunde daran, dass du ihn überspringen kannst. Sonst wird auch dein Pferd zweifeln.«

Die Muskeln in Pipers Hals spannten sich an und seine Ohren zuckten verunsichert. Noch drei Galoppsprünge, noch zwei ... Und plötzlich geschah genau das, wovor Helena gewarnt worden war: Zweifel stiegen in ihr hoch. Zwar wollte ihr Vater mit Piper im nächsten Monat das Gentlemen-Rennen in Bridport bestreiten, aber nicht nur Helena, sondern auch Piper hatte noch nie einen solchen Sprung gewagt. Ein Pferd hätte Flügel dafür benötigt! Und einen Reiter, der mutiger war, musste sich Helena eingestehen. Sie zog heftig am linken Zügel, um Piper von der Hecke wegzulenken. Der Wallach strauchelte und seine Hufe schlitterten über die Steine.

Helena stieß ihm die Fersen gegen die Seiten. »Los, Piper!«, rief sie und lockerte die Zügel, damit er seine Hinterhand wieder unter Kontrolle bringen konnte.

Als sie den Pfad neben der Hecke hinaufgaloppierten, hörte sie das Hufgetrommel des anderen Pferdes direkt hinter sich. Helena wurde klar, dass die graue Stute sich ihr Zögern an der Hecke zu Nutze gemacht hatte, um weiter aufzuholen. Sie wagte nicht sich umzusehen, sondern kauerte sich tiefer über den gestreckten Pferdehals und lehnte sich in die Kurve des Pfads, der bergauf um den Berg herumführte.

Ohne sein Tempo zu verringern, brach Piper seitlich aus, galoppierte durch eine Lücke im Schutzwall und erreichte den offenen grasbewachsenen Gipfel des Bergs. Helena setzte sich zurück in den Sattel, gab die Zügel nach und ließ Piper traben. Geschafft!

Sie strich sich das hellbraune Haar zurück, das sich schon längst aus den Haarnadeln unter ihrem Hut gelöst hatte, und sah sich um. Vor ihr fiel das Land steil nach

Chesil Bank hin ab. Dieser lang gestreckte, gerade Kiesstrand führte mehr als zehn Meilen an der Südküste von England entlang, vom Hafen bei West Bay bis zu der Insel Portland. Helenas Vater besaß mehrere Steinbrüche auf dieser tränenförmigen Insel. Sie war durch einen schmalen, steinigen Streifen mit dem Festland verbunden.

Da das Pferd nicht mehr galoppierte und der Wind nur leicht wehte, konnte Helena jetzt das ziehende und saugende Geräusch hören, das die Wogen des Meers verursachten, wenn sie über die Steine rauschten.

Neben dem Leuchtfeuer, das dem Beacon-Berg seinen Namen gab, brachte Helena Piper zum Halten. Auf dem hohen Holzpfahl war ein Metallkorb befestigt. Hier brannte während der Nacht ein Holzfeuer, um die Schiffe vor den gefährlichen Riffen zu warnen, die, eine knappe Meile von der Küste entfernt, unter der Meeresoberfläche aufragten. Heute waren die Wellen flach und glänzten wie grauer Schiefer. Man konnte die Riffe unter ihrer Oberfläche nicht erkennen. Die weißliche blasse Sonne wurde von dicken Wolken verschluckt, die schwer und tief am Horizont hingen und die Luft mit einem Hauch von salzigem Regen vermischten. Helena hatte noch nie so viel Regen wie in diesem Herbst erlebt. Pipers Hufe hinterließen tiefe Abdrücke in dem weichen grünen Untergrund.

Plötzlich erstarrte Piper und wirbelte dann herum. Sein Schweif wehte wie ein bernsteinfarbener Drachen im Wind. Fast wäre Helena aus dem Sattel gerutscht. Sie murmelte einen eindeutig undamenhaften Fluch und nahm die Zügel auf. Die graue Stute kam im leichten Galopp über den Rasen auf sie zu. Ihr Reiter war außer Atem, sein rechtes Bein hing unbequem über dem Horn des Damensattels.

»Hast *du* dir das mit der Hecke noch anders überlegt oder war es Piper?«, keuchte er grinsend, als er neben ihr zum Stehen kam.

Helena errötete. »Das Rennen habe ich trotzdem gewonnen«, gab sie zurück. »Jetzt schuldest du mir einen Farthing!«*

Jamie Polstock schüttelte sich das lockige braune Haar aus den Augen und lachte. Er war zwei Monate jünger als Helena und die beiden gingen so vertraut miteinander um wie Bruder und Schwester, denn sie kannten sich seit ihrer frühesten Kindheit. »Na schön, Nell, du hast gewonnen. Und ich gebe zu, dass es richtig gewesen ist, nicht über diese Hecke zu springen . . . Ich glaube, nicht einmal Piper hätte das schon schaffen können.« Stolz schaute er den kastanienbraunen Wallach an, dessen Flanken schweißnass glänzten. »Aber wir haben ja noch ein paar Wochen Zeit bis zum Rennen. Ich denke, bis dahin wird er alle Hindernisse bewältigen, die dein Vater mit ihm überspringen will.« Das jährliche Pferderennen in Bridport bot den Grundbesitzern und Bauern die Gelegenheit, ihre Lieblingspferde zu präsentieren. Helenas Vater versprach sich viel von Piper.

Helena nickte. »Ich denke, seine Kondition könnte noch besser sein. Er wurde auf dem steilsten Stück des Abhangs müde. Vielleicht sollten wir nächste Woche einen längeren

---

* Farthing ist eine alte britische Münze mit dem Wert eines Viertelpennys.

Galopp zum Eggardon-Berg mit ihm machen?« Sie drehte sich im Sattel um und blickte über das Bride-Tal zum Kamm der runden grünen Berge. Dahinter konnte sie gerade noch die Umrisse des Eggardon-Bergs ausmachen – ein schwacher brauner Schatten am Horizont.

Jamie schwang sein Bein über das Horn und rutschte vom Pferd. »Gute Idee«, sagte er. »Aber jetzt komm, Nell. Ich finde, die gute alte Snowdrop hat mein Gewicht nun lange genug getragen. Und wir sollten zurückreiten, bevor es anfängt, zu regnen.«

Helena sah lächelnd auf die Grauschimmelstute hinunter. Sie war fast eine Handlänge kleiner als Piper und stand nach dem anstrengendem Galopp mit hängendem Kopf da. Bis zu Helenas dreizehntem Geburtstag vor zwei Jahren war Snowdrop das Reitpferd ihrer Mutter gewesen. Helena liebte es sehr, konnte es aber nicht lassen, bei ihren Ausritten mit Jamie die Pferde ihres Vaters auszuprobieren. Der gutmütige Jamie fand sich damit ab, dass er seine langen Beine auf dem unbequemen Damensattel unterbringen musste. Allerdings betonte er, dass er es sich wahrscheinlich bis zum Sankt-Nimmerleins-Tag würde anhören müssen, wenn jemand aus dem Dorf ihn je so sehen sollte. Das war der eine Grund, warum sie immer darauf achteten, dass sie auf ihren eigenen Pferden losritten und auch zurückkehrten. Außerdem sollte niemand wissen, dass Helena die schwierigeren Pferde von Lord Roseby ritt.

Helena nahm die Füße aus den Steigbügeln und schwang ihr rechtes Bein über Pipers Hals. Mit Snowdrops

Zügeln über dem Arm trat Jamie heran, um Helena beim Absitzen zu helfen. Helenas Stiefel sanken tief in den feuchten, kalkhaltigen Untergrund ein. Sie schüttelte ihren schweren Rock aus und ließ sich von Jamie auf die graue Stute helfen. Ihr rechtes Bein fühlte sich eingeengt und nutzlos an, als sie es gegen das Horn lehnte. Wehmütig blickte sie auf Pipers Sattel.

In der Ferne konnte sie schwach die Silhouette eines Dreimasters erkennen. Helena strich sich eine Haarsträhne hinters Ohr und kniff die Augen zusammen.

Jamie drehte sich um und folgte ihrem Blick, während er die Lederriemen von Pipers Zügel verlängerte. »Sieht aus wie ein Schiff von der Steuerbehörde«, sagte er. Diese Vermutung lag nahe, weil es ein leichtes Segelschiff war, wie es die Zollfahnder gern benutzten, wenn sie an diesem Küstenstreifen entlangpatroullierten. Jamie schwang sich in den Sattel und grinste Helena schelmisch an. »Bleiben Sie schön zu Hause heute Nacht, Mylady. Es sind Schmuggler in der Gegend.«

Helena lächelte zurück. Als ob das friedliche Dorf Roseby jemals eine eigene Schmugglerbande beherbergen würde! Als in diesem Sommer das Schwein des Küsters gestohlen wurde, galt das schon als ein schlimmes Verbrechen. Und sollte in der Nacht tatsächlich einmal etwas Verdächtiges geschehen, würden die Zollfahnder der Tochter von Lord und Lady Roseby garantiert keine unangenehmen Fragen stellen. Schließlich war ihr Vater der Friedensrichter von Dorchester, das elf Meilen entfernt lag.

Jamie nahm die Zügel auf und drückte seine Fersen in

Pipers Flanken. »Bergab reiten wir lieber langsamer«, sagte er. »Die beiden müssen sich ein wenig erholen.« Der kastanienbraune Wallach warf den Kopf zurück und trabte dann auf die Lücke in dem Schutzwall zu. Helena stieß Snowdrop mit dem linken Bein an und folgte ihm. Die ersten kalten Regentropfen fielen und sie wickelte sich fester in ihr Schultertuch.

Als die beiden Pferde die Dorfstraße entlangtrabten und dann auf den Kiesweg zum Anwesen der Rosebys einbogen, regnete es heftig. Snowdrops Zügel waren ganz glitschig vom Schaum und Helena war bis auf die Haut durchnässt.

Ein drahtiger Mann mittleren Alters, auf dessen schwarzem Hut die Regentropfen glänzten, kam ihnen entgegen, als sie in den Hof ritten. »Guten Tag, Miss Helena«, sagte er und nahm Snowdrops Zügel. »Wie war die Stute heute?«

»Wunderbar, danke, Watkins«, antwortete Helena. Sie raffte ihren Rock hoch, um abzusteigen, ergriff die Hand des Stallmeisters und rutschte hinab. »Bitte sorge dafür, dass Snowdrop trockengerieben wird, bevor man ihr die Decke überlegt. Sie war recht erhitzt nach dem Galopp und ich möchte nicht, dass sie sich eine Erkältung holt.«

»Natürlich, Mylady«, sagte Watkins. Zärtlich strich er über Snowdrops feuchte Mähne. »Komm, mein Mädchen, ich bring dich hinein. Sie sollten auch ins Trockene gehen, Mylady«, fügte er mit missbilligendem Blick auf Helenas durchnässte Kleider hinzu.

Helena nickte abwesend und sah sich nach Jamie um. Er führte Piper in die Stallungen. Sein feuchtes Haar klebte ihm im Nacken. Helena wollte ihm gerade etwas zurufen, da bemerkte sie zwei unbekannte Pferde, die an einem Geländer in der offenen Scheune am Ende des Hofes angebunden waren. Das eine war ein stämmiger Palomino, nicht viel größer als Snowdrop, das andere war ein hoch gewachsener Eisgrauer mit einem Glasauge.

»Wem gehören diese Pferde, Watkins?«, fragte sie.

Watkins sah über seine Schulter. »Das sind Besucher für Lord Roseby, Mylady«, antwortete er. »Sie sind jetzt bei Lady Roseby.«

Helena runzelte die Stirn. »Ist mein Vater noch nicht aus Dorchester zurück?« Sie wusste, dass er am Abend zuvor mit einigen Kaufleuten aus London zu Abend gegessen hatte, trotzdem war es ungewöhnlich, dass er so spät nach Hause kam.

Watkins schüttelte den Kopf. »Vielleicht hat er eine Pause eingelegt und Schutz vor dem Regen gesucht?«, schlug er vor.

»Ja, vielleicht«, sagte Helena. Sie wandte sich an Jamie, der mit Pipers Sattel über dem Arm und dem Zaumzeug auf der Schulter aus den Stallungen kam. »Jamie, kannst du bitte Piper Kleiebrei geben, damit ihm warm wird. Und überprüfe, ob seine Beine durch den Galopp erhitzt sind.«

Jamie senkte respektvoll den Kopf, aber als er wieder aufsah, zwinkerte er ihr verschwörerisch zu. »In Ordnung, Mylady. Werden Sie morgen ausreiten?«

Helena sah seinen Blick und lächelte. »Ja. Mach Snowdrop bitte für elf Uhr fertig.«

Sie war Jamie sehr dankbar, weil er akzepierte, dass sie die Rolle einer vornehmen jungen Dame spielen musste, sobald sie wieder im Herrenhaus waren. Es schien so lange her zu sein, dass sie zusammen mit ihm im Obstgarten gespielt hatte. Damals waren sie sommersprossige siebenjährige Kinder gewesen, beide in weiße Kittel gekleidet, und waren von den untersten Ästen der Apfelbäume gesprungen. Aus ihrem früheren Spielkameraden war inzwischen ein Stallbursche geworden, was niemand weiter überraschte. Jamie hatte seine Zeit schon immer am liebsten damit verbracht, unter geduldigen Kutschpferden herumzukriechen und Lord Rosebys Stallmeister mit tausenden von Fragen zu löchern, sobald er aus der Schule kam.

Als junge Dame im Herrenhaus hatte Helena andere Verpflichtungen. Sie wurde von einer Gouvernante unterrichtet, nicht von der Frau des Pfarrers, die die winzige Dorfschule leitete. An vier Vormittagen lernte sie Literatur, Französisch, Zeichnen und Buchführung. Einmal im Monat kam ein recht ernsthafter, junger Mann aus Bridpol angereist, mit einem Gesicht, dass so fett und blass war, dass es an eine geschälte Kartoffel erinnerte. Er brachte ihr das Spinettspielen bei.* Dies hielt man für die notwendigen Schritte, die Helena zu einer vollendeten und reizenden Gastgeberin erziehen sollten. Sie würde einen gut situierten Ehemann finden und in der Lage sein, seinen Haushalt zu führen.

---

* Das Spinett ist ein kleines Cembalo.

Jetzt war sie fünfzehn und ihre Mutter hatte bereits begonnen sie geeigneten jungen Männern aus Dorchester und Weymouth vorzustellen. Es handelte sich um junge Männer, die Grundbesitz wie Roseby erben würden, oder Söhne wohlhabender Geschäftsleute. Die Augen dieser Herren glänzten, wenn sie Helenas wunderschönes Zuhause erblickten. Helenas Begeisterung hielt sich jedoch in Grenzen. Insbesondere hasste sie es, wie gefühlskalt die jungen Männer mit ihren Pferden und manchmal sogar mit ihren Stallburschen umgingen. So, als wären sie auch nicht mehr als ihre Kutschen. Für Helena hingegen gab es nichts Wichtigeres als ihre Pferde. Wann immer sie die Möglichkeit hatte, zu den Ställen zu gehen, ließ sie alles andere stehen und liegen.

Als Jamie respektvoll den Kopf neigte und zur Sattelkammer lief, glättete Helena ihr feuchtes Reitkleid. Sie raffte mit einer Hand den Rock hoch und rannte die steile Steintreppe hinauf, die zur hinteren Halle des Herrenhauses führte. Das eindrucksvolle, schiefergedeckte Gebäude war aus dem cremefarbenen Portland-Stein aus den Steinbrüchen ihres Vaters gebaut worden. In den beiden unteren Stockwerken gab es große, schön eingefasste Fenster; im Dach befand sich eine Reihe kleinerer Fenster – dort schlief das Dienstpersonal. Der Vordereingang lag auf der anderen Seite des Hauses. Ein Kiesweg führte durch eine reich verzierte Säulenreihe zu einem großartigen Steinportal, dessen Wände dicker als Helenas ausgebreitete Arme waren.

Als Helena die oberste Stufe erreichte, wurde die Tür aufgerissen und eine rundliche Frau mit gerötetem Gesicht erschien auf der Schwelle. In der Hand hielt sie ein großes Leinentuch.

»Lady Helena, was um alles in der Welt haben Sie bei diesem Wetter draußen gemacht?«, schimpfte sie und scheuchte Helena in die mit Eichenholz getäfelte Halle. »Sie müssen sich sofort umziehen. Was hat sich Jamie nur dabei gedacht, Sie durch den Regen reiten zu lassen.«

Helena nahm lächelnd das Leinentuch entgegen und begann ihre Haarspitzen damit trockenzureiben. »Es war nicht Jamies Schuld, Mary«, sagte sie. »Wir sind mit den Pferden auf den Beacon-Berg geritten und der Regen setzte erst ein, als wir auf dem Rückweg waren.«

Mary Polstock schürzte die Lippen und schüttelte den Kopf. Sie war Jamies Mutter und schon vor Helenas Geburt Haushälterin bei Familie Roseby. Da Helena und Jamie gleichaltrig waren, hatte Mary oft auf beide Babys aufgepasst, wenn Helenas Kindermädchen ihren freien Nachmittag hatte. Gern nutzte sie jede Gelegenheit, sich um ihr Roseby-Küken zu kümmern.

»Wer sind die Besucher meiner Mutter?«, fragte Helena und holte das feuchten Schultertuch aus der Tasche ihrer Reitjacke.

Mary nahm es ihr ab und schimpfte leise vor sich hin, als sie fühlte, wie nass es war. »Das sind Zollfahnder, Mylady«, sagte sie. »Sie wollten mit Ihrem Vater sprechen, aber er ist noch nicht aus Dorchester zurück. Deswegen ist Ihre Mutter mit ihnen im vorderen Salon. Ich nehme an, sie sind wegen Gerichtsangelegenheiten hier. Ich werde Louise bitten, dass sie ein paar trockene Kleider für Sie herauslegt.«

Sie faltete das Schultertuch zusammen und eilte die Treppe hinauf. Helena wollte ihr gerade folgen, da wurde eine der Türen in dem Korridor geöffnet, der zur Haupthalle führte. Ein Lakai kam aus dem Salon. Wie alle Bediensteten des Herrenhauses trug er einen dunkelgrünen Gehrock. In der Hand hielt er ein Silbertablett. »Guten Tag, Lady Helena. Ich habe Ihrer Mutter soeben Tee gebracht«, sagte er. »Möchten Sie ihr Gesellschaft leisten?«

»Ja, gern, Hawk«, antwortete Helena. Da hörte sie Stimmen und die Salontür hinter dem Lakaien öffnete sich und ein großer, dunkelhaariger Mann in einem marineblauen Mantel und schlammbespritzten weißen Reithosen kam heraus.

»Danke, dass Sie sich Zeit für mich genommen haben, Lady Roseby«, sagte er. »Es tut mir Leid, dass ich Ihren Gatten nicht angetroffen habe. Bitte richten Sie ihm aus, dass wir morgen noch einmal vorsprechen werden.« Er bemerkte Helena und verbeugte sich höflich. »Guten Tag, Mylady.«

»Guten Tag«, antwortete Helena. Sie fragte sich, wer dieser wortgewandte Fremde war. Seinem Akzent nach kam er nicht aus der Gegend und der intensive Blick seiner hellblauen Augen erfüllte sie mit Unbehagen.

»Helena, dies ist Mr Roger Chapman«, sagte Lady Roseby und trat hinter dem Besucher aus dem Salon. »Er wurde vor kurzem zum Kommandanten der Berittenen Zollfahnder in West Bay ernannt.«

Helena hob höflich interessiert ihre Augenbrauen. Berittene Zollfahnder waren Zollbeamte, die zu Lande arbeiteten. Ihre Aufgabe war es, für die Steuerfahnder, die auf den Schiffen an der Küste entlangpatroullierten, Informationen über die Schmuggler zu sammeln. Außerdem sollten sie diese auf frischer Tat ertappen, nämlich dann, wenn sie ihre Schmuggelware an Land brachten. Der letzte Kommandant der sechs Berittenen Zollfahnder von West Bay war Mr Jessop gewesen, ein gutmütiger, sechzigjähriger Einheimischer. Er hatte den Rosebys regelmäßig Besuche abgestattet und Helena hatte immer vermutet, dass Mr Jessops gerötete Gesichtsfarbe eher auf seine Vorliebe für französischen Brandy zurückzuführen war als auf Überwachungsritte entlang der Klippen bei Wind und Wetter. Roger Chapman war höchstens halb so alt wie Mr Jessop, schätzte Helena, und seine Augen sprühten vor Energie. Im Vergleich zu ihm erinnerte sein Vorgänger an einen faulen, alten Spaniel.

»Es freut mich, Ihre Bekanntschaft zu machen, Mr Chapman«, sagte sie. »Was ist mit Mr Jessop geschehen?«

»Er hat eine Stelle in Warwickshire angetreten, Mylady«, antwortete der Kommandant. »Ich bin gestern in West Bay angekommen und wollte mit Ihrem Vater ein paar wichtige Neuigkeiten besprechen.«

»Über Schmuggler?« Helena musste einfach fragen und ihr Herz begann schneller zu schlagen. Sollte es etwa doch eine Schmugglerbande in Roseby geben?

Kapitel
2

Schmuggler gibt es immer, Lady Helena«, antwortete Mr Chapman ruhig. »Hier geht es um eine wesentlich ernstere Angelegenheit.«

Helena bemerkte verwundert, wie ihre Mutter tief Luft holte. Worüber regte sie sich wohl nur so auf?

Roger Chapman verbeugte sich kurz vor Lady Roseby. »Verzeihen Sie, dass ich Ihre Tochter mit solch schwer wiegenden Sorgen belaste, Mylady. Aber ich denke, jeder sollte informiert sein und ungewöhnliche Vorkommnisse melden, damit wir diese Verbrecher schnappen können.« Mit ernstem Gesichtsausdruck wandte er sich wieder an Helena. »Meine Männer und ich haben guten Grund, anzunehmen, dass eine Bande von Strandräubern nach Chesil Bank kommt.«

Helena spürte, wie sie bei diesem Wort Angst bekam. Strandräuber! Diese Männer gingen noch viel dunkleren Geschäften nach als die Schmuggler. In stürmischen Nächten liefen sie zum Strand und hielten nach Schiffen in Seenot Ausschau. Sie hatten aber nicht etwa die Absicht, den armen Seeleuten zu helfen. Ihr Ziel war es, alles zu stehlen, was an die Küste gespült wurde: Kisten mit Wein oder Kleidern und sogar das Gepäck der Passagiere und das Holz der zerstörten Schiffe.

Roger Chapman hatte die Furcht in Helenas Augen offensichtlich bemerkt, denn er trat auf sie zu und legte ihr seine Hand auf den Arm. »Machen Sie sich bitte keine Sorgen, Lady Helena. Meine Männer und ich werden diese Bande fassen, bevor sie auch nur einen Fuß auf den Strand setzen kann. Von den Riffen hier versprechen sich diese Mörder leider eine lohnende Beute.«

Helena brachte keinen Ton heraus und nickte. Sie wusste, dass es den meisten dieser niederträchtigen Strandräuber nicht genügte, wenn Schiffe auf Grund des schlechten Wetters und der gefährlichen Strömungen in Seenot gerieten. Darum entzündeten sie falsche Leuchtfeuer, um die Seeleute, die sich auf Feuer wie das auf dem Beacon-Berg verließen, auf die gefährlichen Riffe zu locken. Doch es kam noch schlimmer: Die Strandräuber waren dafür berüchtigt, dass sie die Seeleute ermordeten, die es schafften, bis zum Strand zu schwimmen. Auf diese Weise stellten sie sicher, dass niemand Anspruch auf die an Land gespülte Ladung erhob.

So nahe bei Roseby hatten sich die Strandräuber allerdings noch nie zuvor herumgetrieben.

Helena zog ihren Arm unter der Hand des Kommandaten weg, da ihr bewusst wurde, wie nass ihr Ärmel war. »Ich wünsche Ihnen viel Glück, Mr Chapman. Ich bin sicher, mein Vater wird alles tun, um Ihnen zu helfen.«

Ein zweiter Berittener Zollfahnder erschien in der Tür des Salons. Er war etwas kleiner und kräftiger gebaut als Roger Chapman und hatte lockiges sandfarbenes Haar und Augen so grau wie das Meer. »Wir sollten jetzt gehen«, sagte er, »wenn wir noch vor Dunkelheit in West Bay sein wollen.«

Mr Chapman verbeugte sich vor Helenas Mutter. »Es hat mich gefreut, Ihre Bekanntschaft zu machen, Lady Roseby. Und danke für den Wein. Ihr Mann hat einen vorzüglichen Weinkeller.«

Lady Roseby nahm das Kompliment mit einem Kopfnicken entgegen.

Der Zollfahnder setzte seinen breitkrempigen Hut auf und ging eilig zur Hintertür, sein Begleiter folgte ihm. Die beiden verschwanden in Richtung der Stallungen und tauchten kurz darauf mit ihren Pferden auf der Zufahrt auf. Mr Chapman ritt den Palomino und sein Kollege den langbeinigen Grauen.

Helena stand am Fenster und beobachtete, wie sie zum Tor hinaustrabten. Bei der Vorstellung, dass Strandräuber nach Roseby kamen, wurde ihr richtig mulmig. Schmuggler waren ja schon schlimm genug! Im letzten Winter war ein Schiff aus West Bay, das mit Seilen beladen war, auf die Riffe gefahren. Sie hatte die überall verstreuten Holzplanken des Boots gesehen, als sie ein paar Tage später mit Jamie zum Strand geritten kam. Was waren das für grausame Menschen, die zuschauten, wie ein Schiff auf Grund lief, nur um dann die Ladung zu stehlen und alle Überlebende zu töten? Helena schauderte bei dem Gedanken.

»Helena, geh und zieh dir die nassen Kleider aus.« Lady Rosebys Stimme unterbrach ihre Überlegungen und Helena spürte auf einmal, wie unangenehm ihr das feuchte Kleid am Rücken klebte.

»Ja, Mama.« Als Helena sich umdrehte, sah sie aus dem Augenwinkel, wie sich etwas die Zufahrt hinaufbewegte. Eine leichte Kutsche, die von einem hübschen Braunen gezogen wurde, fuhr durch das Tor.

»Papa ist zurück!«, rief sie und runzelte gleich darauf verwundert die Stirn. Hinten an der Kutsche war ein weiteres Pferd festgebunden. Mit gestrecktem Hals trabte es unbeholfen am Zügel hinterher, als sei es zu erschöpft, um Schritt zu halten. »Ich wusste gar nicht, dass Papa ein neues Pferd kaufen wollte«, sagte Helena zu ihrer Mutter.

Lady Roseby stellte sich neben ihre Tochter ans Fenster und kniff die hellblauen Augen zusammen. »Ich auch nicht«, meinte sie trocken. »Eigentlich dachte ich, dass wir bereits mehr als genug Pferde hätten!«

Helena wandte sich an den Lakaien: »Hawk, bringen Sie mir bitte ein trockenes Schultertuch.«

»Oh, Helena«, protestierte Lady Roseby. »Du hast doch nicht etwa vor wieder hinauszugehen?«

Helena nahm lächelnd das Tuch von Hawk entgegen und band es sich um den Hals.

»Es hat aufgehört, zu regnen, Mama, und außerdem bleibe ich nicht lange draußen. Ich will mir nur das neue Pferd ansehen.«

Das Getrappel kleiner Füße war auf der Treppe zu hören und ein blonder Junge, der eine Samtweste und eine Kniehose trug, schwang sich um das Ende des Geländers und sprang mitten in den Salon. »Ein neues Pferd? Was für ein neues Pferd? Kann ich mitkommen und es angucken? Bitte, Nell!«

»Na, dann komm, Will«, sagte Helena und streckte die Hand nach ihrem kleinen Bruder aus. »Aber versprich, dass du ganz leise bist, wenn wir in seine Nähe kommen. Vielleicht hat es Angst vor uns.«

Will sah zu ihr hoch, die blauen Augen groß und ernst. »Natürlich, Nell. Watkins hat mir gesagt, dass nicht alle Pferde so lieb wie Bumblebee sind.«

Bumblebee war ein älteres Dartmoor-Pony, auf dem Helena vor zehn Jahren reiten gelernt hatte. Und jetzt trug das geduldige Pferd Will durch den Obstgarten, während er eine Schau abzog, als würde er am Rennen von Bridport teilnehmen.

Charity Buckle, Wills Kindermädchen, erschien mit einer blauen Samtjacke in der Hand oben an der Treppe. »Master Will, du musst deine Jacke anziehen, wenn du hinausgehst. Hier ist sie.«

Will rannte die Treppe hinauf und zog sich die Jacke über. Dann sauste er wieder hinunter und nahm Helenas Hand. »Los, gehen wir«, drängte er sie.

Hawk hielt Helena und Will die Tür auf. Der Regen hatte zwar aufgehört, aber von den Klippen her wehte ein starker, schneidend kalter Wind. Helena fröstelte und rannte mit Will den Weg hinunter zu den Stallungen.

Watkins band gerade den Braunen von der Kutsche los. Die Flanken des Pferdes dampften noch von der Reise aus

Dorchester. Lord Roseby gab Jamie seine Peitsche und kam zu Helena und Will, um sie zu begrüßen. Er war ein recht großer, schlanker Mann. Sein hellbraunes Haar war so lockig und dick wie das von Will. Die dunklen Schatten unter seinen Augen zeigten, dass es am Abend zuvor spät geworden war, aber er lächelte warm, umarmte Helena und strich Will übers Haar.

»Hallo, ihr beiden«, sagte er. »Wollt ihr euch mein neues Pferd anschauen? Momentan sieht es noch ein wenig unglücklich aus. Aber ich glaube, es ist nur ein bisschen erschöpft von der Reise.«

Helena ging auf das Pferd zu. Seine Ohren zuckten nervös, als sie die Hand nach ihm ausstreckte, aber es scheute nicht, als sie seinen warmen, feuchten Hals streichelte. Es stand nur auf drei Beinen, von einem Hinterbein berührte lediglich die Hufspitze den Boden. Entsetzt stellte Helena fest, dass es so abgemagert war, dass man seine Rippen zählen konnte. Und das Fell wirkte schmutzig und ungepflegt. »Wie heißt es, Papa?«, fragte sie über ihre Schulter.

Lord Roseby kam herbei und stellte sich mit Will an der Hand hinter sie. »Der Bursche sagte, sein Name sei Oriel. Scheint ein recht magerer, alter Klepper zu sein, nicht wahr?«

Helena drehte sich um und sah ihren Vater an. Ihre Hand lag immer noch auf dem Hals des Pferdes.

»Warum hast du ihn dann gekauft?«, fragte sie neugierig. Helena hätte am liebsten jedes Pferd bei sich zu Hause aufgenommen, ihr Vater war da allerdings normalerweise kritischer.

Lord Roseby grinste und Lachfältchen zeigten sich an seinen Augenwinkeln. »Ich habe ihn eigentlich nicht gekauft, Nell. Ich habe ihn beim Kartenspiel gewonnen.«

»Beim Kartenspiel?«, wiederholte Helena. »Wie das denn?«

»Einer der Händler schlug gestern beim Abendessen ein Kartenspiel vor. Er hatte einen Freund mitgebracht, irgendeinen Burschen aus Yeovil, und der litt an diesem Abend unter einer echten Pechsträhne. Da er kein Geld bei sich trug, bot er mir das Pferd an, das er gerade gekauft hatte. Ich hielt das für einen guten Handel. Sicher wird das Pferd einen besseren Eindruck machen, wenn es ein paar Tage ordentlich gefüttert worden ist.«

»Du weißt also gar nichts über ihn?«, fragte Helena.

»Über wen? Den Burschen, der beim Spiel verloren hat, oder über Oriel?«, fragte ihr Vater neckend und zog die Augenbrauen in die Höhe.

»Über Oriel natürlich!«, sagte Helena. »Wie alt ist er? Aus welcher Zucht stammt er? Man kann unter all dem Schmutz kaum seine Fellfarbe erkennen.«

Lord Roseby zuckte die Schultern. »Nun, ich weiß, dass er ein Hengst ist, ungefähr fünf Jahre alt, und was seine Zucht betrifft, werden wir wohl abwarten müssen, wie er aussieht, wenn er ein wenig gepflegt worden ist. Na, was hältst du von ihm, junger Mann?«, fragte er Will.

Will verzog sein Gesicht, als er das Pferd betrachtete. »Er sieht ein wenig müde aus«, meinte er schließlich.

»Das bringen wir bald in Ordnung«, sagte sein Vater und gab Jamie ein Zeichen. »Führe diesen Burschen in den

Stall und sorge dafür, dass er genug zu fressen bekommt. Ich denke, wir stellen ihn am besten einzeln.«

Oriel hatte bei Lord Rosebys lauten Anordnungen verängstigt den Kopf gehoben und Helena schob sich instinktiv näher an ihn heran, um ihn zu beruhigen. Der Hengst drehte den Kopf und sah Helena vorsichtig, aber neugierig mit seinen feuchten braunen Augen an. Helena streckte ihre Hand nach ihm aus und Oriels empfindliche Nüstern flatterten kurz, als er seinen heißen Atem in ihre Handfläche blies. Dann kam Jamie zu ihnen herüber und Oriel drehte abrupt den Kopf zur Seite.

»Ich helfe dir, Jamie«, bot Helena an. Sie wollte das Pferd nicht allein lassen, solange es noch nicht in seiner neuen Box untergebracht war.

Lord Roseby runzelte die Stirn, nickte aber dann. »Na gut, aber bleib nicht zu lange bei ihm. Du siehst aus, als wärst du heute ziemlich nass geworden. Bist du mit Piper ausgeritten?«

»Ja, Papa«, sagte Helena. Ihre Augen leuchteten auf, als sie an den Galopp zum Beacon-Berg hinauf dachte. »Wir – also Jamie und ich, sind mit Piper und Snowdrop zur Festung hinaufgeritten. Piper war schnell wie der Wind! Keiner wird ihn beim Rennen schlagen können, nicht wahr, Jamie?«

Jamie band Oriel gerade los und drehte sich um. »Ja, Mylady«, stimmte er ihr zu. »Sein Galopp heut war stark, Mylord. Und oben angekommen, war er kaum außer Atem«, fügte er hinzu.

»Gute Arbeit, Jamie«, lobte Lord Roseby lächelnd. »In

den nächsten Tagen werde ich selbst mit ihm ausreiten. So, nun kümmere dich um Oriel und achte darauf, dass meine Tochter nicht noch nässer wird. Komm mit, Will.« Er drehte sich um und ging über den Hof, den Kopf zu Will gewandt, während dieser ihm von seinem morgendlichen Ritt auf Bumblebee erzählte.

Helena lief in die Sattelkammer und holte eine dicke Wolldecke für Oriel. Als sie zurückkam, führte Jamie den Hengst gerade zu den Einzelboxen und nicht in den Stallblock, in dem die Pferde in einer Reihe nebeneinander standen. Das Pferd ging normal, schien aber zu entkräftet zu sein, um die Hufe ordentlich anzuheben. Und es strauchelte, als seine Hufe den Kies streiften.

»Vorsicht, mein Junge«, sagte Jamie leise und hob die Hand, um Oriels Stirn zu streicheln. Erschrocken schnaubte das Pferd und warf den Kopf in die Höhe. Seine Hufe klapperten auf den nassen Steinen.

Jamie nahm die Hand zurück und wartete, bis Oriel wieder ruhig dastand. Die Flanken des Pferds hoben und senkten sich noch schnell und die Augen waren weit vor Schreck, sodass man das Weiße erkennen konnte. Aber Jamie öffnete trotzdem behutsam die Stalltür und ließ Oriel vor sich her durch die schmale Öffnung laufen.

Helena ging vorsichtig über das rutschige Pflaster im Hof und sah zur Tür hinüber. »Alles in Ordnung mit ihm?«, fragte sie leise.

»Ja«, antwortete Jamie mit gedämpfter Stimme, da er sich gerade hinunterbeugte, um Oriels Nasenriemen zu öffnen. »Es ist ganz natürlich, dass er unruhig ist. Schließlich befindet er sich in einer fremden Umgebung. Hast du eine Decke für ihn geholt?«

»Ja, hier ist sie«, sagte Helena. Als Oriel die hellgelbe Wolldecke in ihrer Hand bemerkte, warf der Hengst den Kopf wieder hoch und schwenkte die Hinterhand herum, bis er Helena ansehen konnte.

Jamie sprang zur Seite und legte seine Hand fest auf Oriels Schulter. »Beruhige dich«, murmelte er. Er warf Helena einen Blick zu und hob die Augenbrauen. »Ganz schön lebhaft. Vielleicht sollten wir die Decke zunächst weglassen. Eines ist auf jeden Fall klar: Bevor jemand ihn reiten kann, muss er erst einmal ruhiger werden.«

»Es wird ihm gut gehen«, antwortete Helena, mehr zu sich selbst. Im blassen Nachmittagslicht, das oberhalb der Stalltür hindurchdrang, sah der Hengst wie ein dünner brauner Schatten aus. Seine Mähne und sein Schwanz waren schwarz vor Nässe und hingen schlaff und zerzaust herab. Er hatte kein einziges weißes Haar. Helena hätte am liebsten sein vernachlässigtes Fell gebürstet, bis es glänzte. Das Pferd schnaubte wieder, aber diesmal viel sanfter. Dann hob es den Kopf und sah Helena direkt an.

Sie begegnete dem intelligenten Blick seiner dunklen Augen und versuchte die Gedanken des Tiers zu lesen. Wo kam dieser mahagonifarbene Hengst wohl her? Seine elegante Kopfform zeugte von edler Herkunft. Seine Beine waren sauber und schlank. Er konnte sicherlich wie der Wind laufen, wenn er wollte. Helena verstand Jamies Vorsicht, denn der Hengst war schreckhafter und unberechenbarer als die anderen Pferde im Stall ihres Vaters. Aber dann fiel ihr ein, wie sanft Oriel in ihre Hand geblasen hatte. Und außerdem war der Ausdruck in seinen Augen nun eher wachsam als misstrauisch. Helena war entschlossen ihm zu zeigen, dass er in seinem neuen Heim nichts zu befürchten hatte, was auch immer ihn dazu gebracht haben mochte, Fremden gegenüber so vorsichtig zu werden.

Kapitel 3

Als Helena am nächsten Morgen erwachte, galt ihr erster Gedanke dem dunkelbraunen Hengst. Nach dem Frühstück nutzte sie die erstbeste Gelegenheit, um in die Stallungen zu eilen. Ihr Vater war schon dort und beobachtete Jamie, der Pipers Sattelgurt befestigte. Seine beiden zotteligen Jagdhunde, Salome und Batista, liefen unruhig über den Hof, schnüffelten an den Blumenkübeln herum und warteten darauf, dass ihr Herr sie zu sich rief.

Lord Roseby drehte sich zu Helena um, als sie über den Hof gelaufen kam. »Guten Morgen, Helena. Machst du heute Morgen einen Ausritt?«

»Ja, Papa. Willst du Piper reiten?«

»Ja, das habe ich vor«, sagte Lord Roseby. »Ich kann es kaum erwarten, nachdem du ihn gestern so gelobt hast. Willst du mit mir kommen?«

Helena zögerte und starrte auf Jamies Rücken. Sie wäre lieber mit ihm geritten, hätte ihn gern zu einem weiteren Wettreiten herausgefordert. Auf Piper musste sie heute wohl verzichten, aber es gab noch andere Pferde, die sie ebenfalls gerne einmal testen wollte, wenn Jamie dafür Snowdrop übernahm.

Lord Roseby bemerkte ihr Zögern. Er lächelte und begann sich die Handschuhe überzustreifen. »Vielleicht lieber morgen? Piper ist ja jetzt schon fast fertig und heute Nachmittag muss ich in den Steinbruch.«

Helena war erleichtert. Sie streichelte Batista, der angetrottet kam, seinen dünnen Körper gegen ihren Rock presste und seine lange graue Schnauze in ihre Hand drückte. »Danke, Papa«, sagte sie. »Reitest du mit Piper wieder auf den Beacon-Berg? Die Steigung wird ihm gut tun, wenngleich ich denke, dass er vor dem Rennen auf jeden Fall noch mindestens einmal nach Eggardon laufen sollte. Da gibt es einen Pfad, der fast so lang wie die Rennstrecke ist.«

Lord Roseby nickte ernst. »Eine hervorragende Idee, Helena. Du bist eine sehr gute Trainerin. Wie schade, dass du ihn beim Rennen nicht selbst reiten kannst!« Helena sah ihn an und er grinste. Einen kurzen Moment überlegte Helena, ob ihr Vater ahnte, dass sie mit Jamie die Pferde tauschte. Aber das war unmöglich – normalerweise war er den ganzen Tag geschäftlich unterwegs. Entweder inspizierte er die Steinbrüche auf Portland oder er führte den Vorsitz bei Gerichtsverfahren in Dorchester.

Jamie führte Piper zum Aufsteigblock, damit Lord Roseby leichter auf das Pferd hinaufkommen konnte. Man merkte dem Wallach den anstrengenden Ritt vom Vortag nicht an. Im Gegenteil, dachte Helena, er sah so gut aus wie nie zuvor. Sein kastanienbraunes Fell leuchtete in der

Novembersonne und er spitzte interessiert die Ohren, als Lord Roseby herbeikam und seinen Hut fester auf den Kopf drückte. Salome und Batista merkten, dass es gleich losging. Ungeduldig umkreisten sie das Pferd, behielten aber einen Sicherheitsabstand zu seinen Hufen.

»Entschuldigen Sie, Mylord!«

Helena drehte sich überrascht um und lächelte, als sie die breitschultrige Gestalt von Samuel sah, Jamies Vater. Samuel Polstock arbeitete als Hufschmied im Dorf. Er war nicht nur wegen seiner behutsamen Art, mit Pferden umzugehen, gefragt, sondern auch weil er Eisen geschickt zu bearbeiten wusste. Er trug seine schwere Lederschütze, die so dick war, dass sie wie ein Scharnier nach oben klappte, wenn er lief. Da er die Schmiede verlassen hatte, ohne die Schürze abzunehmen, kam er offensichtlich wegen einer dringenden Sache.

»Ja, Polstock, was gibt es denn?«, fragte Lord Roseby seinen Besucher.

Jamie schaute hinter Pipers Kopf hervor. Auch er schien sehr überrascht. »Was tust du denn hier, Vater?«, fragte er. »Ist zu Hause alles in Ordnung? Die Mädchen hatten doch nicht etwa einen Unfall?«

Helena lächelte in sich hinein. Jamie war seinen sieben Jahre alten Zwillingsschwestern, Meg und Lizzie, gegenüber unermüdlich fürsorglich.

»Nein, mein Junge, das ist es nicht«, antwortete sein Vater. »Ich wollte nur mit seiner Lordschaft sprechen. Hätten Sie einen Moment Zeit, Sir?«

Helenas Vater kniff die Augen zusammen und nickte

dann. »Na gut, Polstock. Wir können im Gartenhaus miteinander reden.« Er deutete zur anderen Seite des Hofes hinüber, dort führte ein schmaler Durchgang in den Garten. Unter den ausladenden Ästen einer Zeder stand ein kleines Steinhäuschen, in dem Lady Roseby im Sommer die Gäste bewirtete. Ohne ein weiteres Wort drehte sich Samuel um und ging über das Pflaster auf den Durchgang zu.

Lord Roseby gab Jamie die Reitgerte und zog sich die Handschuhe aus. Da hörte man Hufgeklapper auf dem Kiesweg und ein schwitzender Palomino galoppierte in den Hof. Der Reiter war Roger Chapman.

»Lord Roseby?«, rief er, als er den Palomino durchparierte und stehen blieb. »Mein Name ist Roger Chapman. Ich bin der neue Kommandant der Berittenen Zollfahnder von West Bay. Vielleicht hat Lady Roseby bereits erwähnt, dass ich sie gestern aufsuchen wollte.«

Lord Roseby sah nachdenklich zu dem Reiter hinauf. »Chapman? Ja, meine Frau hat es mir erzählt. Ich gratuliere zu Ihrem neuen Posten.«

»Danke, Sir«, sagte Mr Chapman, schwang ein Bein über den Hals seines Pferdes und sprang dann leichtfüßig zu Boden. Er gab Watkins die Zügel. Der führte den Palomino in die offene Scheune und band ihn am Geländer fest. »Ich würde Sie gern in einer wichtigen Angelegenheit sprechen«, drängte der Kommandant.

Helenas Vater runzelte kurz die Stirn. »Natürlich. Kommen Sie ins Haus, dort können wir reden. Jamie, es ist besser, wenn du Piper heute Morgen reitest. Ich bin sicher, dass Helena dich auf Snowdrop begleiten wird. Und Polstock«, rief er über den Hof zu Jamies Vater, der in dem kleinen Durchgang stand. »Ich werde eine Nachricht in die Schmiede schicken, wenn ich meine Unterredung mit Mr Chapman beendet habe.«

»Jawohl, Lord Roseby«, sagte Samuel Polstock und neigte respektvoll den Kopf.

Lord Roseby nickte dem Kommandanten zu und ging auf das Haus zu. Die Jagdhunde folgten ihm, ihre Pfoten tappten über das Pflaster.

»Guten Morgen, Lady Helena«, sagte Roger Chapman, zog seinen Hut und nickte ihr zu, als er an ihr vorbeiging.

»Guten Morgen, Mr Chapman«, antwortete Helena.

Nachdem der Kommandant und Lord Roseby den Hof verlassen hatten, führte Jamie Piper zu Helena hinüber. »Worum geht es denn?«, fragte er.

Bevor Helena antworten konnte, kam Samuel Polstock auf sie zu und Piper wich zur Seite aus. »Das ist also der neue Zollkommandant aus West Bay«, sagte der Hufschmied und legte seine breite Hand auf den Hals des Wallachs, um ihn zu beruhigen. »Ich nehme an, den alten Jessop hat man auf einen Posten im Landesinnern versetzt.«

»Samuel, haben Sie etwas über die Strandräuber gehört?«, fragte Helena. Ihr wurde auf einmal klar, dass Mr Chapman vermutlich darüber mit ihrem Vater sprechen wollte.

»Strandräuber?«, wiederholte Samuel. »Ja, ich hörte ein Gerücht. Eine Bande soll westlich von Poole ihr Unwesen treiben.«

Jamies Gesicht verfinsterte sich. »Das sind schlechte Neuigkeiten, vor allem für Chesil Bank. Kein Wunder, dass Jessop woanders hingeschickt wurde. Er hätte keinen einzigen Strandräuber erwischt, und wenn er den ganzen Winter über auf dem Strand gesessen hätte.«

»Möglich. Aber was die Schmuggler angeht, hat er sich auch nicht besonders schlau angestellt«, antwortete sein Vater. »Sieht so aus, als wäre Mr Chapman genau der Mann, nach dem die Zollbehörden gesucht haben.« Er hob seinen Hut hoch und fuhr sich mit einer Hand durch das lichter werdende schwarze Haar. »Wie auch immer, mein Junge. Ich werde nun zurück zur Schmiede gehen. Ich habe dem jungen Jacob Powell den Auftrag gegeben, sich um den Blasebalg zu kümmern. Da kann ich schon von Glück sprechen, wenn genug Hitze übrig geblieben ist, um einen Nagel zu machen.«

»Soll ich meinem Vater ausrichten, dass Sie später noch einmal vorbeikommen?«, bot Helena an.

Samuel überlegte kurz, schüttelte dann aber den Kopf. »Danke, Miss Helena, aber ich werde ein anderes Mal kommen. Es ist nicht nötig, ihn heute zu stören. Kümmern Sie sich jetzt um das Pferd.« Er nickte zu Piper hinüber und zwinkerte. Helena bekam einen Schreck. Hatte Jamie seinem Vater etwa von ihrem Wettritt auf den Beacon-Berg erzählt?

Als Samuel den Hof verließ, stützte sie die Hände in die Hüften und sah Jamie vorwurfsvoll an.

Jamie grinste verlegen. »Keine Angst, Nell, er wird's niemandem erzählen«, versprach er. »Außerdem schien er beeindruckt zu sein. Dein Vater ist nicht der Einzige, der denkt, dass du Piper beim Rennen reiten solltest.«

Helena schüttelte lächelnd den Kopf. »Na, das ist leider unmöglich, aber wenigstens kann ich ihn heute reiten.« Sie hob die Hand und glättete eine Locke von Pipers weicher kastanienfarbener Mähne. »Watkins!«, rief sie.

Der Stallmeister kam mit einer Kiste Bürsten aus der Sattelkammer. »Ja bitte, Lady Helena?«

»Könntest du bitte Snowdrop für mich satteln? Ich werde mit Jamie ausreiten.«

»Natürlich, Mylady«, antwortete Watkins. »Sie wird in wenigen Minuten fertig sein.«

Während das Pferd gesattelt wurde, ging Helena über den Hof und warf einen Blick über Oriels Stalltür. Sie hörte leises Strohknistern, dann löste sich ein Schatten aus der Dunkelheit am hinteren Ende der Box und trat ins Licht. Die Ohren des Hengstes waren gespitzt und er blickte Helena mit seinen klaren Augen an.

»Hallo, Oriel«, flüsterte Helena und hob ihre Hand.

Das Pferd blieb, wo es war, aber es streckte seinen Kopf vor, bis die langen Haare an seinem Maul Helenas Finger streiften. Das schöne Fell auf seinen Schultern zuckte. Helena hielt den Atem an, wollte schon näher herangehen, fuhr dann aber zusammen, als der Hengst plötzlich den Kopf zurückwarf und nach hinten auswich. Watkins führte Snowdrop in den Hof und das Dröhnen der klappernden Hufe auf dem Pflaster hatte den Hengst erschreckt.

Helena nahm ihre Hand zurück. »Nichts passiert,

Oriel«, sagte sie leise. »Ich werde nach meinem Ausritt wieder bei dir vorbeischauen.«

»Kommen Sie, Lady Helena«, rief Jamie über den Hof. Er saß bereits auf Piper und wartete auf sie. »Wir wollen doch nicht wieder so nass werden wie gestern.«

»Bin schon da!«, antwortete Helena. Sie glättete den Rock ihres Reitkleides und ging zu Watkins, der Snowdrop festhielt und darauf wartete, ihr in den Sattel zu helfen. Aber in Gedanken war sie immer noch in dem warmen dunklen Stall bei dem Hengst, der ihr anscheinend gern Vertrauen schenken würde, aber auf Grund seiner Unsicherheit und seiner Furcht so schreckhaft war.

Die Sonne war hinter dicken dunklen Wolken verschwunden und der Wind vermischte sich mit den ersten peitschenden Regentropfen, als Helena und Jamie von ihrem Ausritt zurückkehrten. Helenas Bruder Will spielte draußen. Sein Kindermädchen beaufsichtigte ihn, während er mit seinem kleinen Karren den Weg hinauf- und hinunterfuhr und dann über den Hof raste. Er arbeitete wild mit den Knien und sein Mund hatte einen entschlossenen Zug, als er über seine Rennstrecke sauste.

Jamie blickte genervt zum Himmel hoch, als er abgesessen war. »Wir brauchen keinen Regen mehr«, murrte er.

Helena lehnte sich in ihrem Sattel nach vorn, um einen Blick auf Snowdrops schmutzige Beine und ihren schlammbespritzten Rock zu werfen. »Du hast Recht«, stellte sie fest. »Die Rennstrecke wird wie ein gepflügtes Feld sein, wenn der Boden noch nasser wird.«

»Das ist nicht das einzige Problem«, sagte Jamie, während er Pipers Sattelgurt losschnallte. »Vater hat mir erzählt, dass letzte Nacht der Keller vom Black Feathers voll Wasser gelaufen und fast der gesamte Biervorrat weggeschwommen ist.« Das Black Feathers war das Gasthaus im Dorf; es stand am Ufer des Bredy-Flusses, kurz vor der Stelle, wo das Wasser über die Klippen in die Freshwater-Bucht hinabrauschte.

»Ganz schön verwirrend für die Zollbeamten«, meinte Helena lachend und rutschte von Snowdrops Rücken. »Bierfässer, die auf dem Meer treiben, und keiner, der Anspruch darauf erhebt!«

Jamie führte Piper in seinen Stall und kam dann zurück, um Snowdrop zu holen. Er wirkte auf einmal sehr nachdenklich. »Die Männer von der Zollbehörde sollten lieber nach den Strandräubern suchen als ihre Zeit mit Schmugglern zu vergeuden«, sagte er. »Mord an unschuldigen Menschen sollte doch wohl ernster genommen werden als ein paar Fässchen Brandy, oder?«

Helena verblüffte die Leidenschaft in seinen Worten ein wenig. Schließlich musste man auch die Schmuggler ergreifen. Dann erinnerte sie sich daran, wie ernst Roger Chapman ausgesehen hatte, als er von den Strandräubern erzählt hatte. »Ich glaube, wir können sicher sein, dass Mr Chapman alles tun wird, was in seiner Macht steht, um diese Schurken zu schnappen.« Sie tätschelte Snowdrops Hinterteil, als Jamie mit der Stute an ihr vorbeiging. »Ich werde jetzt Oriel bürsten.«

»Sei vorsichtig«, warnte Jamie. »Er wird sich heut vermutlich etwas stärker fühlen, nachdem er so gut gefüttert wurde und die Nacht in einem warmen Stall verbracht hat.«

»Keine Sorge, ich passe auf«, versprach Helena. Sie nahm eine Kiste mit Bürsten und ging zu Oriels Stall hinüber.

Das Pferd stand im hinteren Teil der Box und beobachtete die Tür mit gespitzten Ohren und großen Augen. Helena warf einen Blick über die Tür und lächelte. »Hallo, da bin ich wieder«, sagte sie. »Möchtest du gestriegelt werden?«

Oriel schnaubte sanft und machte dann einen Schritt auf sie zu. Das faltige Fell über seinen Augen zuckte, als wollte er sie auf diese Weise dazu einladen, hereinzukommen.

Helena lachte und entriegelte die Tür. Sie schlüpfte in die Box und stellte die Kiste mit den Bürsten in eine Ecke. »Du musst keine Angst vor mir haben«, sagte sie leise, richtete sich auf und schaute den dunklen Hengst prüfend an.

Nach einer erholsamen Nacht und mit zwei guten Mahlzeiten im Bauch sah sein Fell schon wieder etwas gesünder aus. Helena beobachtete das Muskelspiel in seinen Schultern, als sie zögernd auf ihn zuging. Sie hielt den Atem an und ihr Herz klopfte aufgeregt. Der Hengst senkte den Kopf und schnüffelte sanft in ihrem Haar, seine samtenen Lippen zuckten. Der Atem auf Helenas Nacken war heiß und duftete nach Heu. Mit seinen Hufspitzen berührte er den Rock ihres Reitkleides. Helena stand völlig bewegungslos da. Sollte der Hengst ihr endlich vertrauen?

Plötzlich ertönte draußen das Klappern von Wagenrädern und Will schrie gellend auf. Oriel warf den Kopf hoch und seine Augen rollten vor Furcht. Helena duckte sich und streckte die Hand aus, um ihn zu beruhigen. Aber zu spät! Voller Panik begann der Hengst zu wiehern. Er bäumte sich auf, und als er wieder herunterkam, donnerten seine eisenbeschlagenen Hufe direkt auf Helena zu. Hilflos kauerte sie sich ins Stroh.

Kapitel 4

Helena hielt den Atem an und zwang sich nicht aufzuschreien, als einer von Oriels Hufen ihre Schulter mit Wucht streifte. Der Hengst landete unsanft auf seinen vier Beinen, drehte sich von ihr weg und blieb steifbeinig im hinteren Teil der Box stehen. Er schnaubte laut. Helena blieb, wo sie war. Sie wagte nicht den Kopf zu heben, aus Angst, er könne wieder erschrecken. Dabei spürte sie einen stechenden Schmerz in ihrer Schulter und ihr Mieder drückte unangenehm gegen die Rippen.

»Nell! Ist alles in Ordnung mit dir? Wo bist du?«

Helena war sehr erleichtert, als sie Jamies Stimme draußen vor Oriels Stalltür hörte. Sie versuchte sich zusammenzunehmen und rief leise: »Ich bin hier, Jamie.«

Sie hörte, wie die Tür entriegelt wurde. Als Jamie die Tür aufstieß und hereinschlüpfte, wurde die Box kurz mit Licht durchflutet. Oriel bewegte sich unruhig im Stroh. »Ganz ruhig, mein Junge«, murmelte Jamie.

Es raschelte laut, dann kniete sich Jamie neben Helena

und legte seine Hand auf ihre Schulter. »Nell, geht es dir gut? Was ist passiert?«

Helena hob den Kopf und zuckte zusammen, als Jamies Hand sie an der Stelle berührte, wo Oriel sie getroffen hatte. »Mir geht es gut«, versicherte sie ihm und kam auf ihre Knie. Ihre schwarze Reitkappe aus Filz lag neben ihr und sie streckte steif den Arm danach aus. Verwirrt stellte sie fest, dass ihre Hand zitterte. Um sich zu beruhigen, nahm sie sich viel Zeit damit, ihre Kappe aufzusetzen und die Nadeln in ihren Haaren festzustecken, bevor sie sich wieder Jamie zuwandte.

Seine braunen Augen sahen sie voller Sorge an, sein Gesicht war blass. »Was ist passiert, Nell?«, wiederholte er, stand auf und half Helena auf die Beine.

»Oriel hat sich erschreckt, als Will geschrien hat. Das ist alles«, erzählte Helena und bemühte sich ihrer Stimme einen festen Klang zu verleihen. Sie wollte nicht, dass Jamie merkte, wie sehr der Unfall sie mitgenommen hatte. Heiße Tränen stiegen in ihr hoch – mehr auf Grund des Schocks als wegen der Schmerzen in ihrer Schulter. »Er bäumte sich auf und ich bin hingefallen. Mir geht's gut, wirklich.«

Jamie kniff die Augen zusammen und schaute skeptisch auf den staubigen Hufabdruck auf Helenas Reitjacke. »Bist du sicher, dass er dich nicht verletzt hat?«

»Ja, wirklich.« Helena glättete ihre Jacke und zwang sich den Hengst anzusehen. Betroffen merkte sie, dass ihr Herz raste und ihre Handflächen schweißnass waren. Ich habe keinen Grund, mich zu fürchten, sagte sie sich. Das Pferd beobachtete sie vorsichtig mit hoch erhobenem Kopf und angespannten Halsmuskeln. Seine Flanken hoben und senkten sich schnell, es atmete flach und ein Schweißfilm bedeckte sein mahagonifarbenes Fell.

Helena streckte ihre Hand nach Oriel aus. Dabei versuchte sie mit aller Kraft das Zittern zu unterdrücken. »Dummer, alter Junge«, flüsterte sie trotz des Kloßes in ihrer Kehle. »Du musst doch keine Angst haben.«

Oriel schnaubte und warf ungläubig den Kopf zurück. Jamie berührte Helena leicht am Arm. »Vielleicht sollten wir ihn jetzt in Ruhe lassen«, schlug er vor. »Ich gebe ihm etwas zu fressen, dann kann er sich beruhigen. Er sieht immer noch verängstigt aus.«

Helena ließ ihre Hand wieder fallen. »Ja, ich denke, du hast Recht.« Sie war aufgewühlt und betroffen und versuchte gegen ihren wachsenden Zweifel anzukämpfen. Ob sich der Hengst jemals in seinem neuen Heim wohl fühlen würde? Er war so wild und wachsam, als schien er fest entschlossen jeden auf Distanz zu halten. Und Helena hatte große Angst gehabt, als er sich aufbäumte. Das konnte sie nicht leugnen. Aber es musste schon Schlimmeres als ein Stoß gegen ihre Schulter passieren, bevor sie das Jamie gegenüber zugeben würde.

Jamie bückte sich und hob die Bürsten auf, die auf dem Stroh verstreut lagen. »Komm, Nell«, sagte er und richtete sich mit der Kiste im Arm wieder auf.

Helena ging auf die Tür zu. Tränen der Enttäuschung füllten ihre Augen und sie hob die Hand, um sie wegzuwischen. Da hörte sie ein Schnauben hinter sich und sie drehte sich um.

Oriel sah sie aufmerksam an. Ein Stück getrockneter Klee, den er sich gerade aus dem Futtertrog genommen hatte, hing noch an seiner Lippe. Er blinzelte sie an, seine Augen leuchteten wie winzige Monde im düsteren Stalllicht. Seine Furcht schien vollkommen vergessen zu sein und einen kurzen Moment sah er aus wie die anderen Pferde von Lord Roseby, wenn sie genüsslich ihr duftendes Heu mampften.

Helena zwang sich gleichmäßig zu atmen und sah dem Pferd fest in die dunklen Augen. Sie war zu realistisch, um sich einzubilden, dass der Hengst sich entschuldigte. Aber irgendwie hatte sie das Gefühl, als wäre da eine neue Sanftmut in seinem Ausdruck. »Es ist alles wieder in Ordnung«, schien er zu sagen. »Es war nur ein Unfall.«

Jamie legte seine Hand auf Helenas Arm und unterbrach ihre Gedanken. »Lassen wir ihn alleine«, sagte er, öffnete die Tür und hielt sie ihr auf.

Oriels Ohren bewegten sich vor und zurück und er stampfte träge mit dem Vorderbein. Dann drehte er sich wieder um und fraß weiter.

Draußen erinnerte sich Helena wieder an den Lärm, der Oriel so erschreckt hatte. »Geht es Will gut?«, fragte sie besorgt.

Jamie schob den Riegel vor Oriels Tür und lächelte sie an. »Oh ja«, versicherte er ihr. »Er ist mit seinem Karren gegen den Wasserbottich gefahren. Charity hat mit ihm geschimpft und ihn ins Haus gebracht. Nur sein Stolz wurde verletzt, sonst nichts.« Das Lächeln verschwand aus seinem Gesicht und er schaute besorgt. »Scheint, als wärst du nicht so gut davongekommen, Nell. Bist du sicher, dass Oriel dich nicht ernsthaft erwischt hat?«

Helena berührte unwillkürlich ihre schmerzende Schulter. »Sein Huf hat mich nur gestreift, ehrlich«, sagte sie. Über ihrem Kopf ließ die Stalluhr drei rasselnde Glockenschläge ertönen, jeder Schlag wurde von einem merkwürdigen Maschinengeräusch begleitet. Helena und Jamie hatten die Uhr oft scherzhaft mit einem kleinen, alten Mann verglichen, der die Stunden widerwillig und mit angestrengtem Keuchen zählte.

»Ist es schon drei Uhr?«, rief Helena. Sie zog eine Grimasse und deutete auf ihr unordentliches Reitkleid. »Ich nehme an, Mama würde mir ganz schön was erzählen, wenn ich so zum Essen erschiene.«

»Ja, zu Recht«, antwortete Jamie. »Geh rein und zieh dich um. Und sag Louise, sie soll etwas Jod auf deine Schulter tupfen, wenn deine Haut aufgeschürft ist.«

Helena nickte, hoffte aber insgeheim, dass sie ihre Verletzung vor den neugierigen Augen ihrer Zofe verstecken konnte. »Wir sehen uns morgen Nachmittag«, sagte sie. »Faith kommt morgen Früh, da kann ich nicht ausreiten.«

Helena mochte ihre sanfte, gut gelaunte Hauslehrerin. Zwar tat es ihr um jede Minute Leid, die sie nicht in den Ställen verbringen konnte, aber zumindest fand sie Faiths Unterricht interessanter als die endlosen Stickerein, die sie unter dem kritischen Blick ihrer Mutter anfertigen musste. Handarbeit mochte Helena am wenigsten und sie sah nicht ein, warum sie einen Haushalt besser würde führen können, wenn sie Kolibris auf eine Kissenhülle sticken konnte.

Ein plötzlicher Windstoß ließ Helena frösteln. Die Luft schmeckte salzig. »Geh rein«, sagte Jamie. »Mach dir wegen Oriel keine Sorgen«, fügte er hinzu, als Helena noch einmal einen Blick in die dunkle Box warf. »Er wird sich noch an uns gewöhnen, da bin ich ganz sicher.«

Dankbar lächelte Helena ihn an und stieg dann die Treppe zum Haus hinauf. Die Stufen schienen heute viel höher zu sein als sonst. Ihre Jacke scheuerte schmerzhaft über die Schürfwunde auf ihrer Schulter und ihre Beine waren immer noch wackelig von dem Schreck. Als sie ins Haus kam, ging sie gleich hoch in ihr Schlafzimmer. Hoffentlich konnte sie sich noch ein sauberes Kleid anziehen, bevor ihre Zofe kam, um ihr beim Umziehen für das Abendessen behilflich zu sein. Sie streifte die Jacke ihres Reitkleids ab und zog das Kleid aus. Dann schob sie das Unterkleid von der rechten Schulter, um nachzusehen, ob sie verletzt war. Ein dunkelroter, mondsichelförmiger Bluterguss zog sich über ihr Schulterblatt. Um den Bluterguss herum hatten sich kleine Blutstropfen gebildet, weil dort die Kante von Oriels Huf entlanggekratzt war. Als Helena sich daran erinnerte, wie sich das Pferd über ihr aufgebäumt hatte, wurde ihr schwindelig und sie holte tief Luft. Es war nur ein Unfall, ermahnte sie sich streng.

Sie mühte sich gerade damit ab, die Bänder ihres Mieders zu lösen, da klopfte es an der Tür und ihre Zofe kam mit einem zusammengefalteten Unterkleid in der Hand herein.

»Lady Helena, ich bringe Ihnen . . .« Das Mädchen blieb auf der Schwelle stehen und sah verwirrt drein, als sie bemerkte, dass Helena sich ohne sie umzog. »Ist alles in Ordnung, Mylady?«

Helena errötete. »Ja, danke, Louise«, sagte sie. »Ich wollte mich nach dem Ritt nur rasch umziehen.«

Louise legte das Unterkleid auf die Eichentruhe, die am Fußende von Helenas Bett stand. Dann kam sie zu Helena. »Ich helfe Ihnen«, sagte sie. Helena drehte sich um, damit die Zofe an die Knoten herankam und hoffte insgeheim, dass ihr Haar den schrecklichen Bluterguss auf ihrer Schulter verdeckte.

»Das liegt an dem feuchten Wetter, Mylady«, murmelte Louise, als sie die Bänder löste. »Da hab ich auch immer eine Heidenarbeit mit meinem Mieder.« Als habe sie Angst, zu vertraulich gesprochen zu haben, schwieg sie abrupt und sah Helena unsicher an.

Helena hatte plötzlich Mitleid mit dem Mädchen. Louise war knapp ein Jahr jünger als sie und erst seit einigen Monaten im Herrenhaus der Rosebys. »Dann müssen wir für gutes Wetter beten, nicht wahr?«, sagte Helena lächelnd. »Ich bin sicher, dass auch die Pferde sich darüber freuen würden. Die arme Snowdrop ist heute bis zu den Fesseln im Matsch versunken.«

Louise entspannte sich und erwiderte Helenas Lächeln. Sie löste die Bänder vollständig, legte das Mieder aufs Bett und nahm eine Bürste von Helenas Frisierkommode. Als sie Helenas kräftige braune Locken zu bearbeiten begann, entdeckte sie den mondsichelförmigen Bluterguss und schnappte nach Luft. »Mylady, was haben Sie da gemacht?«

»Oh, das ist doch nichts«, sagte Helena schnell und drehte sich weg. »Meine Haare müssen jetzt nicht gebürstet werden. Ich muss mich für das Abendessen umziehen.« Sie versuchte nicht zusammenzuzucken, als sie sich das Unterkleid auszog.

Louise schaute skeptisch und reichte Helena das saubere Unterkleid. »Das sieht aber gar nicht gut aus«, bemerkte sie. »Soll ich etwas Jod holen?«

»Nein danke, es geht schon, wirklich«, wehrte Helena ab und zog sich das Kleid über den Kopf.

Dann waren die beiden Mädchen ein paar Minuten damit beschäftigt, Helena wieder in das Mieder zu zwängen, und Helena hoffte, dass die Sprache nicht mehr auf ihren Bluterguss kam. Aber sie hatte Louises Neugier eindeutig noch nicht befriedigt.

»War es das neue Pferd?«, fragte das Mädchen unerwartet mutig, als sie das Abendkleid für Helena bereithielt. »Watkins hat zu Mrs Gordon gesagt, dass es ein gefährlicher, alter Teufel ist. Hat ihn quer durch den Stall geschubst, als er ihn gestern Abend füttern wollte.«

Bevor Helena Oriel verteidigen konnte, klopfte es leise an der Tür. »Herein«, rief Helena und schlüpfte schnell in das schwere Seidenkleid, dessen Ärmel mit Spitzen verziert waren.

Sarah, das Dienstmädchen von Lady Roseby, kam herein. »Ihre Mutter lässt fragen, ob sie jetzt zum Essen kommen, Lady Helena«, sagte sie. »Ihr Vater wünscht früh zu speisen, da er heute Abend eine Verabredung mit einigen Herren hat.«

»Sag Mama, dass ich gleich komme«, antwortete Helena und hob ihr Kinn hoch, damit Louise die Haken vorne an ihrem Kleid schließen konnte. Sarah knickste und schlüpfte aus dem Zimmer. Louise bürstete noch schnell durch Helenas Haar. Jetzt war keine Zeit mehr, über Oriel zu reden, und Helena hoffte, dass Louise mit niemandem im Haus über ihre Verletzung sprechen würde.

Als Helena am nächsten Morgen erwachte, fühlte sie sich steif und wund, aber sie zog sich ihr Unterkleid allein an, bevor Louise kam, um ihr zu helfen. Der Bluterguss auf ihrer Schulter war noch dunkler geworden – ein übler dunkelroter Halbkreis, der an den Rändern in Lila und Schwarz überging. Ihr rechter Arm fühlte sich schwer und unbeweglich an, aber Helena war überzeugt, dass sie ihre Verletzung geheim halten konnte, solange sie ihren Arm schonte.

Sie war überrascht, als sie sowohl ihre Mutter als auch ihren Vater im Speisesalon antraf. Wenn Lord Roseby keine Verpflichtungen im Gericht hatte, ritt er gewöhnlich schon früh zu den Steinbrüchen von Portland, die zwei Reitstunden entfernt lagen.

»Guten Morgen, Helena«, sagte ihr Vater. Er ließ die Zeitung sinken und lächelte Helena zu. Sie setzte sich und ließ sich Tee von Hawk eingießen. »Hast du gut geschlafen?«

»Ja, danke, Papa«, antwortete Helena und hob die Tasse vorsichtig mit der linken Hand hoch. »Reitest du heute nach Portland?«, fragte sie.

Lord Roseby schüttelte den Kopf. »Bei zwei Häusern am

Ende der Church Lane hat der Regen einen Teil des Strohdachs weggespült. Ich treffe mich heute Morgen mit Robert Clark. Wir wollen nachsehen, ob er die Dächer reparieren kann, bevor der nächste Regen kommt.«

Robert Clark war der Dachdecker des Dorfes. Wie fast alle Häuser im Dorf gehörte auch seins Lord Roseby. Helena hatte oft den Eindruck, dass es keinen Bereich im Dorfalltag gab, für den ihr Vater nicht irgendeine Verantwortung trug, sei es, dass er Reparaturarbeiten für die Häuser zahlte oder die Arbeit auf dem Grundbesitz und im Herrenhaus verteilte.

Lady Roseby, die auf der anderen Tischseite saß, legte ihr Messer beiseite, mit dem sie sich Butter auf einen Toast gestrichen hatte. Sie sah Helena ernst an. »Ich hab gehört, dass du gestern einen ... einen Unfall mit Oriel hattest«, sagte sie.

Helena stellte klirrend ihre Tasse auf die Untertasse zurück. »Aber das war auch schon alles ... ein kleiner Unfall«, protestierte sie und fragte sich, wie um alles in der Welt ihre Mutter davon erfahren hatte.

Ihre Mutter schien ihre Gedanken zu lesen, denn sie sagte: »Ich habe mitbekommen, wie Louise Mrs Gordon erzählte, dass der Hengst dir auf die *Schulter* getreten ist, Helena. Könntest du mir bitte erklären, wie das passiert ist?«

Lord Roseby sah abrupt auf. »Ist das wahr, Nell?«, fragte er.

»Ja, aber Oriel wollte mir nicht wehtun«, antwortete Helena. Sie fühlte, wie ihr Magen sich zusammenkrampfte. »Ich bin in seine Box gegangen, um ihn zu bürsten. Da fuhr

Will mit seinem Karren gegen den Wasserbottich und Oriel bäumte sich vor Schreck auf. Ich bin hingefallen und einer seiner Hufe hat mich nur gestreift. Man sieht fast nichts.« Sie verstummte, als sie bemerkte, wie das Gesicht ihrer Mutter sich verfinsterte.

Lady Roseby wandte sich an ihren Mann. »Hast du gehört, dass er auch Watkins getreten hat?«

»Ja, Watkins hat es mir gesagt«, gab Lord Roseby zu. »Aber es ist nicht ungewöhnlich, dass ein Pferd austritt, wenn es gefüttert wird, besonders wenn es so hungrig wie Oriel ist.«

»Hunger ist keine Entschuldigung!«, unterbrach ihn Helenas Mutter.

Lord Roseby runzelte die Stirn. »Ich habe nicht gesagt, dass wir mit Oriel nachsichtiger als mit unseren anderen Pferden sein sollen.«

»William, ich halte diesen Hengst wirklich für gefährlich«, sagte Lady Roseby. »Wir können ein solches Risiko mit einem Pferd, über das wir nichts wissen, nicht eingehen.«

Helena hielt den Atem an. Wollte ihre Mutter ihren Vater dazu bringen, Oriel wegzugeben?

»Ich meine es ernst, William«, fuhr Lady Roseby fort. »Du willst doch nicht etwa, dass die Pferdepfleger verletzt werden, ganz zu schweigen von deiner Tochter! Es tut mir Leid, aber das Pferd muss verkauft werden.«

Kapitel 5

Helena starrte ihre Mutter bestürzt an. Sie wollte gerade protestieren, da hob ihr Vater die Hand.

»Einen Moment, Jocelyn«, sagte er zu seiner Frau und warf Helena einen warnenden Blick zu, damit sie schwieg. »Denkst du nicht, wir sollten dem Hengst eine Chance geben, sich einzugewöhnen, bevor wir so hart über ihn urteilen? Was Helena erzählt hat, klingt, als verdanke sie ihren gestrigen Unfall einem unglücklichen Zufall.«

Helena ließ erleichtert die Schultern sinken. Aber ihr Vater war noch nicht fertig. »Ich stimme dir jedoch zu, dass wir keine unnötigen Risiken eingehen sollten. Solange wir den Charakter des Pferds noch nicht einschätzen können, sollte Helena das Pflegen und Reiten den Stallburschen überlassen.« Er sah Helena an, seine braunen Augen waren ernst. »Klingt das gerecht?«

Das tat es ganz und gar nicht, jedenfalls nicht in Helenas Ohren. Sie erinnerte sich an den sanften Ausdruck in Oriels Augen, als sie gestern seine Box betreten hatte, und an die Art, wie er sie ganz von sich aus begrüßt hatte. Sie war sehr erschrocken bei dem Gedanken, ihr Vater könne Oriel wegen des Zwischenfalls verkaufen. Dieser Schock hatte alle Zweifel, die sie nach dem Unfall befallen hatten, vertrieben. Ihr fiel ein, wie der Hengst sich nach dem Vorfall verhalten hatte, und sie war sich so sicher wie nie zuvor, dass sie sein Vertrauen gewinnen konnte. Aber Helenas Mutter schien weiter skeptisch zu sein und es war zu befürchten, dass sie immer noch darauf bestehen könnte, Oriel fortzugeben. Daher sagte Helena schnell: »Natürlich, Papa.«

»Bist du einverstanden, Jocelyn?«, fragte Lord Roseby.

Lady Roseby nickte langsam. »Na gut, aber wenn das Pferd sich nicht bessert, wirst du ihn verkaufen müssen, William. Wir haben Glück gehabt, dass Helena nicht schlimm verletzt wurde.« Ihre blauen Augen sahen Helena an. »Versprichst du, dass du dich dem Hengst nicht näherst, Helena?«, fragte sie. »Du brauchst wirklich nicht im Stall zu helfen. Aber ich glaube, was die anderen Pferde angeht, ist es wohl ein bisschen zu spät, dir das zu sagen.« Ihr Blick wurde sanft und sie lächelte amüsiert.

Helena lächelte ebenfalls. »Danke, Mama. Ich werde Oriel nicht anrühren. Ich bin sicher, dass er sich eingewöhnen wird.«

»Hoffentlich hast du Recht«, sagte ihr Vater. Er legte seine Serviette auf den Tisch und schob den Stuhl zurück. »Ich muss jetzt gehen. Viel Spaß mit Faith heute Morgen, Nell.« Er lächelte Helena an und küsste seine Frau, dann eilte er aus dem Raum.

»Warum war es wohl so wichtig für Mr Crusoe die wilden Ziegen zu zähmen, Helena?«

»Ziegen?«, wiederholte Helena und sah ihre Hauslehrerin überrascht an.

Faith Powell seufzte. »Ja, Helena, Ziegen«, sagte sie noch einmal. Sie tippte auf das in Leder gebundene Buch auf dem Schreibtisch. »Wir befinden uns in dem Kapitel von Mr Defoes Buch, in dem Robinson Crusoe ein paar wilde Ziegen fängt und zähmt.«

Helena wurde rot und sah auf die aufgeschlagene Seite. Die schwarzen Buchstaben schienen vor ihren Augen zu tanzen. Sie konnte sich an kein einziges Wort der Szene erinnern, die sie gerade vorgelesen hatte. Mit ihren Gedanken war sie vollständig in Oriels Stall gewesen – das Erlebnis von gestern Abend ging ihr einfach nicht aus dem Kopf. Hätte sie sich anders verhalten müssen? Zum Beispiel energischer mit ihm reden oder sich dichter neben ihn stellen sollen?

»Verzeih bitte«, entschuldigte sie sich. »Ich war ganz weit weg mit meinen Gedanken.«

»Noch weiter als bis zu Mr Crusoes Insel?«, fragte Faith neckend.

Helena lächelte. »Na ja, vielleicht doch ein bisschen näher.« Einen kurzen Augenblick lang wollte sie Faith ins Vertrauen ziehen, ihr von ihrer Angst erzählen. Denn was wäre, wenn Oriel verkauft würde, bevor sie beweisen konnte, dass er ein zuverlässiges Pferd war? Faith war zwar ein paar Jahre älter als Helena. Aber sie war in Roseby aufgewachsen und Helena kannte sie schon ihr ganzes Leben.

Dem Vater von Faith, Elijah Buckle, gehörte das Dorfgasthaus, und ihre Schwester Charity war Wills Kindermädchen.

Doch Helena schwieg. Faith hatte Oriel vermutlich noch gar nicht gesehen. Man konnte also kaum von ihr erwarten, dass sie Mitleid mit dem Pferd empfand, wenn sie von Helenas Verletzung erfuhr. Daher entschied Helena erst einmal nichts über Oriel zu erzählen und sich lieber auf Robinson Crusoes Ziegen zu konzentrieren.

»Brauchte er sie, um Fleisch und Milch zu bekommen?«, tastete sie sich vor und rümpfte dabei die Nase, denn die einzige Ziege, die sie kannte, war das stinkende und schlecht gelaunte Exemplar des Küsters. Helena verspürte Mitleid mit Mr Crusoe. Der Arme musste Ziegenmilch trinken und die roch und schmeckte immer so, als hätte sie bereits tagelang in der Sonne gestanden.

»Ja, das stimmt schon«, sagte Faith. »Aber die Ziegen haben noch eine größere Bedeutung für ihn, denkst du nicht? Sie zeigen doch, wie es Robinson Crusoe gelingt, die wilde Insel in eine englische Farm zu verwandeln.«

Helena veränderte ihre Position auf dem Stuhl, um ihre steife Schulter zu entlasten. Es wurde allmählich etwas stickig im Salon, obwohl sie Mary Polstock natürlich dankbar war, dass sie ein Feuer hatte anzünden lassen. Es regnete schon den ganzen Vormittag ununterbrochen. Lady Rosebys neuer Teppich mit dem Rosenmuster hatte keine Chance mehr gegen die Feuchtigkeit, die durch die Dielenbretter zog.

»Was für eine traurige Vorstellung, dass Tiere gezähmt

werden müssen, damit sie nützlich für uns sind«, meinte Helena, in Gedanken versunken. Sie dachte dabei nicht an Ziegen, sondern an ein mahagonifarbenes Pferd mit intelligenten, leuchtenden Augen.

Faith sah sie aufmerksam an. »Das ist ein interessantes Diskussionsthema, aber nicht für heute«, sagte sie und schlug das Buch zu. In der Halle läutete die Glocke zwölf Mal, jeder Ton schallte durch den steinernen Korridor. »Es hat gerade aufgehört, zu regnen. Deiner Mutter ist es sicher recht, wenn du vor dem Essen etwas frische Luft schnappen gehst. Sollen wir Mr Crusoe bis zur nächsten Woche auf seiner Insel lassen?«

Helena lächelte ihre Hauslehrerin ein wenig schuldbewusst an. »Danke, Faith.«

Sie schob ihren Stuhl zurück und war dabei, das Buch wieder in das Regal mit den Glastüren zurückzustellen, da fügte Faith hinzu: »Und vielleicht solltest du die nächsten zwei Kapitel bis dahin lesen?«

Helena nickte. Wenn sie weniger abgelenkt war, gefiel ihr Daniel Defoes Geschichte über den Schiffbrüchigen recht gut. Und es war eine perfekte Ausrede, um sich vor der abendlichen Näharbeit zu drücken. Einer ihrer gestickten Kolibris war völlig misslungen. Sein Flügel war so merkwürdig verformt, dass er an einen fetten grünen Fisch erinnerte, der neben einigen üppigen Rosen entlangschwamm.

Helena verabschiedete sich von Faith und rannte dann hinauf, um sich ihr Reitkleid anzuziehen. Sie hatte vor dem Essen noch etwas Zeit, mit Snowdrop auszureiten.

Vor allem aber wollte sie nach Oriel sehen, denn die alarmierenden Worte ihrer Mutter gingen ihr nicht mehr aus dem Kopf.

Als Helena in den Stallhof kam, war es dort ziemlich ruhig. Isaiah Buckle, Faiths siebzehnjähriger Bruder war dabei, die Blumen in den Kübeln zu düngen, die den Hof säumten. Isaiah war der Gärtnergehilfe auf dem Anwesen der Rosebys. Er war ein langbeiniger, magerer Bursche mit hohen Wangenknochen. Wegen seiner kleinen grauen Augen sah er einem Hasen ähnlich.

»Tag, Lady Helena«, begrüßte er sie, richtete sich auf und blinzelte nervös.

»Guten Tag, Isaiah«, antwortete Helena. »Hast du Jamie gesehen?«

Isaiah deutete linkisch mit seinen langen Fingern zu den Ställen hinüber. »Er ist dort drinnen, Mylady. Soll ich ihn holen?«

Helena schüttelte den Kopf. »Nein, lass nur. Ich kann selbst nach ihm sehen.« Isaiah nickte und beugte sich wieder über seinen Dünger-Karren.

Helena ging über das Pflaster zu den Ställen und stopfte die Enden ihres Schultertuchs tief in den Kragen ihrer Jacke. Als sie bei Oriels Box ankam, blieb sie stehen und spähte über die Tür. Drinnen sah sie einen dunklen Schatten durch das Stroh rascheln.

»Hallo, du«, sagte Helena leise und legte ihre Hände auf die Tür. Sie versicherte sich, dass ihre Finger auch nicht zitterten. Sie fühlte eine ungewohnte Spannung und ihr war klar, dass der gestrige Unfall sie so beklommen machte. Aber auf keinen Fall würde sie wegen dieses einen Vorfalls ihr Vertrauen in das Pferd verlieren.

Wieder raschelte es und Helena hielt die Luft an, als der Hengst vorsichtig auf sie zukam und außerhalb des Lichtkegels vor der Tür stehen blieb. Er streckte seinen Hals vor, blies sanft seinen Atem durch die Nüstern und streifte dabei ganz vorsichtig ihre Finger.

Helena bewegte sich nicht. »Du weißt, dass ich dir nicht wehtue, nicht wahr?«, flüsterte sie.

Schritte ertönten in dem gewölbten Eingang zu den Stallungen. Helena hörte, wie Jamie Isaiah etwas zurief. Sie spannte ihre Muskeln an und wartete, ob Oriel sich erschrecken würde, aber der Hengst spitzte nur seine Ohren und lauschte den Geräuschen.

Jamie ging über den Hof auf Helena zu. Erst als er direkt hinter ihr stand, sagte er mit leiser Stimme: »Er scheint heute etwas weniger ängstlich zu sein, nicht wahr? Watkins meinte, dass er heute Morgen sogar seinen Kopf über die Tür gestreckt hat, als er auf sein Futter wartete.«

Helena lächelte, richtete ihre Augen aber weiter auf den Hengst. Das klang ja so, als wäre auch Jamie der Meinung, dass Oriel sich bald völlig normal verhalten würde. »Er braucht nur etwas Zeit, um sich einzuleben«, sagte sie zuversichtlich. Und dann sah sie Jamie plötzlich aufgeregt an. »Soll ich noch mal versuchen ihn zu bürsten?«

Jamie fühlte sich offensichtlich nicht wohl bei dem Gedanken. »Nell, dein Vater will vorerst nicht, dass du in Oriels Nähe kommst.«

»Aber ich weiß, dass alles mit ihm in Ordnung ist«, protestierte Helena. »Sieh ihn dir doch an! Das gestern war bloß ein Unfall. Selbst mein Vater hat das gesagt.«

Drinnen im Stall schnaubte Oriel sanft, als wolle er ihr zustimmen.

Jamie schüttelte den Kopf. »Lord Roseby hat uns allen heute Morgen ausdrücklich verboten dich in Oriels Stall zu lassen, bevor wir nicht mit Sicherheit wissen, dass wir dem Pferd vertrauen können. Tut mir Leid, Nell, aber du verstehst doch, warum er sich Sorgen macht.«

Helena trat einen Schritt von der Tür zurück und schlug frustiert die Hände zusammen. »Ich weiß, dass Papa besorgt ist. Aber Oriel hat sich wirklich gebessert. Und außerdem wird er sich nie an mich gewöhnen, wenn ich nicht in seine Nähe darf.« Sie ging zur Tür zurück und beobachtete das Pferd einen Moment.

Oriel blickte ruhig zurück, ein Strohhalm hing an seiner samtenen Lippe. Helena platzte fast vor Ungeduld. Wenn ihr Vater den Hengst jetzt nur sehen könnte, dann wüsste er, dass Oriel niemandem etwas zu Leide tun würde. Und tief in ihrem Innern plagte sie immer noch die Sorge, dass ihr Vater das Pferd fortgeben könnte. Sie musste ihm so schnell wie möglich Oriels Gutmütigkeit beweisen.

Auf dem Pflaster ertönte das Klappern eisenbeschlagener Hufe, als Watkins mit Monument, einem von Lord Rosebys Kutschpferden, vorbeiging, um es zu longieren. Eine lange Longe war am ledernen Halfter des dunkelgrauen Wallachs befestigt. Die beiden gingen auf eine der Koppeln, wo Watkins die Pferde weite, gleichmäßige Kreise laufen ließ, damit ihre Beine gedehnt wurden und sie auch an den Tagen, an denen Lord Roseby sie nicht brauchte, fit blieben.

»Meinst du, wir sollten Oriel auch longieren?«, fragte Helena Jamie.

»Vielleicht später einmal«, antwortete Jamie vorsichtig. »Schließlich wissen wir nicht, ob er das schon mal gemacht hat. Und wir sollten ihn nicht mit zu vielen neuen Dingen auf einmal durcheinander bringen.«

»Sei doch nicht so ein Feigling!«, gab Helena halb im Scherz zurück. Aus Angst, Oriel zu verlieren, sprach sie dann aber schärfer als sonst. »Wenn du ihn nicht longierst, mach ich das eben. Ich wette, er wird froh sein aus dem Stall zu kommen.«

Jamie fühlte sich in die Enge getrieben. »Ich sagte dir doch, dein Vater möchte nicht, dass du dich um Oriel kümmerst.«

»Dann muss ich eben aufpassen, dass er es nicht erfährt. Wir könnten ihn heute Nacht longieren, einverstanden?« Helena sah Jamie herausfordernd an. Selbst Oriel horchte bei Helenas bestimmtem Ton auf. »Der Mond ist bald voll, es sollte also hell genug sein«, fuhr sie fort und betrachtete den herbstlichen Himmel. Die Regenwolken waren aus dem Tal verschwunden und zogen wie flauschige schwarze Schafe über den Eggardon-Berg. »Wir werden uns um Mitternacht hier unten treffen.«

Jamie sah verblüfft aus. Helena musste zugeben, dass sie ihre Aufsässigkeit selbst überraschte. Schließlich war sie noch nie zuvor mitten in der Nacht in den Stallungen gewesen. Aber ihre Eltern durften auf keinen Fall herausfinden, was sie vorhatte, denn sie würden es ihr sicherlich sofort verbieten.

»Das kann ich nicht tun, Nell«, sagte Jamie leise, den Blick auf das Pflaster gerichtet.

»Oh Jamie, es gibt überhaupt keinen Grund, Angst vor Oriel zu haben«, meinte Helena. »Sieh ihn dir doch an! Er ist absolut brav, und je eher wir ihn wie jedes andere Pferd behandeln, umso besser.«

Jamies Zögern verwirrte sie. Noch nie hatte er Angst vor einem Pferd gehabt.

Jamie zuckte mit den Schultern. »Ich hab keine Angst«, sagte er. »Aber dein Vater hat uns einen Befehl erteilt und ich denk nicht dran, mich ihm zu widersetzen.«

Helena hob ihr Kinn, ihre grünen Augen blitzten. »Und wenn ich dir als Stallbursche *meines Vaters* befehle mir heute Nacht mit Oriel zu helfen?«, fragte sie und wählte ihre Worte mit Vorsicht.

Jamie sah ihr fest in die Augen, ein Lächeln zuckte in seinen Mundwinkeln. »Nell, du kennst mich gut genug, um zu wissen, dass ich da nicht mitmache. Ich kann mich heute Nacht nicht mit dir treffen, und damit basta.« Plötzlich bekam er einen ernsten Gesichtsausdruck. »Wenn dein Vater davon Wind bekäme, wäre ich meinen Job los.«

Helena nickte niedergeschlagen. Sie wusste, dass sie unfair war. Auf der anderen Seite wünschte sie sich so sehr, dass Jamie ihr helfen würde Oriel in der Nacht zu longieren. Konnte sie allein mit dem Hengst fertig werden? Aber sie hatte keine andere Möglichkeit.

Jamie schien Helenas Sorgen nicht zu bemerken. »Vielleicht hast du Recht und man sollte Oriel longieren«, fuhr er fort. »Ich werde es Watkins vorschlagen. Das Pferd wird bald ein wenig Bewegung nötig haben, wenn er weiter so viel Hafer frisst!« Er grinste Helena an.

Helena lächelte zurück. Sie musste Oriel zuliebe tapfer sein, auch wenn sie keine Hilfe von Jamie bekam. Sie streckte ihren Arm über die Stalltür und streichelte den warmen Hals des Hengstes. »Auf Wiedersehen, Oriel«, flüsterte sie leise. Als Antwort nickte der Hengst mit dem Kopf und blies seinen heißen, feuchten Atem auf ihren Ärmel. Seine Sanftheit bestärkte Helena in ihrem Entschluss und sie fühlte sich wieder zuversichtlich.

Während sie ihren Hut gerade rückte, wandte sie sich an Jamie: »Sattelst du Snowdrop bitte für mich? Ich werde sie heute Nachmittag reiten.«

Jamie nickte. Offensichtlich war er erleichtert, dass sie sich nicht weiterstritten. Helena ließ sich die Unterhaltung noch einmal durch den Kopf gehen und entschied dann, dass sie Jamie nicht angelogen hatte. Er ging nur fälschlicherweise davon aus, dass sie den Hengst nicht ohne seine Hilfe longieren würde.

Helena versuchte ihre Zweifel beiseite zu schieben und blickte Jamie hinterher. Bei dem Gedanken an die kommende Nacht kribbelte es in ihren Fingerspitzen vor Aufregung.

Helena nahm an diesem Abend eine Zunderbüchse mit ins Bett, damit sie ihre Kerze wieder entzünden konnte, nachdem alle anderen schlafen gegangen waren. Die Uhr im Stall schlug elf, dann zwölf Mal. Erst danach hörte sie das Knarren der Lederstiefel ihres Vaters, als er die Treppe hinauf- und an Helenas Tür vorbei in sein Ankleidezimmer ging.

Nachdem er die Tür hinter sich geschlossen hatte, zwang sich Helena dazu, bis zweihundert zu zählen. Dann schlug sie ihre Decke zurück und schwang die nackten Füße auf den Boden. Die Bodendielen waren eiskalt. Doch diesen Nachteil nahm Helena gern in Kauf. Denn dank der wolkenlosen Nacht warf der drei Viertel große Mond sein schwaches, frostiges Licht durch ihr Fenster. So brauchte sie keine Kerze, während sie sich die Reitkleidung überstreifte, die auf ihrer Kommode lag. Als Helena den schweren Wollrock um ihre Taille herum befestigte, wünschte sie sich zum tausendsten Mal, sie könnte wie Jamie Kniehosen tragen. Damit konnte man ungehindert gehen und rittlings im Sattel sitzen, ohne sich die Knie wund zu scheuern. Zumindest besaß sie einen Reitrock, der so weit war, dass sie ihn auf beide Seiten des Sattels verteilen konnte, wenn sie mit Jamie die Pferde tauschte.

Helena wagte kaum zu atmen, als sie die Tür ihres Schlafzimmers öffnete und auf Strümpfen zur Treppe schlich. Die Stiefel hielt sie in der Hand, um jegliches Geräusch zu vermeiden. Die Kerze und die Zunderbüchse waren in ihrer Rocktasche, für den Fall, dass sie im Hof mehr Licht benötigte. Die Holzstufen waren gefährlich rutschig, aber Helena kam sicher unten im Korridor an und öffnete die schweren, eisernen Bolzen an der Hintertür.

Draußen verschlug ihr die eisige Luft den Atem. Sie bückte sich und zog die Stiefel an, dann lief sie die steilen Steinstufen hinab, die in den Hof führten. Als Helena sich der Hausecke näherte, blieb sie stehen. Sie hatte erwartet, dass es um Mitternacht mucksmäuschenstill wäre. Doch aus den Ställen drangen verdächtigte Geräusche. Eine Tür schwang quietschend auf, danach hörte sie Gemurmel, konnte aber nicht verstehen, was gesagt wurde. Dann gab es merkwürdige, schlurfende Laute – sie klangen wie gedämpfte Trommelschläge. Schließlich noch mehr Geraschel und die Trommelschläge wurden lauter.

Helena spähte mit pochendem Herzen um die Ecke. Zwei dunkle Schatten kamen auf sie zu, braune Kutschpferde, die sich perfekt gegen das graue Mondlicht abhoben. Atemwolken kamen aus ihren Nüstern, ihre Schritte waren langsam und unsicher.

Trotz des schwachen Lichts konnte Helena erkennen, dass man ihre Hufen mit Stoffstreifen umwickelt und diese an ihren Fesseln festgeknotet hatte.

Furcht und Wut machte sich zu gleichen Teilen in Helena breit. Da stahl jemand Apollo und Jupiter!

Sie wich zurück, als die Pferde an ihr vorbeigingen, die Steinmauer fühlte sich rau und kalt unter ihren Handschuhen an. Sie musste in das Quartier der Pferdepfleger gehen und Watkins wecken oder Hawk, der oben im Haus schlief.

Plötzlich schreckte Apollo zurück und er warf den Kopf beunruhigt nach oben, als eine schwarz-weiße Katze über den Weg huschte.

»Verdammte Katze!«, zischte die schlanke Gestalt, die den Führstrick in der Hand hielt. Sie drehte sich um und hob die Hand, um Apollo zu beruhigen. Ein Mondstrahl fiel auf das Gesicht und Helena fühlte, wie ihre Knie vor Schreck zu zittern begannen.

Bei dem Pferdedieb handelte es sich um niemand anderen als Jamie Polstock.

Kapitel 6

Helena öffnete den Mund, um ihm etwas zuzurufen, aber ein eisiger Windstoß verschlug ihr den Atem. Sie rang nach Luft und versuchte es erneut, aber genau in diesem Moment griff Jamie in die schwarze Mähne von Apollo und sprang in einer fließenden Bewegung auf dessen Rücken. Er trieb den Wallach zu einem leichten Galopp an. Dabei drehte er sich zu Jupiter um und forderte ihn mit einem Zungeschnalzen auf, Schritt zu halten. Da die Hufe mit Stoffstreifen umwickelt waren, trommelten sie dumpf die Auffahrt hinunter. Dann verschwanden die Pferde durch das Tor, bevor Helena einen Ton herausbringen konnte. Ungläubig starrte sie hinter her.

Wo brachte Jamie die Pferde ihres Vaters hin? Er würde sie nicht stehlen, da war Helena sich sicher. Aber was um alles in der Welt machte er mit ihnen mitten in der Nacht? Es gab nur einen Weg, das herauszufinden. Helena hob ihren Rock mit einer Hand hoch und rannte zur Sattelkammer.

Die Tür schrammte über die Steinplatten, als Helena sie aufstieß. Sie hielt die Luft an und wartete auf ärgerliche

Rufe vom Speicher, in dem die Stallburschen wohnten. Aber nichts geschah und so ließ sie die Tür offen stehen und ging auf Zehenspitzen hinein, um Snowdrops Zaumzeug vom Haken zu nehmen. Sie überlegte kurz, griff sich dann ein paar Lappen, die zum Trocknen auf einem der Sattelhalter hingen, und schlüpfte wieder hinaus.

Sie ging im Schatten an der Mauer entlang und schlich sich dann in die Stallungen. Die Nachtluft duftete nach Pferden und Heu. Snowdrop stand dösend mit hängendem Kopf in ihrem Stall am anderen Ende des Ganges – sie sah aus wie ein geisterhafter blasser Schatten. Als Helena sich näherte, zuckte sie mit den Ohren, erstaunt, aber nicht beunruhigt über den Besuch zu dieser späten Stunde.

»Hallo, meine Hübsche«, flüsterte Helena, nahm das Zaumzeug von ihrer Schulter und legte es über Snowdrops Kopf. Das Metallgebiss klirrte verräterisch, aber die Stute dämpfte die Geräusche schnell mit ihren weichen Lippen. Helena schloss den Kehl- und den Nasenriemen, dann hob sie einen Huf nach dem anderen hoch, umwickelte sie mit den Lappen und befestigte die Enden sorgfältig an den Fesselgelenken. Die Stute beugte den Kopf nach unten und beschnüffelte neugierig diese ungewöhnliche Fußbekleidung.

»Komm, mein Schatz«, sagte Helena leise und führte das Pferd aus dem Stall und den Gang entlang. Snowdrops Hufe erzeugten leise, dumpfe Geräusche auf dem Pflaster, aber sie hob ihre Füße vorsichtig und stolperte nicht, als sie in den Hof hinausgingen.

Helena führte Snowdrop zum Aufsteigblock, versicherte sich, dass in der Unterkunft der Pferdepfleger nach wie vor kein Licht entzündet worden war, und sprang dann auf den breiten, warmen Rücken der Stute. Sie war schon lange nicht mehr ohne Sattel geritten. Als Kinder waren sie und Jamie oft ohne Zaumzeug und Sattel auf Bumblebee durch den Obstgarten galoppiert, und Helena wusste, dass sie dank Snowdrops sanfter Gangart nicht von ihrem Rücken herunterrutschen würde.

Sie nahm die Zügel in die Hände, ritt mit Snowdrop die Auffahrt hinunter und bog dann links in die Dorfstraße ein; das war die Richtung, in der Jamie vor nur wenigen Minuten verschwunden war.

Hinter ihr schlug die Uhr im Wagenschuppen einmal und in irgendeinem der Häuser, die hinter dem Black Feathers standen, bellte eine Hund. Ansonsten herrschte absolute Stille, die Lichter im Gasthaus waren alle aus und die massive Eichentür fest verriegelt. Helena ritt am Gasthof vorbei und verließ dann das Dorf, dabei presste sie ihre Knie eng an den Pferdekörper, um nicht herunterzugleiten. Jamie und die Kutschpferde waren nirgends zu sehen, aber es gab nur einen Weg in diese Richtung. Er führte direkt auf die Klippen zu. Die Gatter zu beiden Seiten der Straße, die auf die Wiesen und Felder führten, waren geschlossen und das feuchte Gras in den Toreinfahrten sah unberührt aus. Deshalb war Helena sicher, dass Jamie keinen anderen Weg genommen haben konnte.

Vor ihr ging die Landschaft jetzt in eine steile Schlucht über, die in die Freshwater-Bucht hinunterführte. Es sah aus, als hätte sich hier einst ein Riese erschöpft angelehnt, nachdem er an Land geschwommen war. Zu beiden Seiten der Schlucht zogen sich Wiesen hinauf und ging dann in die Klippen über. Das Gras wurde von Schafen kurz gehalten. Direkt vor der Stelle, an der das Land abfiel, stieß die Dorfstraße auf die Hauptstraße, die von Abbotsbury nach West Bay ging. Das Flussbett des braunen Bredy-Flusses führte unter der Hauptstraße durch und dann die Schlucht hinab bis zur Küste. Daneben verlief ein steiniger Pfad.

Helena brachte Snowdrop unter einigen Buchen zum Stehen und blickte in die Freshwater-Bucht hinunter. Der Winkel der Schlucht war hier zu steil, um zu erkennen, ob sich jemand auf dem Pfad befand. Aber Helena konnte einen schmalen Streifen des Strands ganz am Rand der Bucht sehen, wo das Meer silbrig im schwachen Mondlicht glänzte.

Zu ihrer Überraschung war die kleine Bucht nicht verlassen. Ein langes Boot mit niedrigem Rumpf schaukelte im Schaum, den die Wellen erzeugten, wenn sie über die Steine rollten. Ein halbes Dutzend schattenhafter Gestalten lief über den Strand zum unteren Ende der Schlucht, die See übertönte das Geräusch, das ihre Schritte auf dem Kies erzeugten. Ihre Bewegungen wirkten mühsam, ihre Umrisse merkwürdig gebeugt. Schließlich begriff Helena, dass sie schwere Ladung aus dem Boot schleppten. Es handelte sich um runde Fässer und Bündel, die sie an Stoff erinnerten.

Helena erstarrte. Das mussten Schmuggler sein!

Kurz darauf sah sie, wie sich das Boot von der Küste entfernte, angetrieben von sechs Ruderpaaren, die geräuschlos in die silberne See eintauchten. Der Strand war nun leer und es gab keine Spur mehr von den Schmugglern, die das Boot entladen hatten. Aber dann hörte sie über das Schmatzen und Saugen der Wellen hinweg neue Geräusche: gedämpfte Hufttritte, das Ächzen eines Holzkarrens, der den steilen Pfad von der Küste hinaufkam, und die leisen Schritte der Männer, die vorsichtig über den steinigen Weg schlichen.

Mit klopfendem Herzen und schweißnassen Händen zog sich Helena in den Schatten der Bäume zurück. Was würden diese Schurken tun, wenn sie sie hier beim Spionieren entdeckten? Und wo war Jamie? Helena konnte nur hoffen, dass er den Schmugglern nicht über den Weg lief, wo immer er Apollo und Jupiter auch hingebracht hatte. Was für ein Pech, dass sie sich alle in der selben Nacht draußen herumtrieben!

Ein einzelner Mann tauchte am oberen Ende der Schlucht auf, blieb stehen und blickte die Hauptstraße hinauf und hinunter. Dann drehte er sich um und gab ein lautloses Zeichen mit der Hand. Sofort tauchte ein Pferd hinter der Bergkuppe auf. Es zog den schweren Wagen über die Steine und hatte den Kopf vor Anstrengung gebeugt. Eine schlanke Person lief neben dem Pferd her und trieb es mit leisen Worten an. Ein weiteres Pferd mit einem weniger schwer beladenen Wagen folgte. Männer gingen neben dem Wagen her und passten auf, dass die darauf geladenen Fässer nicht herunterrutschten.

Helena fühlte, wie ihr die Angst die Kehle zusammenschnürte. In Sekundenschnelle hatte sie die Pferde und die schlanke Person, die neben dem ersten herlief, erkannt. Jamie war nicht zufällig in der gleichen Nacht wie die Schmuggler auf den Klippen, nein, er hatte ihnen die Kutschpferde ihres Vaters gebracht!

Der erste Wagen erreichte die Hauptstraße nach Roseby und Jamie führte das Pferd direkt auf die Buchen zu, unter denen Helena stand. Sie hielt den Atem an und versuchte Snowdrop dazu zu bringen, dasselbe zu tun. Dass sie ein Mitglied dieser kriminellen Bande kannte, änderte nichts an ihrer panischen Angst. Im Gegenteil, alles wurde dadurch nur noch schlimmer. Sie fürchtete sich vor Jamies Reaktion, wenn er herausfand, dass sie ihm gefolgt war. Sie hatte das Gefühl, als habe sie es mit einem Fremden zu tun und nicht mit ihrem vertrauten Freund, der die Pferde mit ihr tauschte und alle ihre Geheimnisse kannte.

Plötzlich schnaubte Snowdrop zu Helenas Entsetzen und verlagerte geräuschvoll ihr Gewicht von einem Hinterbein auf das andere. Das Kutschpferd, das den ersten Wagen zog – Helena konnte bei dem schwachen Licht nicht erkennen, ob es sich um Apollo oder Jupiter handelte – machte einen Satz zur Seite. Da es auf Grund der Stoffstreifen um die Hufe etwas schwerfällig war, strauchelte es und fiel auf die Knie. Der Mann, der vorneweg ging, stieß einen unterdrückten Fluch aus, drehte sich um und rannte zum Wagen zurück.

Trotz aller Furcht bemerkte Helena, dass dieser Schmuggler ihr irgendwie vertraut vorkam, mit seinem leichtfüßigen Gang und dem langen Hals unter dem breiten schwarzen Hut. Sie war sich fast sicher den Lakaien Hawk zu sehen.

In ihrem Kopf begann sich alles zu drehen, als ihr allmählich dämmerte, dass es sich hier um eine Schmugglerbande aus Roseby handelte und sie vermutlich jeden dieser Männer kannte. Aber sie hatte es jetzt nicht mit den getreuen Arbeitern und Pächtern ihres Vaters zu tun, die auf den Lohn und das Dach über dem Kopf angewiesen waren, die sie von ihrem Gutsherren erhielten. Diese Männer verfolgten eigene dunkle Interessen und brauchten die Rosebys nicht. Doch Helena hatte nicht die Absicht, sie deshalb zur Rede zu stellen.

Jamie hatte inzwischen das verschreckte Pferd beruhigt und beugte sich hinunter, um die Knie des Pferdes zu untersuchen. Jetzt erkannte Helena an der längeren Nase und dem schmaleren Kopf, dass es sich um Jupiter handelte. Das Kutschpferd war wieder aufgestanden, aber ein Bein berührte nur mit der Spitze des Hufes den Boden, als wollte Jupiter es nicht belasten. Jamie murmelte Hawk etwas zu, richtete sich auf und rieb sich den Nacken. Das tat er immer, wenn ihm etwas Sorgen bereitete. Helena fuhr zusammen, als sie diese vertraute Handbewegung erkannte, und der Anblick schmerzte sie. Hawk sah sich um, zeigte auf die Buchen und flüsterte Jamie etwas zu. Die zwei versuchten herauszufinden, was Jupiter erschreckt hatte, und Helena wusste, dass sie nichts tun konnte, außer abzuwarten, bis man sie entdeckte.

Die Zeit schien stillzustehen, als Jamie zu den Bäumen

lief. Auf halbem Wege blieb er plötzlich stehen und stieß einen erstaunten Pfiff aus. Helena wusste, dass er Snowdrops grauen Körper erkannt hatte. Sie lugte hinter Snowdrops Kopf hervor und sah, dass Jamie eine Hand hob, um den Männern hinter ihm zu signalisieren, dass alles in Ordnung sei. Das Blut rauschte in ihren Ohren, während sie beobachtete, wie Jamie bis zur Schattenkante der Bäume ging und dort stehen blieb. Das Mondlicht beleuchtete seine hellen Knöchel, als er die Fäuste ballte.

»Helena!«, zischte er. »Ich weiß, dass du da bist. Was zum Teufel machst du hier?«

Da wurde Helena ärgerlich und das machte ihr Mut. Sie trat einen Schritt vor und legte ihre Hand auf Snowdrops Hals, um sie zu beruhigen. Bei Jamies wütendem Ton hatte die Stute alarmiert ihren Kopf gehoben. »Ich könnte dich dasselbe fragen«, gab sie zurück. »Wie kannst du es wagen, die Pferde meines Vaters zu stehlen? Und dann auch noch zum *Schmuggeln?«* Sie schwieg, da sie vor Wut kein Wort mehr herausbrachte, und bemerkte, dass Jamie seine braunen Augen zornig zusammengekniffen hatte.

»Sei nicht dumm, Nell!«, stieß er durch die Zähne hervor. »Ich habe die Pferde nicht gestohlen. Wir haben sie uns nur für heute Nacht geliehen. Normalerweise nehmen wir die Pferde von Bauer Powell, aber ein Berittener Zollfahnder wohnt zurzeit bei ihm. Jetzt habe ich aber keine Zeit, weiter mit dir zu streiten. Geh nach Hause, bevor uns die Zollfahnder erwischen.«

»Was macht dich so sicher, dass ich die Zollbeamten nicht selber hole?«, fragte Helena herausfordernd. »Schließlich seid ihr nichts anderes als gewöhnliche Diebe. Was ihr hier tut, ist gegen das Gesetz, Jamie.«

Mit einer schnellen Bewegung machte Jamie einen Schritt nach vorn und ergriff Helenas Handgelenk. Helena zuckte zusammen und versuchte sich zu befreien, aber er hielt sie zu fest und kam so nah an sie heran, dass sie seinen Atem auf ihrem Haar fühlte.

»Mit gewöhnlichen Dieben haben wir nichts zu tun, Nell«, sagte er leise und funkelte sie an. »Diese Ware wurde ordnungsgemäß bezahlt bis auf den Steueraufschlag der Regierung. Wir versuchen nur unsere Familien zu ernähren und mit Kleidung zu versorgen. Aber was weißt du schon, wie's ist, wenn man sich kein Päckchen Tee oder Stoff leisten kann? Das ist kein Diebstahl, Nell. Es ist nur eine andere Art, Dinge zu kaufen. Keiner von uns würde dafür jemanden verletzen. Wir haben ja noch nicht mal Waffen bei uns, siehst du?« Er schlug seinen Mantel mit der freien Hand auf und sie sah sein fleckiges Unterhemd, doch keinen Pistolengurt oder Schlagstock. Aber davon war Helena auch nicht ausgegangen.

Mit einem aufgebrachten Zischen ließ Jamie Helenas Handgelenk los und drehte sich um.

»Jetzt geh heim, bevor dich die restliche Bande zur Rede stellt«, befahl er ihr. »Keine Sorge, wir tun dir nichts«, fügte er trocken hinzu, als er die plötzliche Furcht in Helenas Gesicht sah. »Du hältst uns nur auf, und wenn ich an Jupiters Knie denke, hast du uns heute Nacht bereits mehr als genug Ärger eingebrockt.«

Helena machte sich plötzlich Sorgen um das Kutschpferd. »Lahmt er?«, fragte sie und versuchte einen Blick über Jamies Schulter zu werfen.

»Ja«, sagte Jamie düster. »Es ist nicht schlimm, aber er kann den Wagen heute Nacht nicht mehr ziehen. Doch das ist unser Problem, nicht deins.«

In diesem Moment tauchte ein breiter Mann hinter Jamie auf und eine tiefe Stimme fragte: »Was ist hier los, Junge?«

Helena biss sich auf die Lippen, um ihre Empörung zu unterdrücken. Es handelte sich um Samuel Polstock, Jamies Vater.

Der Schmied wartete einen Moment, bis sich seine Augen an das schwache Licht unter den Buchen gewöhnt hatten. Dann starrte er Helena ungläubig an. »Lady Helena! Was machen Sie denn um diese Uhrzeit hier?« Seine Stimme war leise, aber ärgerlich und Helena wich erschrocken an den Baumstamm zurück.

»Ich . . . ich bin Jamie gefolgt«, gestand sie schnell. »Ich sah, wie er die Pferde nahm . . .«

Plötzlich versteifte sich Samuel und Helena hörte laute, hastige Fußtritte auf sie zueilen. Angesichts dieser Unvorsicht handelte es sich offensichtlich um eine wichtige Nachricht. Eine schlaksige Gestalt raste die Hauptstraße hinab, in ihrer Hand schwang eine Laterne aus Metall, die mit einer langen Blende versehen war, wild hin und her. Die großen grauen Augen in dem hageren, geröteten Gesicht waren vor Panik weit aufgerissen. Schlitternd kam der Bote neben Helena und Samuel zum Stehen.

»Sie kommen aus West Bay! Es sind mindestens drei«, stieß Isaiah Buckle hervor und atmete schwer.

Samuel Polstock runzelte die Stirn und bekam einen düsteren Gesichtsausdruck.

Helena lief ein Schauder den Rücken hinunter. »Wer kommt denn?«, flüsterte sie.

Isaiah war mit seinen Gedanken ganz woanders und schien daher gar nicht überrascht Lord Rosebys Tochter bei den Schmugglern anzutreffen. Er holte tief Luft. »Berittene Zollfahnder, Mylady!«

Kapitel 7

Samuel Polstock wandte sich sofort an die Männer bei den Wagen, die die Gruppe unter den Bäumen neugierig anstarrten. »Alles klar, dann bringen wir diese Ladung schnell ins Dorf.«

Er wurde von einer leisen Stimme unterbrochen. Es war Hawk, der vorsichtig über die Straße auf sie zueilte.

»Sam, dieses Pferd wird uns jetzt nichts nützen . . .« Er brach ab, als er Helena sah. »Was zum Teufel tut sie denn hier?«, fragte er alarmiert. Er sah sich um, als ob er befürchtete, dass jeden Moment eine Horde Soldaten auftauchen und sie ergreifen könnte.

Polstock schüttelte ungeduldig den Kopf. »Wir haben jetzt keine Zeit, uns wegen ihr Sorgen zu machen. Bist du sicher, dass das Pferd lahmt?«

Hawk nickte. »Wir müssen es losmachen und das andere für beide Wagen nehmen. Viel Zeit ham wir nicht, aber wenn wir uns beeilen, schaffen wir's vielleicht vor der Patrouille.«

Samuel runzelte die Stirn. »Wenn das die einzige Möglichkeit ist, die Sache heute Nacht durchzuziehen, sollten wir besser gleich loslegen. Spann das lahme Pferd ab, Richard«, befahl er dem Lakaien. »Wir schieben den Wagen von der Straße und holen ihn später.«

Am liebsten hätte Helena sich wegen Jupiter entschuldigt. Aber sie hörte schweigend zu und biss sich auf die Lippen, um Samuel und Hawk nicht zu unterbrechen. Hinter ihr schnaubte Snowdrop und stupste sie sanft in den Rücken. Bevor Helena nachdenken konnte, platzte sie heraus: »Warum nehmt ihr nicht stattdessen Snowdrop? Sie ist stark genug, um den Wagen zu ziehen, und es würde sicherlich Zeit sparen!«

Kaum hatte sie das ausgesprochen, wurde ihr klar, wie ungewöhnlich ihr Vorschlag war. Die Tochter von Lord und Lady Roseby bot einer Schmugglerbande ihre Hilfe an! Aber vielleicht lag es daran, dass sie vor diesen Männern einfach keine Angst haben konnte. Helena kannte sie schon ihr ganzes Leben als treu ergebene Freunde, als Schmuggler hingegen erst seit wenigen Minuten. Trotz der nächtlichen Stunde und der Geheimnistuerei waren es doch die Bewohner des Dorfes, das ihrem Vater gehörte.

Jamie sah sie verständnislos an. »Sei doch nicht blöd, Nell«, flüsterte er. »Das geht weder dich noch Snowdrop was an.«

Samuel Polstock legte seine große Hand auf Jamies Schulter. »Schon gut, Junge.« Er schien zu grübeln und sein Gesichtsausdruck war undurchschaubar, während er Helena ein paar Augenblicke lang betrachtete. Sie hielt seinem Blick stand. Hoffentlich verstand er, dass sie nicht nur daneben stehen und zusehen konnte, wie ihre Freunde und Nachbarn von Zollfahndern geschnappt wurden, was auch immer sie verbrochen hatten. Ihr Angebot war ehrlich gemeint und eine andere Möglichkeit gab es für die Schmuggler nicht.

Schließlich nickte Samuel Polstock. »Einverstanden, wir nehmen Lady Helenas Stute.«

»Und wenn sie den Zollmännern von uns erzählt?«, widersprach Jamie und entzog sich der Hand seines Vaters. »Sie hat hier draußen nichts zu suchen, das weißt du.«

Helena hatte genug von den Streitereien. Sie glättete ihre Reitjacke und zog Snowdrop mit einem Schnalzen hinter sich her, vorbei an Jamie. Dann trat sie aus dem Schatten der Bäume. Die restlichen Schmuggler hatten sich um den ersten Wagen versammelt und unterhielten sich leise. Ihre Anspannung war deutlich zu sehen. Als Helena erschien, schwiegen sie und starrten sie erstaunt, teilweise auch panisch an. Helena warf einen schnellen Blick auf die Männer und war beruhigt, als sie Hugh Weaver, einen der Gärtner des Herrenhauses, und Robert Clark, den Dachdecker, erkannte. Jetzt war nicht der Moment, um Höflichkeiten auszutauschen, daher sagte sie nichts, sondern führte Snowdrop schnell zu Jupiter hinüber, der immer noch das Vorderbein hochhob.

Hawk wischte einen Blutstropfen ab, der am Röhrbein des Kutschpferdes hinunterlief. Er schaute auf, als Helena herankam, und eine Sekunde lang war sein Blick alarmiert, doch dann sah er Samuel hinter Helena auftauchen.

»Wir nehmen die graue Stute statt dieses Pferdes«, sagte der Schmied mit leiser, aber entschlossener Stimme, die keinen Einwand zuließ. »Spann Jupiter schnell aus, bevor die Patrouille kommt.«

Hawk richtete sich auf und begann das Geschirr abzumachen. Jamie tauchte neben Helena auf. »Ich übernehme Snowdrop jetzt«, raunte er. Sie konnte sein Gesicht unter dem breitkrempigen Hut nicht erkennen. Er langte an Helena vorbei und nahm ihr die Zügel ab. »Komm mit, Mädchen.«

Helena trat beiseite und beobachtete, wie Jamie die graue Stute fachmännisch vor den Wagen spannte. Irgendetwas kam Helena dabei seltsam vor und es dauerte einen Moment, bis sie erkannte, was: Sie vermisste das Knarren der Lederriemen. Als sie sich das Zaumzeug genauer ansah, stellte sie erstaunt fest, dass es aus Seilen bestand. Fast unbewusst streckte sie ihre Hand aus, um den Zugriemen an Snowdrops Flanke zu fühlen.

»Zaumzeug aus Seilen macht weniger Lärm«, erklärte ihr Jamie. Er zeigte auf die hölzernen Räder des Wagens und Helena sah, dass sie mit eng anliegenden Lederbändern umwickelt waren. »Wir tun alles, damit neugierige Ohren uns nicht hören können«, betonte Jamie.

Helena nickte.

Jamies Vater berührte sie leicht an der Schulter. »Setzen Sie sich in den Wagen, Helena. Schnell.«

»Und was ist mit Jupiter?«, fragte Helena und sah sich nach dem Kutschpferd um.

»Ich hab ihn aufm Feld laufen lassen.« Hawk kam zu ihnen. Die Stoffstreifen und Jupiters Sattel hatte er bei sich. »Bis zum Morgen ist das kein Problem. Jamie kann ihn zurückholen, bevor jemand merkt, dass er weg ist.«

Jamie zog der grauen Stute ordentliche Filzhüllen statt der verknoteten Lumpen über die Hufe und gab Helena ein Zeichen. Sie ging hinter ihm her, an Snowdrops Karren vorbei, der hoch beladen war mit dunklen Holzfässern und in Öltuch eingewickelten Bündeln, die nass vom Salzwasser glänzten. Neben Apollos Wagen, auf den die Männer jetzt leise kletterten, blieben sie stehen.

»Hier, Mylady.« Eine riesige, raue Hand wurde ausgestreckt und Helena ergriff sie, um sich auf den Wagen ziehen zu lassen. Der Mann, der ihr geholfen hatte, drehte sich um und klopfte auf ein Fass neben ihm. »Sie können sich hier hinsetzen«, sagte er zu ihr.

Selbst in der Dunkelheit erkannte Helena ihn an seiner Stimme. Es war Diggory Hardcastle, der Küster der Kirche. »Danke, Diggory«, murmelte sie, raffte ihren Rock hoch und ließ sich vorsichtig auf dem wackeligen Sitz nieder. Jamie war schon wieder zu Snowdrop zurückgegangen, um sie zu führen.

Helena sah ihre Begleiter an. Die meisten Gesichter der fünf oder sechs Männer, die auf den Fässern und Bündeln hockten, waren im Schatten, aber alle kamen ihr vertraut vor. Helena war sicher, dass es sich bei der kräftigen, langbeinigen Gestalt am anderen Ende des Wagens um Harry Savage handelte. Er wohnte in dem Bauernhaus neben dem Anwesen der Rosebys und kümmerte sich um die Milchkuhherde ihres Vaters.

Der Wagen fuhr mit einem Ruck an und Helena wäre fast von ihrem Fass gefallen. Diggory ergriff ihren Arm und hielt sie fest. »Alles klar, Mylady?«, sagte er.

»Ja, danke«, antwortete Helena und stemmte ihre Füße fest auf den Boden des Wagens. Einen Moment lang fragte sie sich, was genau sie hier eigentlich tat, aber dann drängte sie diese Bedenken zurück.

Apollo zog den Wagen mit gleichmäßigem Tempo zwischen den mondbeschienenen Hecken hindurch. Man hörte nur das Knarren der Fässer und das leise Atmen der Männer. Die mit Leder umwickelten Räder machten auf den Steinen kaum ein Geräusch und Apollo trat so leise auf wie eine Katze.

Als der Weg zum Dorfrand hin anstieg, rollte etwas Scharfkantiges, Metallisches über den Wagenboden und blieb neben Helenas Knöchel liegen. Sie bückte sich, hob es auf und betrachtete es neugierig. Das Mondlicht fiel schimmernd auf eine merkwürdige Zinnlaterne. An der Stelle, durch die das Licht hindurchschien, war eine lange, schmale Blende befestigt. Helena hatte sie schon einmal in Isaiahs Hand gesehen, als er von seinem Beobachtungsposten auf der Hauptstraße herbeigerannt war.

Diggory beugte sich zu ihr hinüber, sein buschiger grauer Schnäuzer kitzelte Helenas Wange und seine Atem streifte ihr Ohr. »Das ist eine Laterne zum Schmuggeln, Mylady«, flüsterte er. »Das Licht scheint auf die See, aber sonst nirgendwohin. Denn der junge Isaiah möchte nur einem bestimmten Schiff da draußen sein Signal senden, nicht den Zollleuten auf den Klippen, verstehn Sie?«

Helena nickte. Von ihrem eigenem Mut überrascht, fragte sie: »Was ist in den Fässern und Bündeln, Diggory?«

Sie spürte den Blick seiner blauen Augen einige Sekunden auf sich ruhen. »In den Fässern ist Brandy«, antwortete er schließlich. »Und in den Bündeln Tee, Spitze und Seide. Aber hauptsächlich Tee, Mylady.«

Diese Aufzählung klang wie die Einkaufsliste, die Mary Polstock am Markttag mit nach Dorchester nahm. Helena wusste nicht, was sie erwartet hatte, aber es kam ihr übertrieben vor, dass die Männer für eine Kanne Tee und etwas Stoff so ein hohes Risiko eingingen. Stimmte es, was Jamie gesagt hatte? War dies für die meisten Leute die einzige Möglichkeit, sich solche alltäglichen Dinge zu leisten? Helena grub ihre Finger in den festen Wollstoff ihrer Reitkleidung. Plötzlich wurde ihr klar, wie wenig sie über das Leben der Dorfbewohner wusste.

Die ersten Häuser tauchten in der Dunkelheit auf. In keinem Fenster flackerte ein Licht, als die Wagen leise vorbeirollten. Helena fragte sich, ob die Bewohner wohl in ihren Zimmern saßen und die Wände anstarrten, nur um den Zollbeamten nichts erzählen zu können, wenn jene unangenehme Fragen stellen sollten. Bei diesem Gedanken musste sie einfach zurückschauen – sie befürchtete fast, dass jeden Augenblick das Hufgetrappel ihrer Verfolger ertönen und Pferdegeschirr aufblitzen würde.

Diggory bemerkte ihren Blick. »Die brauchen noch 'ne Weile«, versicherte er ihr. »Isaiah hat gute Augen und ist schnell, deshalb muss er immer nach den Zollmännern Ausschau halten. Er wird sie entdeckt haben, als sie von

West Bay abgefahrn sind und das ist noch 'ne gute Reitstunde entfernt.«

Helena fühlte, wie ihr Herz vor Angst auf einmal heftig zu pochen begann. Was würde geschehen, wenn sie zu viel Zeit für den Pferdewechsel bei dem ersten Wagen verbraucht hatten? Würden Roger Chapmans Männer sie tatsächlich verhaften? Oh Gott, was würde ihr Vater dazu sagen? Sicherlich war den Berittenen Zollfahndern doch klar, dass sie keine echte Schmugglerin war!

Plötzlich blieb der Wagen mit einem Ruck stehen. Hawk kam zum hinteren Teil des Wagens. »Bitte, Lady Helena«, sagte er und hielt ihr die Hand hin, um ihr hinunterzuhelfen. Helena stand auf und ließ sich vom Wagen herunterheben. Dann ging sie schnell zur Seite, als die Männer hinter ihr vom Wagen rutschten und damit begannen, die Bündel abzuladen. Helena sah sich um und stellte fest, dass sie vor dem Friedhof Halt gemacht hatten, der neben dem Herrenhaus lag. Als sie die vertrauten Umrisse ihres Heims hinter dem quadratischen Glockenturm aufragen sah, malte sie sich aus, wie entsetzt ihre Eltern wären, wenn sie wüssten, was sie hier machte.

Samuel Polstock tauchte zwischen den Männern auf. Sein schwarzer Schopf überragte die meisten von ihnen. »Beeilt euch, Jungs«, befahl er mit leiser Stimme, langte über die Wagenwand und hob ein schweres Holzfass heraus, als handelte es sich um ein kleines Anzündholz.

Robert Clark hielt Helena eines der in Öltuch eingeschlagenen Bündel hin. »Können Sie das tragen, Mylady?«, fragte er.

Helena schlang ihre Arme um das Paket. Es war sperrig und glitschig, aber nicht schwer. »Ja, ich denke schon«, antwortete sie.

Der Dachdecker zeigte zum Friedhofstor. »Folgen Sie Diggory«, sagte er.

Der Küster verschwand im Schatten des überdachten Tors, das zum Friedhof führte. Helena ging vorsichtig über die unebenen Stufen, das glitschige Bündel drohte ihr jeden Moment aus den Armen zu gleiten. Sie folgte dem Küster über den Rasenstreifen neben dem Kiespfad, der um die Kirche herumführte. Eine unheimliche schwarze Öffnung gähnte in der Wand auf der Südseite. Helena wusste, dass dies der Eingang zur Krypta war, aber sie war noch nie hinuntergestiegen. Ihre Vorfahren lagen dort unten begraben und beim Gedanken an all die Skelette, die in ihren Steinsärgen zu Staub zerfielen, wich Helena unwillkürlich ein paar Schritte zurück, bis sie schließlich zwischen den Grabsteinen auf dem Rasen stand.

Diggory wartete neben dem schwarzen Loch, sein durchnässtes Bündel hatte er vor sich auf den Boden gelegt. Er öffnete eine kleine Zunderbüchse aus Zinn und strich mit einem scharfkantigen Feuerstein über das Metall. Funken sprühten und eine kleine Flamme loderte auf, als die Funken das Stoffstück trafen, das zusammengefaltet in der Zunderbüchse lag. Helena beobachtete schweigend, wie der Küster damit eine Laterne anzündete. Sie strahlte ein blässliches gelbes Licht aus, das kaum weiter als über die erste Stufe der Krypta reichte.

»Soll da die ... die Ladung gelagert werden?«, fragte Helena zögernd.

»Ja, Mädchen«, grummelte Diggory. Er bückte sich und kletterte in die Öffnung hinein. Die untere Hälfte seiner Beine wurde sofort von der Finsternis verschluckt.

Plötzlich blieb er stehen und Helena hörte ihn leise fluchen. Ohne nachzudenken, ließ sie ihr Bündel fallen und rannte zum Eingang der Krypta hinüber. Der Küster stand wenige Schritte unterhalb von ihr und starrte in die Dunkelheit.

Helena raffte ihren Rock hoch und tastete sich zu ihm hinunter. Als sie bei Diggory ankam, blieb sie erschrocken stehen. Bei der eisigen Kälte, die ihre Füße und Schienbeine umfing, handelte es sich nicht um die feuchte Luft eines Grabs. Die Krypta war überflutet. Das Licht der Laternen spiegelte sich auf dem Wasser als schwacher goldener Lichtschein. Er kräuselte sich leicht wegen des Saums von Helenas Rock, der auf der Wasseroberfläche trieb.

Draußen ertönte ein Geräusch, Helena drehte sich um und sah hinauf. Samuels Kopf erschien im Eingang, sein Gesichtsausdruck war im Schatten nicht zu erkennen. »Ist etwas nicht in Ordnung, Diggory?«, fragte er leise.

Diggory watete die Stufen wieder hinauf. »Ja«, sagte er kurz. »Der Bredy-Fluss muss unterirdisch angestiegen sein, wie vor zwanzig Jahren. Diesen Platz können wir heut Nacht nicht benutzen, das ist mal sicher.«

»Mist!«, murmelte Samuel. Als das Licht von Diggorys Laterne auf Helenas Gesicht fiel, machte er einen Satz.

»Was machen Sie denn da unten, Helena? Kommen Sie hoch, sonst werden Ihre Füße noch nass.«

»Aber wo wollen Sie jetzt die Ladung hinbringen?«, fragte Helena, als sie aus der Krypta herausgeklettert kam und Samuel gestattete, ihr bei der letzten Stufe zu helfen.

»Wir haben noch andere Verstecke«, antwortete Samuel ruhig.

»Diesmal sind's nich so viele«, warnte Diggory den Hufschmied. »Du weißt doch, dass die Kellerräume vom Black Feathers ebenfalls überflutet sind. Und Master Powells Heuboden ham wir erst letzte Woche mit Ware gefüllt.«

Samuel sah Diggory ermahnend an, als wolle er ihn davor warnen, zu viel zu verraten. Mehrere andere Schmuggler waren inzwischen hinzugekommen. Ihre Ladung hatten sie im Gras abgestellt, das noch feucht vom Tau war, und nun standen alle schweigend da. Helena war aufgefallen, dass sie alle den verräterisch lauten Kiespfad gemieden hatten. Sie waren so vorsichtig und gerissen wie ein Raubtier, das auf der Lauer liegt. Es gab angesichts der überfluteten Krypta ein wenig Gemurmel, aber sie bewahrten die Ruhe, genau so wie vorhin, als Isaiah sie vor den Zollfahndern gewarnt hatte. Helena war sich immer sicherer: Dies war keine Bande verweifelter Krimineller, die vor Gewalt nicht zurückschreckte, wenn es hart auf hart kam.

Sie suchte nach Jamies Gesicht und lächelte, als sie seinem ruhigen Blick aus den dunklen Augen begegnete. Er hatte seinen schwarzen Mantel zum Abladen ausgezogen und stand in seinem Unterhemd da. Helena merkte, dass seine Schultern schon fast so breit wie die seines Vaters waren.

Auf einmal spürte sie ein ganz neues Selbstvertrauen; sie hatte das Gefühl, als müsste *sie* einen neuen Platz für die Ware finden. Schließlich, so folgerte sie auf Grund ihrer Müdigkeit leicht benommen, wären die Schmuggler nicht bis ins Dorf gekommen, wenn sie ihnen nicht Snowdrop geliehen hätte. Da konnte sie ihnen doch auch dabei helfen, die Ware vor den Zollfahndern in Sicherheit zu bringen. Sie holte tief Luft und wandte sich an Samuel Polstock. »Ihr könntet unseren Heuboden über den Pferdeställen benutzen«, sagte sie ihm. »Da gibt es sicher genug Platz für die Ladung und er liegt so nah, dass die Zeit ausreichen müsste, um dort alles unterzubringen, bevor die Zollfahnder kommen.«

Sie spürte, wie Jamie hinter ihr unruhig wurde, aber sie ignorierte ihn und sah Samuel fest in die Augen. Der Schmied nickte langsam und blickte Helena dabei unverwandt an. »Erst ein Pferd, jetzt Stauraum für die Ladung«, murmelte er und seine Mundwinkel hoben sich. »Das ist zwar überraschend und unerwartet, aber wir haben keine andere Wahl heute Nacht. Danke, Lady Helena. Also, Jungs, bringen wir das Zeug in den Stallhof. Ihr müsst es nicht zurück auf die Wagen packen, wir können es hier durch das Seitentor bringen.« Er bückte sich und schulterte sein Fass, dann ging er vorneweg zwischen den Grabsteinen hindurch bis zu dem schmiedeeisernen Tor, das zum Grundstück des Herrenhauses führte. Keiner der

Männer protestierte, aber Helena spürte, dass sie von einigen misstrauischen Blicken gestreift wurde.

Helena wusste, dass jetzt nicht der Zeitpunkt war, sich zu rechtfertigen, nicht einmal Jamie gegenüber, der starr wie eine Statue am Rande der Gruppe stand. Sie hievte ihr Bündel hoch und suchte sich einen Weg über den unebenen Rasen zum Tor. Als sie den Eingang zum Garten erreichte, drehte sie sich um und sah, dass Jamie sein Fass zu Isaiah Buckle schob und ihn bat sich weiter darum zu kümmern, während er zurückging, um nach den Pferden zu sehen. Ein breiter Schatten tauchte hinter Helena auf, der Mann schwankte unter dem Gewicht seiner zwei Kleiderbündel und forderte sie ächzend auf weiterzulaufen. Schnell drehte Helena sich um und folgte den Männern über den steinigen Pfad, der zum Stallhof führte.

Keiner sagte ein Wort. Der Pfad war nur wenige Schritte vom Haus entfernt. Schon zuvor war Helena beeindruckt gewesen, wie leise sich die Schmuggler fortbewegten, nun aber schwebten sie fast wie Geister, und das trotz der schweren Last, die sie trugen.

Als sie um die Ecke in den Stallhof kam, wurde gerade das erste Bündel durch eine schmale Durchreiche auf den Heuboden gehievt, der direkt hinter dem Haupttorbogen lag. Sie wartete, bis sie an der Reihe war und ihr jemand das Bündel abnahm. Eine große Gestalt kam hinzu, um ihr dabei zu helfen, das sperrige Bündel hoch genug zu stemmen. Dann wurde es in der Dunkelheit über ihnen verstaut. Außer Atem drehte sich Helena um und blickte in das runde, freundliche Gesicht von Harry Savage, dem

Pächter der Home-Farm. Helena wollte sich bedanken, aber er nickte nur kurz und verschwand dann wieder in der Dunkelheit.

Auf einmal hielten alle inne und lauschten. Man hörte das Hufgetrappel von zwei Pferden auf der Dorfstraße. Es kam immer näher. Die Männer, die im Torbogen standen, drehten sich um, als Jamie in den Hof rannte. Er zog Apollo und Snowdrop energisch hinter sich her.

»Zollfahnder!«, keuchte er. »Sie kamen gerade ins Dorf, als ich die Wagen ins Black Feathers zurückgebracht habe.«

Samuel sah seine Männer mit ernster, abwägender Miene an. »Wir müssen uns hier verstecken«, entschied er. »Auf den Heuboden mit euch.«

Das letzte Fass wurde hochgelupft, Hawk, der es getragen hatte, folgte schnell. Als er auf den Heuboden hochgestiegen war, kniete er sich an den Rand der Durchreiche und gab dem nächsten Mann seine Hand, um ihn hochzuziehen. Helena stand im Schatten des Torbogens und beobachtete sie.

Jamie führte Snowdrop zu ihr und gab ihr die Zügel in die Hand. »Hier, bring die Stute zurück in ihren Stall«, sagte er. »Kümmer dich nicht um die Filzschuhe. Jetzt ist keine Zeit, sie abzunehmen, und das Stroh wird ihre Hufe verdecken, falls die Zollfahnder nach ihr sehen sollten.«

Helena nickte und führte Snowdrop den Gang entlang zu ihrem Stall. Schnell tauschte sie das Zaumzeug mit dem Stallhalfter aus, das an dem Ring in der Wand hing. Helena quetschte sich an den warmen grauen Flanken der Stute vorbei und rannte in den Hof zurück. Jamie zog sich gerade mit strampelnden Beinen auf den Heuboden hinauf. Nur Samuel Polstock stand noch unten.

»Los, Helena«, sagte er. »Sie haben keine Zeit mehr, ins Haus zu gehen.«

Tatsächlich konnte Helena die schnellen Hufschläge jetzt ganz deutlich hören. Und dann ging das dumpfe Trommeln auf dem Pflaster in ein Knirschen über, als die Reiter auf den Kiesweg einbogen, der zum Stallhof führte.

Helenas Gedanken rasten. Wurde sie jetzt zusammen mit der Schmugglerbande im Stallhof ihres Vaters erwischt? Zuerst bekam sie Panik, aber dann fühlte sie, wie sich ganz allmählich eine eiskalte Ruhe in ihr breit machte. Zwar hatte sie Angst, aber sie wusste auch, dass sie die einzige Person war, die in den Augen der Zollfahnder einen nachvollziehbaren Grund haben könnte, hier mitten in der Nacht zu sein.

Helena sah Samuel an. »Klettern Sie auf den Heuboden«, forderte sie ihn auf. »Dies ist das Land meines Vaters. Ich werde mich um die Zollfahnder kümmern, wenn sie hier sind.«

Samuel wollte ihr widersprechen. »Das kann ich nicht zulassen . . .«, begann er.

»Wir haben keine Zeit, zu streiten«, schnitt ihm Helena das Wort ab. Sie winkte zu Jamie hoch, dessen besorgtes Gesicht sie im blassen Mondschein erkennen konnte. Das Hufgetrappel kam immer näher und jetzt hörte Helena auch das Klirren von Gebissen und die leisen Wortwechsel zwischen den Zollfahndern. Samuel langte hoch und umklammerte den Rand der Durchreiche. Mit einem leisen

Grunzen zog er sich auf den Heuboden und verschwand. Die Tür zum Heuboden wurde von unsichtbaren Händen wieder verschlossen. Dann war Helena allein.

Kapitel 8

Wer da?« Roger Chapmans Stimme schallte über den Stallhof, der in sanftes Mondlicht eingetaucht war.

Helena trat aus dem Schatten heraus. Ihr nasser Rock klebte unangenehm an ihren Schienbeinen und heimlich versuchte sie ihn zu lösen. Dann hob sie den Kopf und sah den Reiter mit dem dunklen Mantel auf dem Palomino an. »Mr Chapman!«, rief sie. »Ist etwas passiert?«

»Lady Helena!« Der Berittene Zollfahnder sah erstaunt aus. »Was machen Sie denn hier? Es ist gefährlich für Sie, hier draußen zu sein. Meine Männer und ich verfolgen eine Schmugglerbande.«

»Schmuggler? In Roseby?« Helena versuchte die gleiche Mischung aus Faszination und Angst in ihre Stimme zu legen, mit der sie auf diese Nachricht vor zwei Tagen reagiert hatte.

»Ich fürchte, ja.« Roger Chapman schwang sein Bein über den Sattel und sprang auf den Boden. Er hatte die Augen zusammengekniffen und seine Stirn in Falten gezogen. Vor Misstrauen, befürchtete Helena. Sie richtete sich auf und konzentrierte sich darauf, eine möglichst ausdruckslose Miene aufzusetzen. Dies war der Hof ihres Vaters, sagte sie sich, und sie hatte alles Recht der Welt, hier zu sein, auch in der Nacht. Und sie zwang sich nicht an die vielen Männer zu denken, die über ihren Köpfen in der Dunkelheit verborgen saßen und kaum zu atmen wagten.

Hinter Chapman brachten jetzt zwei weitere Zollfahnder ihre Pferde zum Stehen.

Auf dem knochigen grauen Pferd saß der junge Mann mit den sandfarbenen Haaren, der neulich im Herrenhaus zu Besuch gewesen war. Helena vermutete, dass er der Beamte war, der bei den Powells auf dem Upbredy-Hof wohnte. Der dritte Zollfahnder war ein stämmiger, rotgesichtiger Mann mit einer dunkelblauen Jacke, die ihm etwas zu eng um den Bauch spannte. Sein brauner Wallach stand mit gesenktem Kopf da, die Flanken hoben und senkten sich. Das Pferd war schweißgebadet und schmutzig von dem Ritt über die Klippen. Erschreckt stellte Helena fest, dass sie diesen Mann kannte. Es war Tom Clark, der Bruder des Dachdeckers Robert, der sich momentan direkt über ihnen auf dem Heuboden versteckt hielt.

Sie spürte, dass ihr Herz heftig klopfte, und war sicher, dass die Männer es hören mussten. Dann sah sie Roger Chapman fest in die blauen Augen. »Ich habe heute Nacht nichts Auffälliges bemerkt«, sagte sie ihm. »Und auch niemanden die Straße überqueren hören.«

Aber so leicht ließ sich Chapman nicht abspeisen. Er tippte mit seiner Reitgerte an die Innenseite seines Reitstiefels und spähte an Helena vorbei in den dunklen Torbogen. »Darf ich fragen, was Sie um diese Uhrzeit hier draußen machen, Lady Helena?«, fragte er.

»Ich habe mir Sorgen um den neuen Hengst meines Vaters gemacht. Er ist durch einen Vorfall gestern verschreckt worden und ich wollte nachsehen, ob mit ihm alles in Ordnung ist.« Helena sah über den Hof zu dem schwarzen Rechteck von Oriels Stalltor. Nichts bewegte sich darin und sie hoffte, dass der Hengst jetzt nicht friedlich über das Tor blickte. Denn dann würde ihre Erklärung für diesen nächtlichen Ausflug sicherlich unglaubwürdig erscheinen.

Roger Chapman sah Helena einige Sekunden aufmerksam an. Schließlich nickte er und lüpfte höflich den Hut. »Ich nehme an, dem Hengst geht es gut, Lady Helena?«, fragte er. Als Helena nickte, fuhr er fort: »Dann werden wir Sie jetzt allein lassen. Aber Sie werden mich natürlich sofort informieren, wenn Sie etwas bemerken sollten, das ich wissen müsste?«

»Natürlich, Mr Chapman«, antwortete Helena.

Roger Chapman schwang sich in den Sattel und drehte den Palomino herum, dann sah er sich noch einmal nach Helena um. Seine Augen glitzerten im grauen Mondlicht wie kleine Eissplitter und sein Blick brannte sich wie ein kaltes Feuer in Helenas grüne Augen. »Wir werden zweifellos wieder miteinander sprechen«, murmelte er und hob die Peitsche zum Gruß. »Gute Nacht, Lady Helena.«

Er trieb sein Pferd an und galoppierte aus dem Hof. Die anderen Zollbeamten folgten ihm; Tom Clark schlug seine Fersen in die Flanken seines erschöpften Pferdes.

Helena stolperte zwei Schritte zurück und lehnte sich erleichtert an die Wand des Torbogens. Sie fühlte sich auf einmal erschöpft und konnte sich kaum noch auf den Beinen halten. Ein leises Geräusch ertönte über ihr und sie blickte nach oben. Die Klappe zum Heuboden wurde geöffnet und Samuel Polstock kletterte herunter.

»Danke, Lady Helena«, sagte er ruhig. »Gehen Sie jetzt hinein. Das war für uns alle eine lange Nacht.«

Jamie sprang neben seinem Vater auf das Pflaster. Er sah Helena kurz an; sein Blick war wachsam und abschätzend, als sähe er sie auf einmal in einem neuen und ungewohnten Licht. »Danke . . . für alles«, murmelte er.

»Schon gut, Jamie«, unterbrach ihn sein Vater. »Lass Helena jetzt ins Bett gehen. Los, Mädchen.«

Völlig erschöpft nickte Helena und stolperte über den Hof auf die Treppe zu, die zum Haus hinaufführte. Halb im Unterbewusstsein bekam sie noch mit, dass weitere Männer vom Heuboden herunterglitten, und stellte sich die Frage, was wohl mit der Ladung passieren würde, die jetzt in den Stallungen ihres Vaters versteckt lag. Aber sie war viel zu müde, um sich darüber weiter Gedanken zu machen. Sie erinnerte sich daran, wie ruhig und bedacht Samuels Schmugglerbande vorgegangen war. Hoffentlich konnte sie dem Schmied vertrauen. Er würde sicherlich alles regeln, ohne dass jemand von der illegalen Nutzung des Heubodens erfahren würde.

Ein Windstoß, der am Fenster rüttelte, ließ Helena aus einem verwirrenden Traum über Ziegen, lahmende Pferde und Schmugglerlaternen hochschrecken. Durch einen Spalt in den Vorhängen sah sie, dass es gerade erst zu dämmern begann. Es war noch zu früh, um aufzustehen, aber sie wusste, dass sie unmöglich wieder einschlafen konnte. Helena hatte Kopfschmerzen und Herzrasen. Sie brauchte einige Minuten, bis ihr klar wurde, was sie letzte Nacht erlebt hatte.

Jamie war ein Schmuggler! Und nicht nur Jamie, sondern anscheinend fast alle Männer aus Roseby. Die Bilder der letzten Nacht, eingefärbt vom grauen Mondlicht, kamen wieder in ihr hoch: Jamie, der die Kutschpferde holte, das lautlose Boot in der Freshwater-Bucht, Snowdrop, die den Wagen zurück nach Roseby zog, die überflutete Krypta und schließlich die Zollfahnder, mit denen sie gesprochen hatte, während sich die Schmuggler nur eine Armlänge entfernt über ihren Köpfen versteckten.

Entsetzliche Angst überkam Helena, als ihr bewusst wurde, dass sie nur knapp einer Verhaftung entgangen war. Sie ließ ihren Kopf wieder in das weiche Kopfkissen sinken, bis der Schwindelanfall vorüber war. Als ihr Kopf wieder klar war, befiel sie ein schlechtes Gewissen. Denn sie musste sich eingestehen, dass ihre Angst, verhaftet zu werden, hundertmal größer gewesen war als ihre Furcht vor den Schmugglern. Auch hier im Schutz ihres Elternhauses war es ihr unmöglich, die niederträchtigen Banditen, über die in den Zeitungen berichtet wurde, mit ihren alten Freunden und Nachbarn in Verbindung zu bringen.

Es war für die Männer in der letzten Nacht eindeutig ein Schock gewesen, Helena zu begegnen, aber keiner hatte versucht ihr gegenüber etwas zu verleugnen und keiner hatte ihr gedroht, damit sie schwieg. Stattdessen hatten sie ihr vertraut. Sie nahmen ihre Hilfe an und ließen sich sogar von ihr vor den Zollfahndern verstecken. Als sie an die ruhige Entschlossenheit dachte, mit der die Männer gehandelt hatten, erkannte Helena, dass das Schmuggeln ein Teil ihres Lebens war. Zwar war es ein heimliches Leben in der Nacht, aber irgendwie brachten sie es ohne Probleme mit ihrem Alltag in Einklang. Sie fragte sich, ob die anderen Dorfbewohner wirklich nicht wussten, was da vor sich ging; ihre Hauslehrerin, Faith Powell, zum Beispiel. Wusste sie, dass ihr Ehemann den Schmugglern seine Pferde zur Verfügung stellte? Und was war mit Faiths Vater Elijah Buckle, dem die Wagen gehörten?

Verwirrt schüttelte Helena den Kopf. Die Rosebys schienen Die Einzigen im Dorf zu sein, die nichts von den Schmugglern wussten.

Unten schlug die Uhr acht Mal. Es war noch etwas früh für das Frühstück, aber Helena beschloss trotzdem aufzustehen. Bei dem Gedanken, den Schmugglern nun bei ihrer täglichen Arbeit zu begegnen, zog sich Helenas Magen zusammen. Das galt für Jamie genauso wie für den Lakaien Hawk und Samuel Polstock. Aber sie konnte sich nicht für immer in ihrem Schlafzimmer verstecken. Und da sie ihr in der letzten Nacht vertraut hatten, würden sie ihr auch heute noch vertrauen.

Sie wusch sich ihr Gesicht mit dem kalten Wasser, das Louise am Abend zuvor in ihr Zimmer gebracht hatte. Dann zog sie sich ein sauberes Reitkleid an und ging hinunter. Jeder Muskel in ihrem Körper schmerzte auf Grund der holpernden, mitternächtlichen Wagenfahrt und des Schlafmangels. Ein älterer Lakai mit ordentlich gelockter weißer Perücke ging mit einer silbernen Teekanne durch den Korridor. »Guten Morgen, Lady Helena«, begrüßte er sie.

»Guten Morgen, Mansbridge«, antwortete sie. Sie lächelte dem Lakeien dankbar zu, als er ihr die Tür zum Esszimmer öffnete und sie eintreten ließ.

Ihr Vater saß am Frühstückstisch und las in einigen Papieren. »Du bist früh heute, Nell«, sagte er, als sie sich ihm gegenüber auf den Stuhl setzte.

»Ich konnte nicht schlafen«, erzählte Helena ihm wahrheitsgemäß. Sie sah zu, wie Mansbridge ihr Tee eingoss, und war erleichtert, dass Hawk sie an diesem Morgen nicht bediente.

»Soll ich Ihnen jetzt ihre Eier bringen, Mylord?«, fragte Mansbridge Helenas Vater.

»Ja, bitte. Und könnten Sie bitte nachsehen, ob Mrs Gordon auch Schinken hat?«

»Natürlich, Mylord.« Der Lakai verbeugte sich und ließ Helena mit ihrem Vater allein.

»Fährst du heute nach Portland, Vater?«, fragte Helena und legte ihre kalten Hände um die warme Teetasse.

Lord Roseby schüttelte den Kopf. »Ich hatte es eigentlich vor, aber ein anderer Friedensrichter wurde unerwartet nach London bestellt, deshalb muss ich heute nach Dorchester fahren, um seine Fälle zu übernehmen.«

Helena fühlte, wie ihr schwindelig wurde. »Hat einer

der Fälle etwas mit Schmugglern zu tun?«, fragte sie und hoffte nicht allzu interessiert zu klingen.

»Nein, diesmal nicht«, antwortete ihr Vater zerstreut, da er gerade angestrengt versuchte die eng beschriebenen Papiere zu entziffern. »Die Handschrift dieses Bürogehilfen sieht mehr nach Griechisch aus!«, murmelte er.

»Aber manchmal stellst du auch Schmuggler vor Gericht, nicht wahr?«, hakte Helena nach. Sie war sich selbst nicht sicher, was sie damit bezwecken wollte, aber in ihrem Kopf schwirrten so viele unbeantwortete Fragen.

Lord Roseby sah sie mit hochgezogenen Augenbrauen an. »Sicher, ja«, sagte er. »Warum interessierst du dich plötzlich so für Schmuggler, Nell?«

Weil ich vermutlich jetzt selber einer bin!, antwortete Helena im Stillen. Laut sagte sie: »Ich bin nur neugierig. Als Mr Chapman hier war, merkte ich, dass ich ... ich nicht viel über Schmuggler und Strandräuber weiß. Doch das sollte ich vielleicht, da wir ja so nah am Meer leben und die Schmuggelei ganz in unserer Nähe betrieben wird ...« Sie schwieg, als ihr Vater sie amüsiert anblickte.

»Was willst du denn wissen?«

»Warum ist es so falsch, was sie tun?«, fragte Helena schnell und spürte, wie ihre Wangen sich röteten. »Ich meine nicht die Strandräuber. Ich weiß, dass sie schreckliche Dinge machen, sie stehlen und ermorden unschuldige Seeleute. Aber Schmuggel, na ja, ich versteh das nicht richtig«, beendete sie ihren Satz etwas holprig. Sie hob ihre Tasse und trank einen Schluck Tee, um ihre Unsicherheit zu verbergen.

Lord Roseby sah auf seine Papiere, ordnete sie einige Sekunden lang und strich die Seiten glatt. »Weißt du, was Steuern sind, Helena?«, fragte er schließlich.

Sie nickte. »Wenn Waren aus dem Ausland in dieses Land gebracht werden, müssen wir mehr für sie zahlen. Das zusätzliche Geld erhält die Regierung.«

»Richtig. Und momentan befinden wir uns im Krieg mit Frankreich, deshalb braucht die Regierung mehr Geld als sonst. Darum hat sie auf bestimmte Waren wie Tee, Brandy und Seide höhere Steuern erhoben.«

Helena schloss einen kurzen Augenblick die Augen und dachte an die vom Meerwasser aufgeweichten Fässer und Bündel, die Stück für Stück auf dem Heuboden ihres Vater verschwunden waren. »Und werden sie dadurch für manche Leute zu teuer?«, fragte sie, öffnete die Augen und sah ihren Vater an.

»Nun ja, manchmal«, gab er zu. »Besonders Tee ist ziemlich teuer zurzeit, aber man könnte argumentieren, dass die Regierung den Krieg für die Leute in Großbritannien führt, und daher ist es nur gerecht, wenn die Briten dafür auch zahlen.«

Ein schwarzer Fleck tauchte auf der Oberfläche von Helenas Tee auf. Sie betrachtete ihn und fragte sich, ob mit diesem speziellen Teeblatt der Lohn eines Soldaten finanziert worden war. »Aber wenn die Regierung zu hohe Steuern auf den Tee erhebt, wird sie am Ende Geld verlieren, weil die Menschen stattdessen schmuggeln, nicht wahr? Ich meine, jeder trinkt doch Tee. Es ist nicht fair, wenn die Leute ihn sich nicht leisten können.«

Ihr Vater lächelte. »Du klingst wie ein Politiker aus der Opposition, Nell. Aber ja, genau das scheint zu passieren. Daher sind jetzt Mr Chapman und seine Berittenen Zollfahnder hier. Sie sind fest entschlossen jeglichen Schmuggel in dieser Gegend zu unterbinden.«

»Glaubst du, so etwas gibt es auch hier? Schmuggel in Roseby, meine ich.«

Lord Roseby wurde vorsichtig, der Ausdruck in seinen braunen Augen war wachsam. »Ich bin ein Friedensrichter, Nell«, sagte er. »Ich weiß so gut wie jeder andere, wie viele Dinge hier unbemerkt vor sich gehen. Es ist meine Aufgabe, die Gerichtsverhandlungen derjenigen, die geschnappt wurden, zu leiten, nicht, die Schmuggler selbst zu jagen.«

Die Tür wurde geöffnet und beide fuhren zusammen. Mansbridge kam mit einem silbernen Tablett herein. Darauf stand ein Teller mit Eiern und glänzenden rosa Schinkenscheiben.

»Danke«, sagte Lord Roseby, als ihm der Lakai den Teller servierte.

Mansbridge wandte sich an Helena. »Möchten Sie noch etwas, Mylady?«

»Etwas Tee noch, bitte«, antwortete sie. Sie wartete, bis der Lakai den Raum verlassen hatte, und sagte dann zu ihrem Vater: »Aber Schmuggler sind nicht so schlimm wie Strandräuber, nicht wahr?«

»Das ist deine Meinung, Helena. Die Regierung sieht das anders. In ihren Augen zahlen Schmuggler keine Steuern für ihre Ware und handeln somit gegen das Gesetz«, antwortete ihr Vater.

»Aber sie haben eigentlich nichts gestohlen, oder?« Helena blieb hartnäckig.

»Nein, so arbeiten sie nicht. Wenn du es wirklich wissen willst ...« Lord Roseby sah Helena fragend an und wischte sich den Mund mit einer Serviette ab. Helena nickte begierig. »Soweit ich weiß, kauft der Kapitän der Schmuggelschiffe seine Ware in Frankreich und transportiert sie dann über den Kanal. Wenn er in England ankommt, wird die Fracht von anderen Männern entladen. Der Anführer dieser Männer nennt sich Anlander. Er entscheidet, wo die geschmuggelte Ware versteckt und wie sie verkauft wird.«

Das bedeutet, dass Samuel Polstock Rosebys Anlander ist, dachte Helena. »Wer bezahlt die Ware eigentlich?«, fragte sie.

»Das ist unterschiedlich. Manchmal der Kapitän des Schiffs, manchmal der Anlander und manchmal jemand, der dazu bereit ist, das Geschäft zu finanzieren, aber nicht direkt beteiligt sein will. Sobald der erste Teil der Ware verkauft worden ist, gibt der Anlander dem Kapitän das Geld, um seine nächste Fahrt zu finanzieren.«

»Dann ist es wirklich nur eine andere Art, Dinge zu kaufen«, sagte Helena leise. Es waren genau die Worte, die Jamie in der letzten Nacht benutzt hatte.

Ihr Vater runzelte die Stirn. »Mr Chapman wäre da nicht deiner Meinung. Ob man nun mit den Steuern einverstanden ist oder nicht, die Schmuggler brechen das Gesetz. Und das kann sie in eine verzwickte Lage bringen, in der sie verzweifelte Maßnahmen ergreifen. Manchmal erschießen sie zum Beispiel einen Zollfahnder, um nicht geschnappt zu werden. Ich fürchte, es gibt keinen großen Unterschied zwischen Schmugglern und Strandräubern.«

Sein Blick war kalt und Helena hätte am liebsten gerufen, dass die Schmuggler von Roseby anders waren. Jamie hatte ihr versprochen, dass sie niemals Waffen bei sich trugen, und sie glaubte ihm. Sie vertraute ihm nicht nur auf Grund seiner Worte. Die Männer, die sie in der letzten Nacht gesehen hatte, waren dieselben Dorfbewohner, die sie schon ihr Leben lang kannte. Sie konnte sich einfach nicht vorstellen, dass sie jemandem etwas zu Leide tun würden, auch Zollfahndern nicht. Was ihr Vater ihr erzählt hatte, bestärkte sie nur in ihrer Überzeugung, dass es richtig gewesen war, den Männern zu helfen.

Lord Roseby legte seine Papiere in seinen ledernen Dokumentenkoffer und stand auf. »Du siehst ein wenig blass aus, Nell«, bemerkte er. »Ich hoffe, du hattest nicht Alpträume von Schmugglern?«

Helena schüttelte den Kopf. »Oh, nein«, sagte sie. *Nicht wirklich,* fügte sie im Stillen hinzu. »Aber ich habe ein wenig Kopfschmerzen. Ich hoffe, dass ein Ausritt auf Snowdrop sie verscheuchen wird.«

»Gute Idee«, sagte Lord Roseby. »Ich muss jetzt weg, sonst werde ich vor heute Abend nicht fertig. Deine Tante Emma kommt uns morgen besuchen und ich habe deiner Mutter versprochen, dass ich ihr beim Nachmittagstee Gesellschaft leiste.« Er ging zur Tür und öffnete sie gerade, als Mansbridge mit einer frisch gefüllten Teekanne eintrat. »Ich wünsch dir einen schönen Tag, Helena. Wir sehen uns heute Abend.«

»Auf Wiedersehen, Papa«, sagte Helena. Sie trank eine weitere Tasse Tee, auf den Toast verzichtete sie jedoch, weil sie so schnell wie möglich zum Stall wollte.

Als sie die Steinstufen hinunterrannte, verlangsamte sie ihren Schritt. Der Gedanke, Jamie im Stall zu sehen, machte sie plötzlich nervös. Würde er sie jetzt anders behandeln, weil sie über die Schmuggelei Bescheid wusste? Vielleicht fühlte er sich in ihrer Gegenwart unwohl. Denn sie kannte nun diese dunkle Seite in seinem Leben und außerdem waren die Schmuggler gezwungen gewesen sich auf sie zu verlassen, als sie mit den Zollfahndern geredet hatte. Helena wollte nicht, dass Jamie das Gefühl hatte, er stünde in ihrer Schuld. Wenn überhaupt, musste sie ihm und den anderen Schmugglern dankbar sein, dass sie ihr so vorbehaltslos vertraut hatten.

Vorsichtig betrat Helena die Stallungen. Ihre Schritte klangen unnatürlich laut auf dem Pflaster. Sie entdeckte Jamie in dem Stall, der direkt bei der Türe lag. Er pflegte gerade Piper. Während er mit der weichen Bürste über das glänzende Fell des Fuchses strich, pfiff er leise vor sich hin. Als Helena näher kam, sah er über die Schulter. Sie war erleichtert, als er lächelte und seine braunen Augen sie so warm wie immer anblickten. Auf einmal wurde ihr klar, dass Jamie immer damit hatte zurechtkommen müssen, zwischen den beiden Rollen, die sie für ihn spielte, zu unterscheiden. Einerseits war sie seine Spielkameradin aus Kindertagen, anderseits war sie die junge Lady im Herrenhaus. Sie musste nun auch die zwei Seiten in seinem Leben respektieren: den Stallburschen und den Schmuggler.

Helena schlüpfte in den Stall und streichelte Pipers Nase. »Ist Jupiter zurückgekommen?«, fragte sie leise.

Jamie runzelte die Stirn, damit sie schwieg. Er deutete mit dem Kopf zum anderen Ende des Stalls hinüber. Helena warf einen Blick den Gang hinunter und sah, dass Watkins aus dem Stall der Kutschpferde kam.

»Er hat nur einen Kratzer auf dem Knie, wie du gesagt hast, Jamie«, rief er. »Oh, guten Tag, Lady Helena. Sieht so aus, als hätte sich Jupiter letzte Nacht das Knie gestoßen. Es ist ein wenig geschwollen, aber es gibt keinen Grund zur Sorge. Ich werde Lord Roseby sagen, dass wir in den nächsten Tagen Monument und Fleet nehmen müssen.«

»Ja, in Ordnung«, sagte Helena leise. Sie sah Jamie von der Seite an, aber er war damit beschäftigt, Pipers bernsteinfarbenen Schwanz mit sanften Bürstenstrichen zu bearbeiten.

»Reiten Sie heute aus, Mylady?«, fragte Watkins.

Helena bemerkte, dass Jamie ganz leicht den Kopf schüttelte. Natürlich, dachte sie, Snowdrop würde heute müde sein, nachdem sie in der Nacht den Schmugglerwagen gezogen hatte. Die Stute verdiente einen Tag Pause. »Äh, nein, danke, Watkins«, antwortete sie. Sie lächelte den Stallmeister an und hoffte, dass er nicht sah, wie ihre Wangen langsam rot wurden.

Er nickte und ging aus dem Stall. Helena hörte, wie er Harding über den Hof zurief, dass Jupiter lahmte. Sie wandte sich an Jamie. »Wann hast du Jupiter zurückgebracht? Wird sein Bein bald wieder geheilt sein? Hat auch niemand bemerkt, dass er fort war?«

Jamie richtete sich auf und sah sie zurückhaltend an. »Stell nicht zu viele Fragen, Nell«, warnte er sie. »Jupiter geht es gut, das sagte Watkins ja. Was du letzte Nacht gesehen hast . . .« Er machte eine Pause und fuhr mit den Fingern über die Borsten der Bürste, die er in der Hand hielt. ». . . das ist unsere Sache, nicht deine. Das ist dir doch klar, oder?«

Da wurde Helena ärgerlich. »Wie kannst du das sagen?«, rief sie empört. »Schließlich habt ihr es mir zu verdanken, dass ihr eure Waren letzte Nacht wegbringen konntet. Und da sie nun direkt über unseren Köpfen versteckt ist, finde ich sehr wohl, dass es auch mein Problem ist. Ich habe dir versprochen, dass ich nichts sagen werde. Glaubst du mir etwa nicht?«

Jamie schüttelte den Kopf, sein Blick wurde sanfter. »Natürlich, Nell. Aber es ist wirklich besser, wenn du nicht zu viel weißt. Je weniger du weißt, desto weniger kannst du den Zollfahndern erzählen, wenn sie kommen und Fragen stellen. Verstehst du?«

»Ja, du hast wohl Recht«, gab Helena zu. »Werdet ihr die Pferde meines Vaters wieder brauchen? Wie lang wird der Zollbeamte auf dem Upredy-Hof bleiben?«

»Evan Price? Das weiß keiner.« Jamie verzog das Gesicht. »Das macht die Sache auf jeden Fall viel schwieriger.« Er zwinkerte ihr zu und Helena war etwas überrascht, dass er so fröhlich sein konnte, nachdem die Schmuggler den Zollfahndern nur so knapp entkommen waren.

»Jamie, ich bin letzte Nacht nicht in den Stall gegangen, um dich zu verfolgen«, gestand sie ihm. »Ich meine, ich wusste nicht einmal, dass du Apollo und Jupiter geholt hast, bevor ich hierher kam. Ich kam wegen Oriel. Um ... ihn zu longieren.«

Der Stallbursche runzelte die Stirn. »Nell, ich hab dir doch gesagt, dass du das nicht tun sollst. Wir wissen immer noch nicht, ob er wirklich ungefährlich ist.«

»Natürlich ist er ungefährlich!«, sagte Helena. »Und ich werde heute Nacht wieder kommen und mich um ihn kümmern, auch wenn du mir nicht hilfst. Wenn ich deine Geheimnisse für mich behalte, dann kannst du auch mein Geheimnis bewahren.«

Jamies Augen blitzten misstrauisch und Helena sagte schnell: »So habe ich das nicht gemeint. Ich werde nichts sagen, das habe ich versprochen. Aber ich habe einfach Angst, dass mein Vater Oriel verkauft, wenn wir nicht bald mit ihm arbeiten.«

Jamie seufzte und begann die Bürsten wegzuräumen. »Du kannst so störrisch wie ein Esel sein, Nell.« Aber er lächelte dabei und seine Augen funkelten, als er Helena ansah. »Na gut, ist wohl besser, wenn ich komme und dir helfe. Ich gebe zu, dass du wohl Recht hast, was den Hengst betrifft. Als ich ihm heute Morgen sein Futter gegeben habe, war er völlig ruhig. Wann sollen wir uns treffen?«

Helena lächelte zurück. »Um Mitternacht?«, schlug sie vor. »Nachdem mein Vater zu Bett gegangen ist. Hoffentlich scheint der Mond hell genug, damit wir auch etwas sehen können. Letzte Nacht ging es ja auch, oder?«

»Stimmt. Jetzt muss ich diesen Burschen auf die Koppel bringen, damit er sich die Beine vertreten kann.«

Er befestigte einen aufgewickelten Führstrick an Pipers Nasenriemen und zog Piper zur Tür. Dann sah er kurz über seine Schulter und sagte: »Wir sehen uns heute Nacht.«

»Ja, heute Nacht«, wiederholte Helena. Sie schaute zu, wie Jamie Piper durch den Torbogen führte, und ließ ihren Blick über den Hof zu Oriels Stall wandern. Der dunkelbraune Hengst blickte wachsam über sein Stalltor und beobachtete, wie Piper elegant über das Pflaster lief. Dann drehte Oriel den Kopf und sein Blick blieb auf Helena hängen. Seine Ohren zuckten und er nickte leicht mit dem Kopf, als ob er spürte, dass sie über ihn gesprochen hatte. Helena fühlte ein aufgeregtes Kribbeln. Sie konnte es kaum erwarten, dass die Nacht anbrach.

Kapitel 9

Die Stalluhr hatte noch nicht zwölf geschlagen, als Helena leise in den Stallhof kam. Sie ging zu Oriels Box hinüber und versuchte trotz der Dunkelheit etwas zu erkennen. In der Hand hielt sie eine Karotte, die sie aus der Vorratskammer genommen hatte. Sie fühlte sich kalt und hart durch ihre dünnen Lederhandschuhe an. Ob Oriel schon einmal eine Leckerei von einem Menschen bekommen hatte? Seine Vorsicht sprach nicht gerade dafür.

Das Stroh raschelte, als der Hengst auf das Tor zukam. Helena erblickte zuerst seine Augen, in denen das blasse Mondlicht schwach reflektierte. Dann schnaubte Oriel neugierig, streckte den Kopf über das Tor und stubste mit dem Maul gegen Helenas Arm.

»Hallo, Oriel«, begrüßte sie ihn und hob eine Hand, um ihm über die Nase zu streicheln. Seine Augen weiteten sich, aber er wich nicht zurück. Helenas Herz machte einen Freudensprung. Der Hengst begann tatsächlich ihr zu vertrauen. Langsam hob sie die andere Hand und bot Oriel die Karotte an. Er schnüffelte zögernd und stieß die Karotte dabei fast von Helenas Handfläche, dann stülpte er seine samtweichen Lippen über sie und nahm sie mit den Zähnen auf. Wie eine dicke orangefarbene Pfeife ragte sie aus seinem Maul heraus und Helena musste bei diesem Anblick grinsen. »Weiter, Junge, sie ist für dich«, versicherte sie ihm.

Der Hengst blinzelte und begann geräuschvoll zu kauen, dabei zog er die Karotte in sein Maul, bis sie ganz verschwunden war. Nur noch ein paar orangefarbene Krümel hingen an seinen Lippen.

»Das mag er«, sagte jemand leise.

Helena zuckte zusammen und drehte sich um. Jamie stand hinter ihr mit dem Zaumzeug über einer Schulter. »Ich glaube, dass er noch nie eine Karotte gekriegt hat«, sagte sie ihm.

»Da könntest du Recht haben«, meinte Jamie. Er öffnete das Stalltor. »Komm, bringen wir ihn hinaus, solang er noch gut auf uns zu sprechen ist.«

Er streifte das Zaumzeug über Oriels Kopf und der Hengst öffnete bereitwillig sein Maul für das Gebiss. »Wir longieren ihn in seinem Zaumzeug, denke ich«, flüsterte Jamie Helena zu.

Sie nickte zustimmend. Das Gebiss würde ihnen mehr Kontrolle über den Hengst geben. Aber sie konnte sich nicht vorstellen, dass Oriel auch nur einen Huf falsch setzte. Sein Fell bewegte sich wie flüssiges Mahagoni im schwachen Licht der Laterne, die Jamie auf die Innenseite der Stalltür gehängt hatte, und als Oriel Helena anblickte, hatte sie den Eindruck, dass seine frühere Vorsicht jetzt einem intelligenten und neugierigen Blick gewichen war.

Jamie befestigte das eine Ende der sorgsam aufgewickelten Longe am seitlichen Ring von Oriels Gebiss und hängte sich den Rest über den Arm. Dann stieß er die Stalltür auf. »Du gehst zuerst hinaus, Nell«, sagte er leise.

Helena betrat den stillen Hof. Der Himmel war klarer als in der vorherigen Nacht und das Licht des Halbmonds hatte die Farbe des Pflasters in Zinn verwandelt. Sie sah sich nach Jamie um, der beiseite getreten war, um den Hengst allein hinausgehen zu lassen. In der Tür zögerte Oriel, er streckte den Kopf mit geblähten Nüstern vor. Dann trat er auf das Pflaster hinaus und schnaubte nervös, als er die Wärme seines Stalls verließ und die kalte Nachtluft auf seinen Flanken spürte. Ruhig kam Jamie heran und ließ dem Pferd Zeit, sich erst einmal umzuschauen. Oriel hob seinen wunderschönen Kopf und bewegte lebhaft die Ohren, als er den Hof beäugte. Er sah aus, als hätte man ihn aus dunkler Bronze gegossen, und Helena stockte vor Faszination der Atem.

Plötzlich rief eine Eule in dem kleinen Wäldchen hinter den Stallungen und Oriel drehte erschrocken seine Hinterhand herum. Seine Hufe klapperten auf dem Pflaster.

Jamie sprang zur Seite. »Ruhig, mein Junge«, sagte er leise und legte vorsichtig seine Hand auf Oriels Nacken, um ihn zu beruhigen. Er blickte Helena fragend an, als wollte er sich vergewissern, ob sie weitermachen sollten. Helena nickte entschieden. Jetzt waren sie so weit gekommen und es gab keinen Grund, Oriel wieder in den Stall zu bringen, ohne das Longieren ausprobiert zu haben.

Jamie ging mit dem Pferd den Pfad entlang, der durch

den Küchengarten auf die Koppeln führte. Als sie sich der ersten Weide näherten, kam Stone Jack, der ältere braune Wallach, den Lady Roseby ihrem Gatten zur Hochzeit geschenkt hatte, aus dem Schatten und streckte den Kopf neugierig über den Zaun. Oriel blieb abrupt stehen und hob so ruckartig den Kopf, dass er Jamie fast die Longe aus der Hand gerissen hätte. Helena biss sich auf die Lippen, während sie beobachtete, wie Jamie den Hengst besänftigte und ihn zum Weitergehen antrieb.

Sie kamen zu einer leeren Koppel und Helena rannte vor, um das Gatter zu öffnen. Oriel ging hinein, seine Hufe trommelten dumpf über das Gras.

»Du bleibst erst mal am Zaun, Nell«, sagte Jamie. »Später kannst du es dann auch versuchen.«

Helena hätte am liebsten neben Jamie gestanden, während er Oriel im Kreis führte. Aber sie wusste, dass ihr Freund mehr Erfahrung mit dem Longieren hatte, deshalb war es besser, wenn sie heute nur zuguckte. Sie wickelte sich ihren Rock fest um die Beine, damit ihr wärmer wurde. Dann kletterte sie auf den Zaun und setzte sich hin. Hinter ihr stiegen die Felder bis zu einer bewaldeten Anhöhe auf, auf der sich ein alter Beobachtungsposten der Küstenwache befand. Im Osten lag der Beacon-Berg, der sich als flacher schwarzer Schatten gegen den indigoblauen Nachthimmel abhob.

Ein winziges orangefarbenes Licht flackerte auf dem Hügel – eine stille Warnung an die Seeleute draußen auf dem Meer. Heute Nacht bestand für vorbeifahrende Schiffe keine Gefahr, da das Leuchtfeuer sie leitete und eine ruhige See ihre Schiffe von den versteckten Riffen fern hielt.

Jamie führte Oriel in die Mitte der Koppel und entfernte sich dann von ihm. Dabei rollte er die Longe so weit auf, dass Oriel einen bequemen Zirkel laufen konnte. Dann versetzte er der Flanke des Hengstes einen leichten Klaps mit der Longe, damit er sich in Bewegung setzte. Aber statt in einem gleichmäßigen Kreis um Jamie herumzugehen, schnaubte und bockte Oriel, stieg in die Luft und steckte dabei den Kopf zwischen die Beine. Dann landete er mit einem Ruck, wirbelte herum, blieb mit gestreckten Beinen stehen und starrte Jamie mit weit aufgerissenen Augen misstrauisch an.

»Langsam, Junge, langsam«, murmelte Jamie. Er ging ein paar Schritte auf Oriel zu, wickelte dabei die lose Longe über seinen Arm und schnalzte ermutigend mit der Zunge. »Los jetzt, lauf.«

Oriel warf den Kopf hoch und begann plötzlich unregelmäßig zu galoppieren. Dabei schlitterten seine Hufe über das weiche Gras und hinterließen tiefe Eindrücke im Boden. Damit Oriel in einem größeren Kreis laufen konnte, wickelte Jamie die Longe schnell ab, achtete aber darauf, dass sie nicht den Boden berührte, sonst hätten sich die trommelnden Hufe darin verfangen können. Er drehte sich auf seiner rechte Ferse, hielt die Longe mit beiden Händen und verfolgte den Hengst mit den Augen. Dabei sprach er beruhigend auf ihn ein.

Aber der Hengst nahm keine Notiz von ihm, sondern galoppierte schneller und schneller um die Koppel herum, seine Mähne und der Schweif flatterten wie schwarze Seide in der kalten Luft. Er war zu schnell, um noch das Gleichgewicht halten zu können. Gelegentlich rutschte er aus und seine Hufe glitten seitlich unter ihm weg. Um die Kontrolle über seine Beine zu gewinnen, streckte er seinen Kopf, wühlte mit den Hufen die Erde auf und kämpfte mit seiner kraftvollen Hinterhand, bis er weiterrennen konnte.

Helena klammerte sich am Zaun fest und spürte, wie sich ihr Magen vor Sorge zusammenkrampfte. Jamie hatte Recht gehabt: Oriel war noch lange nicht so weit, dass man ihn longieren konnte. Wenn er so weitermachte, würde er sich noch verletzen.

In der Mitte der Koppel begann Jamie jetzt, die Longe einzurollen; er schlang sie über seinen Arm und zwang den Hengst in immer kleineren Kreisen zu galoppieren, bis er endlich in einen ungleichmäßigen Trab überging. Schließlich blieb Oriel erschöpft stehen. Er schnappte nach der Longe und rollte nervös mit den Augen, als Jamie auf ihn zukam und ihm über die schweißgebadete dunkelbraune Schulter strich.

Helena sprang vom Zaun und kam auf die beiden zu. Sie zwang sich langsam zu gehen, um Oriel nicht noch mehr zu verängstigen. »Das hat nicht so gut geklappt, nicht wahr?«, sagte sie leise.

»Na ja, er war ein paar Tage lang nicht mehr draußen, da ist es normal, wenn er nur so vor Energie strotzt«, erklärte Jamie ihr atemlos. »Aber ich glaub, es hat keinen Sinn, heute Nacht noch weiterzumachen. Er regt sich nur auf und es ist besser, wenn er nicht weiter auf dem nassen Gras herumrutscht.«

Helena schüttelte den Kopf. Vor lauter Enttäuschung brachte sie kein Wort heraus. Sie hob die Hand, um Oriels Nase zu streicheln. Der Hengst riss den Kopf weg und versprühte Schaum auf Helenas Ärmel. Bestürzt merkte sie, wie ihr die Tränen in die Augen stiegen. Sie hatte fest geglaubt, es würde ihr und Jamie gelingen, ihrem Vater und Watkins zu beweisen, dass Oriel ein sicheres Pferd war und in Roseby bleiben konnte. Jetzt sah es so aus, als hätte sie ein Wunder erwartet.

»Komm«, sagte Jamie. »Bringen wir ihn in den Stall zurück.« Er sah, dass Helena sich Sorgen machte. »Der Versuch hat keinen Schaden angerichtet, Nell. Aber es sieht so aus, als hätte dein Vater Recht. Ich weiß nicht, ob wir den Kerl hier jemals zähmen werden.«

Helena ballte frustiert die Fäuste. Sie dachte daran, wie Oriel die Karotte aus ihrer Hand genommen hatte. »Du kannst jetzt nicht aufgeben!«, stieß sie hervor. »Wir müssen es eben noch einmal versuchen. Komm schon, Jamie, du hast doch selbst gesagt, dass es nicht überraschend ist, wenn er beim ersten Mal etwas lebhaft ist.«

Jamie runzelte die Stirn und sagte nichts, aber Oriel schnaubte und warf den Kopf hoch, als wolle er ihr zustimmen. Er atmete schwer und Schweiß lief an seinen schwarzen Beinen hinab und tropfte aufs Gras. Bereitwillig ging er neben Jamie von der Koppel und über den Pfad zurück in den Stallhof. Helena öffnete das Gatter und folgte ihnen. Auf einmal machte sich der Schlafmangel der letzten Nächte bemerkbar und sie war völlig erschöpft.

Die Laterne in Oriels Stall brannte noch immer blassgelb und ihr Schein erzeugte schwarze Schatten in den Ecken. Jamie führte den Hengst in die Box. Helena schlüpfte ebenfalls in den Stall und hob ihre Hand, um Oriel das Zaumzeug über die Ohren zu streifen. Diesmal zuckte er nicht zurück, aber er stand mit gesenktem Kopf da und seine Lippen schnupperten an ihrem Handgelenk, als sie ihm vorsichtig das Gebiss aus dem Maul zog.

»Du musst mir helfen«, flüsterte sie und legte ihre Wange an Oriels weichen, warmen Kopf. »Nächstes Mal bleibst du brav, nicht wahr?«

Plötzlich hob Oriel ruckartig den Kopf und drehte sich so weit um, dass er zur Tür sehen konnte. Helena stolperte, ihr Rock schleifte über den Boden und Jamie hielt sie fest, damit sie nicht hinfiel.

»Psst«, zischte er. »Sei still.« Mit der anderen Hand schloss er die Klappe der Laterne, um die Flamme zu löschen.

»Was ist los?«, flüsterte Helena erschreckt.

Jamie sagte nichts, sondern nickte nur Richtung Hof. Helena schlich näher zur Stalltür und lugte hinaus. Neben sich spürte sie Oriels warme Schulter. Im schwachen gräulichen Mondlicht erkannte sie nur einige schattenhaften Gestalten, die sich über den Hof bewegten. Der ungleichmäßige Gang der geduckten Männer kam ihr nach den Erfahrungen der letzten Nacht merkwürdig bekannt vor. Es waren Schmuggler, die die Waren aus dem Heuboden holten.

Helena drehte sich wieder zu Jamie um und wollte ihn fragen, wohin die Fässer und Bündel gebracht wurden. Aber er unterdrückte ihre Fragen mit einem Kopfschütteln und so warteten sie schweigend. Helena lehnte sich an die Wand und schloss die Augen. Sie war todmüde.

Als Oriel sich bewegte und das Stroh raschelte, öffnete sie ihre Augen wieder. Der Hengst schnüffelte an ihrem Haar und sie spürte seinen Atem an ihrem Hals.

»Komm, Nell.« Jamie trat aus dem Schatten hervor.

Helena warf einen Blick über die Tür. Der Hof war leer, die Männer, die zwei Wagenladungen geschmuggelter Ware fortgetragen hatten, waren nicht mehr zu sehen. »Weißt du, wohin das alles gebracht wird?«, fragte sie leise.

»Das meiste bleibt im Dorf«, antwortete Jamie. »Wir beschaffen die Waren nicht, um sie im Inland weiterzuverkaufen. Wenn sie ein paar Tage im Versteck gelegen haben, lässt mein Vater sie an Orte bringen, wo sie einfacher abgeholt werden können. Ich nehme an, er wollte sie nicht zu lange hier lassen, da dies nicht eins unserer üblichen Verstecke ist.«

»Warum mussten wir uns denn gerade verstecken?« Helena verstand nicht, warum Jamie darauf bestanden hatte, dass sie die Laterne auslöschten und sich im Stall verborgen hielten. Schließlich hatte sie die Schmuggler doch schon einmal getroffen.

»Heute Nacht waren es andere Leute«, erklärte Jamie und starrte auf einen Strohhalm, den er zwischen seinen Fingern hin und her zwirbelte. »Ich gehöre zur Gruppe der Anlander – die hast du letzte Nacht gesehen. Aber um die nächste Aufgabe, die Verteilung, kümmern sich andere Leute.«

»Organisiert dein Vater das auch?«

Jamie blickte sie skeptisch an, als wollte er abschätzen, wie viel er ihr erzählen konnte. Dann nickte er. »Ja, aber ich kenn die Leute nicht. Jedenfalls bin ich mir nicht sicher, wer es ist. Und ich werde mich hüten Fragen zu stellen. Wie ich schon sagte: Je weniger man weiß, desto weniger kann man verraten.«

Helena verstand. Sie nahm an, dass es einen unausgesprochenen Ehrenkodex unter diesen Männern und den Dorfbewohnern gab. Sie akzeptierten, dass sie manche Dinge nicht wussten oder verschweigen mussten. Plötzlich gähnte sie. Jamie lächelte.

»Geh jetzt, Nell. Wir können hier nichts mehr tun.«

Helena schlüpfte aus dem Stall und rannte über das feuchte Hofpflaster. Als sie die Hofecke erreichte, blieb sie stehen und warf noch einen Blick zurück zu Oriels Stall. Der Hengst beobachtete sie neugierig. Seine Augen wirkten wie flüssiges schwarzes Glas. Trotz ihrer Müdigkeit fühlte Helena sich optimistisch. Sie würden ihrem Vater schon zeigen, dass Oriel hierher gehörte, egal, was sie dafür tun musste. Das Pferd war die größte Herausforderung in Helenas bisherigem Leben, aber sie würde nicht aufgeben.

Kapitel 10

Am nächsten Morgen schlief Helena lang und wurde erst von Louise geweckt, als diese Wasser in ihr Zimmer brachte. Das Mädchen stellte den Krug auf den Nachttisch, ging ans Fenster und zog die Vorhänge zurück, um das weiche graue Licht hineinzulassen. Helena warf ihre schwere Daunendecke zur Seite, setzte sich auf und fuhr mit den Fingern durch ihr zerzaustes Haar. Ein leichter Schmerz erinnerte noch an den Bluterguss auf ihrer Schulter. Inzwischen war davon nur noch eine schwache dunkelrote Sichel zu erkennen.

»Guten Morgen, Mylady.« Louise kam vom Fenster herüber und knickste. Ihr Lächeln verschwand, als ihr Blick auf Helenas Reitkleid fiel, das nass und zerknittert auf der Truhe am Fußende ihres Himmelbetts lag.

»Was haben Sie denn gemacht, Lady Helena?«, rief sie aus und hob das schwere Wollkleid hoch.

Helena schwang die Beine über den Bettrand und sprang auf den Boden. »Es ist November«, erklärte sie ihrer Zofe. »Du kannst nicht erwarten, dass ich beim Reiten die ganze Zeit trocken bleibe.«

Louise murmelte missbilligend vor sich hin. »Ja, aber jetzt ham Sie schon zwei Reitkleider in den letzten zwei Tagen verschmutzt, Mylady«, schimpfte sie. »Susan Clark wird nicht erfreut sein, wenn ich das auch noch in die Wäscherei bringe. Sie hat genug Arbeit mit dem neuen Kleid ihrer Mutter.« Sie sah Helena an und ihre Augen funkelten vor Aufregung. Das feuchte Kleid war kurzfristig vergessen. »Haben Sie sich schon für die Farbe ihres Kleides entschieden, Lady Helena?«

Da sich die Ereignisse in den letzten Tagen überstürzten, hatte Helena fast vergessen, dass ihre Mutter ihr ein neues Kleid versprochen hatte, das sie beim Bridport-Rennen tragen sollte. »Ich habe noch nicht darüber nachgedacht«, gab sie zu. Als Louise sie enttäuscht ansah, fügte sie schnell hinzu. »Vielleicht hast du eine Idee?«

»Was halten Sie von Dunkelgrün? Das würde gut zu Ihren Augen passen«, schlug Louise vor. »Und Mrs Clark hat einen schönen gelben Baumwollstoff mit einem Muster aus Zweigen fürs Unterkleid.«

»Das klingt wunderbar«, sagte Helena abwesend. Sie ging zu dem hohen, bleiverglasten Fenster. Von hier konnte man über die Rasenflächen bis zu den Weiden schauen. Gerade führte Jamie Jupiter hinaus und Helena war erleichtert, dass das Kutschpferd ohne Probleme lief und das verletzte Bein nicht mehr schonte.

Louise öffnete die Truhe und nahm ein weit geschnittenes fliederfarbenes Kleid heraus sowie ein sauberes Baumwollhemd. »Gut, dass Sie heut nicht reiten, Mylady«, sagte sie. »Ihre beiden Reitkleider sind sowieso zu schmutzig.«

Helena fuhr verwundert herum. »Nicht reiten?«, wiederholte sie. Sie hatte gehofft, dass sie und Jamie heute wieder auf Piper und Snowdrop zum Beacon-Berg reiten konnten oder vielleicht sogar nach Eggardon. Das Rennen fand bereits in vierzehn Tagen statt und Piper brauchte noch so viel Training wie möglich.

»Ja, Lady Windlesham kommt doch heut zu Besuch«, sagte Louise.

Helenas Herz sank. Natürlich – ihr Vater hatte sie am Tag zuvor über Tante Emmas Besuch informiert! Lady Rosebys Schwester war mit Sir Henry Windlesham, der verschiedene Küstenstreifen in Weymouth, Dorchester und Lyme Regis besaß, verheiratet. Sie wohnten in einem Stadthaus in einem extravaganten Teil von Dorchester. Lady Emma meinte, dies sei der einzige Ort, an dem man einigermaßen erträglich leben konnte, wenn man so weit von London entfernt war. Helena wusste, dass ihre Mutter sich nur in Roseby wohl fühlte; aber sie vermutete, dass Lady Roseby zu höflich war, um ihrer Schwester dies klar und deutlich zu sagen.

Louise fuhr fort: »Lady Roseby hat Sarah erzählt, dass ihre Schwester gegen elf Uhr zu einem späten Frühstück ankommen wird. Aber der Regen hat die Straße nach Dorchester so aufgeweicht, dass der Himmel weiß, ob sie das schafft. Soweit ich gehört habe, wär's ein Wunder, wenn die Kutsche der gnädigen Frau heil hier eintrifft.«

Helena zog ihr Hemd aus und ließ sich das frische überziehen. »Ich bin sicher, dass meine Tante ohne Probleme hier ankommen wird«, sagte sie. *Und wenn nicht, werden wir den Rest des Tags alle Einzelheiten ihrer schrecklichen Reise zu hören bekommen,* fügte sie im Stillen hinzu.

Sie rannte die Treppe hinab, als die Uhr in der Halle elf schlug und fragte sich, ob die Zeit noch reichte, um in die Stallungen zu gehen und nachzusehen, wie es Oriel nach dem Debakel der letzten Nacht ging. Enttäuscht erinnerte sie sich, wie er trotz Jamies ruhiger Hand und seiner beschwichtigenden Worte über die Koppel gerast war.

Sie warf einen Blick in den Salon und stellte fest, dass Lady Windlesham noch nicht angekommen und ihre Mutter nirgends zu sehen war. Daher nahm sich Helena ein dickes Wolltuch aus der Truhe neben der Hintertür und hüllte sich darin ein. Doch gerade, als sie hinausgehen wollte, ging die Tür auf und Jamie kam mit einem Korb voll Lauch und Petersilie herein.

»Guten Morgen, Lady Helena«, sagte er. Verwundert musterte er ihr raues Wolltuch und das weit geschnittene Hauskleid. »Wolltest du gerade hinaus?«

»Ich wollte Oriel schnell einen Besuch abstatten, bevor meine Tante ankommt«, gestand Helena. »Aber wenn du schon hier bist, kannst du mir eigentlich auch erzählen, wie es ihm heute Morgen geht. Ich hoffe, seine Beine sind nicht erhitzt von der gestrigen Nacht.«

Jamie schüttelte den Kopf. »Überhaupt nicht. Und er hat sein Futter sofort gefressen. Ehrlich, Nell, man merkt ihm überhaupt nicht an, dass er draußen war. Ich dachte, ich frag Watkins mal, ob wir ihn nicht mit Stone Jack auf die

Koppel bringen, damit er sich die Beine vertreten kann. Er scheint fit genug, um zumindest mal aus dem Stall zu kommen.«

»Vielleicht ist er dann ruhiger, wenn wir ihn das nächste Mal longieren«, stimmte Helena ihm zu. Sie sah, dass Jamies Blick sich verdunkelte. »Wir werden ihn doch wieder longieren, oder?«, fragte sie hartnäckig. Sie spürte die Enttäuschung in sich hochsteigen und fügte hinzu: »Oriel will uns nichts Böses und weder du noch mein Vater kann mir etwas anderes erzählen!«

Jamie hielt die Hand hoch, als wolle er ein nervöses Pferd beruhigen. »Ich weiß, Nell, aber du musst schon zugeben, dass er ein harter Brocken ist. Für Jupiters Schürfwunde am Knie kann ich eine Ausrede finden, aber ich weiß nicht, was ich deinem Vater erzählen soll, wenn du dich bei der Arbeit mit Oriel verletzt.«

Helena nahm das Wolltuch von ihren Schultern und legte es ordentlich zusammen. »Warten wir ab, wie es ihm nach einem Tag auf der Koppel geht«, sagte sie nur. Draußen hörte man Wagenräder über das Hofpflaster rattern und sie fuhr zusammen. »Das wird meine Tante sein«, sagte sie. »Ich kann heute nicht ausreiten, würdest du Snowdrop longieren? Sie soll nicht denken, sie wird jetzt nur noch als Kutschpferd benutzt!«

Jamie grinste, erleichtert, dass ihr Tonfall jetzt wieder unbeschwerter war.

»Ja, ich werd dafür sorgen, dass sie ein bisschen frische Luft kriegt. Jetzt muss ich Mrs Gordon das Gemüse bringen und du gehst wohl besser und begrüßt deine Tante.«

Helena verzog das Gesicht, straffte dann die Schultern und glättete ihr Unterkleid, als sie hörte, wie Mansbridge die Eingangstür öffnete. »Bis morgen«, flüsterte sie Jamie zu. »Sag Oriel und Snowdrop, dass ich sie nicht vergessen habe.«

Tante Emmas Besuch erwies sich als genauso anstrengend, wie Helena befürchtet hatte. Ihre anschaulichen Beschreibungen über die tiefen Furchen auf der Straße, die rumpelnde Kutsche und die stolpernden Pferde klangen, als hätte sie die unbequemste Reise ertragen müssen, die ein Mensch je durchlitten hatte. Helena dachte sich ihren Teil. Wenn die Straße wirklich so schlimm gewesen war, hätte ihre Tante bei der ersten Pfütze umdrehen und in Dorchester bleiben sollen. Aber Tante Emma schien ihre Besuche in Roseby als wohltätige Mission zu betrachten, um ihrer Schwester die Qual des ländlichen Lebens zu erleichtern.

»Anständige junge Damen haben einen Teint wie Porzellan«, sagte sie zu ihrer Nichte. »Was um alles in der Welt hast du mit deinen armen Händen angestellt? Sie sehen aus, als hättest du Bettwäsche gewaschen! Ich denke doch, dass deine Mutter eine vernünftige Wäscherin finden kann, selbst an diesem abgelegenen Ort.« Sie lachte schrill über ihren Witz und Helena lächelte höflich.

Dann legte Lady Windlesham ihre Stirn in Falten, wobei ihr stark duftender Puder in weißen Wolken von ihrer Stirn hinabschwebte. »Helena, ich befürchte, das alles liegt daran, dass du zu viel reitest. Wie du sicher weißt, sollten junge Damen nur so viel reiten, dass sie die richtigen Leute kennen lernen und eine gute Figur im Reitkleid machen. Vielleicht also einmal die Woche, und du siehst ja, was mit deinem armen Gesicht und deinen Händen geschieht, wenn du mehr Zeit draußen verbringst.« Sie lehnte sich ins Kissen zurück und fächelte sich schwach etwas Luft zu, so als ob sie allein schon der Gedanke an draußen schwächte.

Lady Roseby eilte ihrer Tochter unerwartet zu Hilfe. »Helena ist eine gute Reiterin. William und ich sind sehr stolz auf sie.« Sie warf Helena ein warmes Lächeln zu. »Wir meinen, dass sie für Snowdrop allmählich ein wenig zu groß ist und bald ein eigenes jüngeres Reitpferd bekommen sollte.«

»Wirklich? Mama, das wäre wundervoll!«, rief Helena und vergaß, dass ihre Tante einen solch undamenhaften Freudenausbruch missbilligen würde. Zwar liebte Helena Snowdrop sehr, aber der Gedanke an ein neues Pferd war einfach unwiderstehlich und vor ihrem Auge tauchten bereits Bilder von eindrucksvollen Füchsen und hochbeinigen Apfelschimmeln auf.

Und dann galoppierte ein weiteres Pferd durch ihre Gedanken, ein mahagonifarbenes mit tiefschwarzer Mähne und tiefschwarzem Schweif. Da wusste Helena, was sie wirklich wollte. Ein neues Pferd musste gar nicht gekauft werden – Oriel wäre genau das richtige!

Lady Emma war noch nicht damit fertig, ihrer Schwester die Mängel bei der Erziehung ihrer Tochter vor Augen zu führen. »Reitkunst ist ja gut und schön, Jocelyn«, sagte sie mit geschürzten Lippen, »aber damit findet man keinen Ehemann für Helena. Sie ist jetzt fünfzehn, alt genug für eine angemessene Verbindung. Hat noch niemand um ihre Hand angehalten?«

Um Gottes willen, dachte Helena verärgert. Tante Emma klang so, als sei sie ein preisgekürtes Tier, um das Bewerber handelten und feilschten, die sich keinen Deut um ihre wirklichen Gefühle scherten! Sie öffnete den Mund, um etwas zu entgegnen, wurde aber von ihrer Mutter unterbrochen, die bereits erraten hatte, was ihre Tochter dachte.

»Es ist noch genug Zeit, um einen Ehemann für Helena zu finden«, sagte Lady Roseby besänftigend. »Und du wärest überrascht, wenn du wüsstet, wie viele geeignete junge Männer wir schon kennen gelernt haben, selbst hier mitten im Nichts!« Sie zwinkerte schelmisch und warf ihrer Tochter einen amüsierten Blick zu.

Das Getrappel kleiner Füße draußen auf dem Korridor rettete sie vor einer weiteren Diskussion. Eine Sekunde später erschien Helenas Bruder Will mit rotem Gesicht und zerzaustem blondem Haar in der Tür.

»Mama, heute Morgen habe ich eine tolle Fechtstunde gehabt«, stieß er hervor, rannte durch das Zimmer und legte seine kleinen, feuchten Hände in Lady Rosebys Schoß. »Ich kann es kaum erwarten, Papa davon zu erzählen! Mr Benedict sagte, ich würde ein besserer Fechter als er werden, wenn ich genug übe!«

Lady Roseby fuhr sanft mit den Fingern durch das strubbelige Haar ihres Sohns. »Da hat Mr Benedict völlig Recht«, sagte sie lächelnd. »Wenn man fleißig übt, kann man in allem gut sein. Nun, Will, dein Vater wird aber erst heute Abend aus Portland zurückkommen. Geh und such Charity, damit sie dir die Hände wäscht. Dann kannst du wieder kommen und Tante Emma von deiner Stunde erzählen.«

Helena warf einen verstohlenen Blick auf ihre Tante. Lady Windlesham schien eine Unterhaltung mit Will alles andere als eine verlockende Idee zu finden. Als Will auf der Suche nach Charity durch den Korridor sauste, hörte Helena ihn rufen: »Papa! Was machst du denn schon hier?«

Lord Roseby antwortete leise und befriedigte offensichtlich damit die Neugier seines Sohns. Dann betrat er den Salon und verbeugte sich höflich vor Lady Windlesham.

»Guten Tag, Emma. Wie schön, dass du uns besuchst«, begrüßte er sie.

Helenas Tante lächelte herablassend. »Komm schon, William, nur weil ich es gewöhnt bin, ein gesellschaftliches Leben in Dorchester zu führen – das heißt zurzeit mehr in London –, bedeutet das nicht, dass ich meine arme Schwester nicht besuche. Obwohl, wie Jocelyn dir erzählen wird, ich eine fürchterliche Reise heute Morgen hatte. Sir Henry wird entsetzt sein, wenn er den Zustand seiner neuen Kutsche sieht. Entsetzt!«

Lord Roseby tat so, als wäre er besorgt.

Helenas Mutter stellte ihre Teetasse ab und sah ihren Mann an. »Wir haben dich frühestens in einer Stunde aus Portland zurückerwartet«, sagte sie.

»Mir wurde mitgeteilt, dass Richter Trimble morgen nach Dorchester zur Sitzung des Assisengerichts kommt und wünscht, dass ich dort beisitze. Dafür muss ich heute Nachmittag noch einige Unterlagen durchsehen.«

Helena lief ein Schauer den Rücken hinunter. Beim Assisengericht handelte es sich um eine Reihe von Schwurgerichtssitzungen, die zweimal im Jahr unter dem Vorsitz eines Richters stattfanden, der extra aus Bristol oder Bath anreiste. Die meisten schweren Fälle wurden erst bei diesen Sitzungen verhandelt, denn nur ein Bezirksrichter war berechtigt die Todesstrafe zu verhängen. Als Friedensrichter wurde Lord Roseby manchmal aufgefordert, dem Bezirksrichter beizusitzen, um diesen beim Vorsitz der Gerichtsverhandlungen zu unterstützen. Helena beneidete ihren Vater nicht, dass er über solch schwere Strafen mit entscheiden musste. Kriminelle, die nicht zum Tod durch den Strick verurteilt wurden, mussten damit rechnen, in die britischen Kolonien in Virginia und Barbados deportiert zu werden. Dort erwartete sie auf den Plantagen ein Leben in Sklaverei, weit weg von ihren Familien in der feindlichen Umgebung der Neuen Welt.

Helena wurde von den nächsten Worten ihres Vaters aus ihren Gedanken gerissen: »Der Berittene Zollfahnder, Chapman, wird heute Nachmittag vorbeikommen«, erklärte er Lady Roseby. »Ich habe Hawk gebeten ihn direkt in mein Arbeitszimmer zu führen.«

Helena fühlte, wie das Blut in ihren Ohren rauschte, und der Raum schien plötzlich vor ihren Augen zu schwanken. Roger Chapman? Würde er ihrem Vater gegenüber erwähnen, dass er sie vor zwei Nächten in den Ställen angetroffen hatte?

Und dann kam ihr ein noch schlimmerer Gedanke. Mr Chapman wusste sicherlich von der Schwurgerichtssitzung. Kam er etwa hierher, um Beweise gegen die Schmuggler aus Roseby vorzulegen?

Kapitel
11

Hat Mr Chapman etwas mit dem Assisengericht zu tun?«, fragte Helena. Vor Panik klang ihre Stimme ganz hoch.

Tante Emma sah entrüstet aus. »Also wirklich, Helena«, sagte sie. »Es ziemt sich für eine junge Dame nicht, sich den Kopf über das Gesetz zu zerbrechen.«

Lord Roseby hielt seine Hand hoch. »Das ist schon in Ordnung, Emma«, sagte er. »Jocelyn und ich haben Helena immer ermutigt sich für die Dinge zu interessieren, die um sie herum geschehen. Interesse an der Umwelt ist doch sicher besser als sich von allem abzuschirmen?« Er fuhr fort, bevor Lady Windlesham antworten konnte. »Ja, Nell, Mr Chapman hat etwas mit der Sitzung zu tun.«

Helena hielt den Atem an. Hoffentlich merkte ihr Vater nicht, dass ihr sämtliche Farbe aus dem Gesicht gewichen war.

Lord Roseby erzählte weiter, seine braunen Augen sahen sie ernst an. »Die Berittenen Zollfahnder von Lyme Regis haben vor drei Tagen eine Bande Strandräuber gefasst«, erklärte er. »Sie werden vor das Assisengericht gestellt.«

Helena schloss die Augen vor Erleichterung. Lyme Regis war eine Stadt, die zehn Meilen westlich an der Küste lag, und sie hatte ihre eigenen Berittenen Zollfahnder. Fürs Erste drohte den Schmugglern von Roseby also keine Gefahr.

Sie öffnete ihre Augen wieder. »Handelt es sich um die Strandräuber, vor denen uns Mr Chapman letzte Woche gewarnt hat?«, fragte sie.

»Ich fürchte nicht«, sagte ihr Vater. »Die Bande, die verhaftet wurde, kommt hier aus der Gegend. Mr Chapman berichtete aber von Männern, die weiter aus dem Osten, aus der Nähe von Poole sind.«

Tante Emma holte tief Luft. Lady Roseby bemerkte das Unbehagen ihrer Schwester und wechselte geschickt das Thema. »Soll ich Mrs Gordon sagen, dass du mit uns essen wirst, William?«

Lord Roseby schüttelte den Kopf. »Nein danke, Jocelyn. Ich werde Mansbridge bitten mir etwas ins Arbeitszimmer zu bringen.« Er verbeugte sich wieder vor Lady Windlesham. »Guten Tag, Emma. Ich wünsch dir eine angenehme Rückreise.«

Lady Windlesham neigte den Kopf. »Danke William. Auch dir einen guten Tag.«

Als Lord Roseby den Salon verließ, atmete Helena tief durch und wartete, dass ihr Herzschlag sich wieder normalisierte. Sie war immer noch ein wenig nervös. Denn trotz allem konnte Roger Chapman ihrem Vater nach wie vor von ihrer nächtlichen Begegnung erzählen.

Plötzlich hörte sie, wie die Eingangstür geöffnet wurde und Hawk einen Gast begrüßte. Jemand mit klirrenden Sporen an den Stiefeln lief durch die steinerne Halle, Hawk ging mit leiseren Schritten voraus.

Helena sprang vom Sofa hoch. Sie musste mit Mr Chapman sprechen, bevor er ihren Vater traf.

»Ist irgendetwas, Helena?«, fragte ihre Mutter.

»Nein, Mama«, antwortete Helena schuldbewusst und spürte, wie sie langsam rot anlief. »Entschuldigt ihr mich bitte einen Augenblick?«

»Natürlich.« Lady Roseby nickte zustimmend.

Helena knickste höflich vor ihrer Tante und eilte aus dem Salon. Mr Chapman folgte Hawk zum Arbeitszimmer ihres Vater und sie stieß fast mit dem Zollfahnder zusammen, als sie in den Korridor stürmte.

»Guten Tag, Lady Helena.« Der Zollfahnder verbeugte sich vor ihr, seine blauen Augen verrieten nichts. »Ich hoffe, es geht Ihnen gut?«

Helena blieb nervös stehen. »Danke, Mr Chapman, es geht mir sehr gut.«

Sie spürte, dass Hawk hinter ihr ebenfalls stehen geblieben war und sie beide aufmerksam beobachtete. Sein Blick brannte sich förmlich in Helenas Rücken. Ob er sie verdächtigte gleich alles zu verraten?

»Und wie geht es dem Hengst? Ich hoffe, er ist jetzt ruhiger?«, fragte Chapman.

»Es geht ihm viel besser, danke«, antwortete Helena.

»Offensichtlich haben Sie bereits von unserer neusten Errungenschaft gehört?« Helena zuckte zusammen, als ihr

Vater auf einmal aus seinem Arbeitszimmer kam und sich in die Unterhaltung einmischte.

»Ja, in der Tat«, antwortete der Zollfahnder. »Scheint ein interessanter Bursche zu sein.«

»Ich weiß nicht, ob er interessant ist«, antwortete Lord Roseby skeptisch. »Er sieht auf jeden Fall prächtig aus, aber bisher ist er sehr schwierig und man kann ihn nicht reiten. Aber wir geben ihm noch etwas Zeit, damit er sich eingewöhnen kann. Ist alles in Ordnung, Nell?« Er schien sich auf einmal zu fragen, was Helena im Korridor machte.

Helena wurde rot. »Ja, Papa.« Sie nickte dem Besucher höflich zu und dankte ihrem Vater im Stillen. Ohne es zu wissen, hatte er gerade bestätigt, dass sie durchaus einen Grund gehabt haben konnte, Oriel während der Nacht aufzusuchen. Vielleicht würde sie Glück haben und Roger Chapman verzichtete nun darauf, von ihrer Begegnung zu berichten. »Guten Tag, Mr Chapman.«

Der Zollfahnder verbeugte sich. »Ihnen auch, Lady Helena.«

Als Helena wieder in die Halle zurückging, war sie so in Gedanken versunken, dass sie nicht bemerkte, wie eines der Hausmädchen, Eliza Clark, gerade mit einem Arm voll Garnspulen vor ihr auftauchte. Die beiden Mädchen stießen am Fuß der Treppe zusammen und die Garnspulen fielen klappernd auf den Steinboden.

»Oh, Eliza, das tut mir Leid!«, rief Helena. »Warte, ich helf dir sie aufzusammeln.«

»Danke, Mylady«, sagte Eliza etwas verlegen.

Eine der Spulen war durch den Korridor bis zur Tür des

Arbeitszimmers gerollt. Als Helena sie aufhob, hörte sie, wie ihr Vater drinnen mit Mr Chapman über das Assisengericht sprach.

»Haben Sie eine Liste der Angeklagten?«, fragte er den Zollfahnder.

»Ja, Mylord.« Man hörte Papierrascheln. »Joseph Nickle, Peter Baggs, Nicholas Bennet und Timothy Harkness. Sie sind alle der Strandräuberei angeklagt. Der Kommandant der Zollfahnder von Lyme Regis bat mich, Ihnen heute diese Papiere zu übergeben, Sir. Er lässt sich entschuldigen, weil er nicht selbst kommen konnte.«

Plötzlich glitt Helena die Spule aus der Hand und klapperte verräterisch laut auf die Steinfliesen. Sie hob sie hoch und eilte durch den Korridor zurück, bevor ihr Vater aus dem Zimmer kam und sie beim Lauschen erwischen konnte. »Bitte, Eliza«, sagte sie und überreichte sie dem Mädchen.

»Danke, Mylady«, sagte Eliza und lächelte Helena an. Sie verschwand in der Waschküche und ließ Helena allein in der Halle zurück.

Helena erinnerte sich an die Namensliste der Strandräuber und wünschte plötzlich, sie könnte auch zu der Schwurgerichtsverhandlung gehen und sich das Verfahren anhören. Sie wollte wissen, was genau ihr Vater tat, wenn er im Gericht war, was hinter den dicken, verzierten Eichentüren am Ende der Hauptstraße von Dorchester vor sich ging. Und sie musste zugeben, dass sie auch ein bisschen neugierig war und die Strandräuber auf der Anklagebank sehen wollte. Die Illustrationen in den Zeitungen stellten diese immer als gemein und verschlagen dreinblickende Burschen dar. So als ob Diebe und Mörder nicht wie normale Leute aussahen, sondern sich auf Grund ihrer kriminellen Taten äußerlich veränderten.

Helena schüttelte den Kopf, als ihr noch viel schlimmere Gedanken durch den Kopf gingen. Sie wollte glauben, was Jamie ihr gesagt hatte: Schmuggeln sei kein böses Verbrechen, sondern nur eine andere Art, Dinge zu erwerben. Aber es war nun einmal gegen das Gesetz. Und wenn man sie schnappte, würden die Schmuggler von Roseby im Gerichtsgebäude landen und ihrem Vater, der das Gesetz hinter sich hatte, gegenübertreten müssen.

Am nächsten Morgen wachte Helena früh auf. Bevor Louise kam, um ihr beim Ankleiden zu helfen, lief sie schnell nach unten. Sie trug eines ihrer Hauskleider, denn an diesem Morgen hatte sie Unterricht bei Faith. Aber sie zog ihre Stiefel an, damit sie vor dem Frühstück nach Oriel sehen konnte. Am Tag zuvor hatte Jamie ihn zusammen mit Stone Jack auf die Koppel gelassen und sie wollte wissen, wie er sich dort aufgeführt hatte.

Das Essen mit Tante Emma hatte lange gedauert. Sie hatten von drei bis fast sechs Uhr am Tisch gesessen und danach war keine Zeit mehr gewesen, um in die Stallungen zu gehen.

Ausnahmsweise war der Herbsthimmel strahlend blau und es wehte kein Lüftchen. Die Steinstufen glitzterten vom Frost, und als Helena in den Stallhof kam, war Isaiah gerade dabei, Erde auf das eisige Kopfsteinpflaster zu streuen. Seine Augen kniff er dabei zusammen, weil die Sonne ungewohnt stechend war.

Als Helena erschien, sah er auf und zu ihrer Überraschung huschte ein scheues Lächeln über sein Gesicht. Sie lächelte verschwörerisch zurück, sich des großen Geheimnisses bewusst, das sie miteinander teilten.

Hufgeklapper ertönte. Helena drehte sich um und sah Jamie, der Snowdrop aus den Stallungen führte. Die graue Stute erstarrte und schnaubte dramatisch, als sie auf das mit Erde bedeckte Kopfsteinpflaster trat.

Helena lachte. »Stell dich nicht so an, Snowdrop! Das soll doch verhindern, dass du ausrutschst!«

»Das muss an der Sonne liegen«, meinte Jamie. »Sie benehmen sich alle wie Jährlinge heut Morgen. Jupiter hat mir fast den Arm ausgerissen, als ich ihn zur Weide gebracht hab.«

»Führst du Oriel auch raus?« Helena sah zu seiner Stalltür hinüber, aber sie war geschlossen und man konnte in der dunklen Box nichts erkennen.

Jamie blieb mit Snowdrop neben ihr stehen. »Er frühstückt noch«, sagte er. »Aber wir wollen ihn nachher wieder mit Stone Jack raus bringen.« Einen kurzen Moment sah er ernst aus und Helenas Zuversicht sank, als sie darauf wartete, dass er weitersprach. »Watkins hatte gestern viel Mühe, ihn auf die Koppel zu bringen. Er sprang herum wie eine Forelle an der Leine.«

»Hat er sich auf der Wiese beruhigt?«

Jamie nickte. »Allerdings erst, nachdem er Stone Jack ein paar Mal um die Koppel gejagt hat. Das hat dem alten Jungen nicht geschadet, aber ich fürchte, Watkins will Oriel erst longieren, wenn er deutlich ruhiger geworden ist.«

»Wann wird das sein?«, protestierte Helena. Sie wusste nicht, wie viel Zeit ihr Vater Oriel gab, um sich zu beweisen, und es frustrierte sie, dass Watkins die Angelegenheit nicht dringlicher behandelte. Aber der Stallmeister hatte auch keinen besonderen Grund, Oriel behalten zu wollen. In seinen Augen hatte der Hengst bisher nur Ärger gemacht.

Jamie schnalzte mit der Zunge, damit Snowdrop weiterging. »Ich weiß nicht, Nell«, sagte er. »Es gibt zurzeit schon so viel Arbeit mit den anderen Pferden. Bald ist das Rennen und außerdem hält sich dein Vater jeden Tag in dieser Woche in Dorchester auf.«

Helena sah zu, wie er die graue Stute über den Hof führte. Die Erde auf dem Pflaster dämpfte ihren Schritt. Als sie an Oriels Box vorbeikamen, streckte der Hengst mit geblähten Nüstern den Kopf über die Tür.

»Guten Morgen, Oriel«, rief Helena leise. Zu ihrer Freude drehte er ihr den Kopf zu. Sie rannte zu ihm hinüber und hob die Hand, um seine Mähne zu streicheln. Ein Büschel Heu hatte sich in seinem seidigen schwarzen Haar verfangen. Während Helena es herauslöste, stand Oriel geduldig da.

»Sie haben den Bogen raus mit dem Hengst, Lady Helena«, sagte eine leise Stimme hinter ihr. Der Kutscher Harding war gerade aus einer Tür in der Hofecke getreten, die zu seiner Unterkunft führte. Da er der älteste Arbeiter im Stall war, hatte er seine eigenen Räume. Sie befanden sich nicht auf dem Dachboden, in dem Jamie und die anderen Stallburschen schliefen. Der Kutscher lief schnell zu Helena und blies gegen seinen weißen Schnurrbart, als er die kalte Morgenluft spürte. »Wenigstens wird die Straße durch diesen Frost fester«, sagte er. »Die Pferde sind letzte Woche bis zu den Fesseln im Matsch eingesunken.«

Helena nickte und dachte an Tante Emma, die ihre Reise von Dorchester als die reinste Tortour geschildert hatte. Oriel schnaubte und spuckte feuchtes Heu auf ihr Haar. Helena wich zur Seite und lachte.

Harding kniff die Augen zusammen, bis sie fast in den Falten seines gebräunten, wettergegerbten Gesichts verschwanden. »Gut, dass er gelassener geworden ist. Wenn Sie so weitermachen, Miss, wird Ihr Vater ihn gern behalten.«

Helena freute sich in dem weisen, alten Kutscher einen unerwarteten Verbündeten gefunden zu haben. »Ich wäre froh, wenn Oriel in Roseby bleiben könnte«, stimmte sie ihm vorsichtig zu.

Der Kutscher nickte. »Ja, er ist 'n feiner Kerl.« Er fröstelte und knöpfte den obersten Knopf seines Mantels zu. Über ihren Köpfen schlug die Uhr im Wagenschuppen halb acht. »Wird Zeit, dass ich die Kutsche für seine Lordschaft hole«, sagte Harding. Er lüpfte den Hut. »Guten Tag, Mylady.«

»Guten Tag, Harding«, antwortete Helena. Als Harding die Kutsche erwähnte, fiel ihr ein, dass ihr Vater ja heute zum Gericht fuhr. Sie war immer noch neugierig, wie es beim Assisengericht zuging. Ob ihr Vater ihr wohl erlauben würde, dass sie die Verhandlung von einem der Sitzplätze aus verfolgte, die für die Öffentlichkeit bestimmt waren? Wenn sie sich beeilte, würde sie ihn noch beim Frühstücken antreffen. Sie sah Oriel an, der sie neugierig beobachtete. »Du benimmst dich heute«, flüsterte sie ihm zu und streichelte seine lange Nase. »Harding hält dich für ungefährlich. Jetzt musst du nur noch Watkins und Papa überzeugen.«

Das Pferd schüttelte den Kopf und schnaubte. Helena bewunderte einen Moment lang den Glanz seines dunkelbraunen Fells, das so glatt wie eine Kastanie aussah. Dann rannte sie über den Hof und die Treppen zur Halle hinauf.

Als sie das Speisezimmer betrat, sah ihr Vater auf. »Du bist früh dran heute Morgen, Nell«, sagte er überrascht.

»Ich wollte nach Or. . . den Pferden sehen, bevor Faith kommt«, erklärte Helena. Fast hätte sie sich verraten.

Lord Roseby nickte und faltete seine Serviette zusammen, dann schob er den Stuhl zurück, um zu gehen. Gerade wollte Helena ihn fragen, ob sie ihn zum Gericht begleiten durfte, da klopfte es leise an die Tür und Mary Polstock kam herein.

»Faith Powell ist hier, Mylord«, sagte sie. »Soll ich sie hereinbitten? Vielleicht möchte sie eine Tasse Tee trinken, während sie Ihr Frühstück beenden, Lady Helena.«

»Gute Idee, Mary«, stimmte Lord Roseby zu. »Es ist ein eiskalter Morgen. Sie wird froh sein, wenn sie sich etwas aufwärmen kann. Und könntest du Mansbridge zu Harding schicken, damit er ihm ausrichtet, dass ich in fünfzehn Minuten aufbrechen möchte?«

»Ja, Mylord«, sagte Mary. Sie knickste und trat dann beiseite, um Lord Roseby zuerst aus dem Zimmer gehen zu lassen.

Helena konzentrierte sich darauf, mit dem Messer etwas Butter auf ihren Toast zu schmieren. Sie versuchte den gelben Klumpen, der nach einer Nacht in der kalten Vorratskammer so hart wie Stein geworden war, weich zu bekommen. Gerade wollte sie aufgeben und Mrs Gordon um eine frische Scheibe Toast bitten, da kam Faith in einem steifen schwarzen Rock ins Zimmer.

»Guten Morgen, Helena«, sagte sie lächelnd.

Helena ließ ihr Messer sinken und bat die Hauslehrerin sich auf den Stuhl neben ihr zu setzen. »Hallo, Faith«, sagte sie. »Ich bin gleich fertig. Möchtest du Tee? Ich überlege gerade, wie ich diese gefrorene Butter weich kriege!«

Faith lachte und setzte sich. »Es ist so kalt heute Morgen, dass du sie wahrscheinlich wie Käse in Scheiben schneiden musst. Was hältst du davon, wenn wir einen Ausflug machen? In der Stadthalle von Dorchester gibt es diese Woche eine Wachsfigurenausstellung. Man kann sich dort die englischen Könige und Königinnen der vergangenen siebenhundert Jahre angucken.«

»Das klingt interessant«, sagte Helena.

»Das denke ich auch«, sagte Faith. »Und es wird dich freuen, wenn du hörst, dass wir sogar schon heute fahren können. Ich habe die Ausstellung soeben deinem Vater gegenüber erwähnt und er hat netterweise angeboten, dass wir in seiner Kutsche nach Dorchester mitfahren können. Daher müssen wir gleich los.«

Helena legte ihr Buttermesser auf den Tisch und starrte ihre Hauslehrerin an. Ihr Herz klopfte vor Aufregung, als ein gewagter Plan in ihrem Kopf entstand. Denn heute fand noch etwas viel Interessanteres als die Wachsfigurenausstellung in Dorchester statt. Allerdings hing jetzt alles von Faith ab. Hoffentlich hielt sie einen Besuch bei Gericht für Helenas Erziehung für ebenso wichtig wie die Ausstellung der Könige und Königinnen. Aber die Tatsache, dass sie mit derselben Kutsche wie ihr Vater reisen würden, war einfach eine viel zu günstige Gelegenheit, um sie verstreichen zu lassen.

Kapitel 12

Helena beschloss Faith erst etwas zu sagen, wenn sie Dorchester erreichten, damit sie den Ausflug nicht völlig absagte. Sie kletterte in die Kutsche und setzte sich neben ihre Hauslehrerin, dankbar, dass sie eine dicke Wolldecke für ihre Knie hatte und einen Fußwärmer aus Stahl unter dem Sitz. Die Fahrt nach Dorchester würde ein paar Stunden dauern und die Ledervorhänge vor den glaslosen Fenstern führten schon jetzt einen aussichtlosen Kampf gegen die eisige Luft. Ihr Vater setzte sich ihr gegenüber, seinen Mantel hatte er bis zum Kinn zugeknöpft und den Hut tief über die Ohren gezogen. Er lächelte Helena an, als sie einstieg, aber sein Blick verriet, dass er mit seinen Gedanken ganz woanders war. Helena vermutete, dass er sich auf den Tag im Gericht vorbereitete.

Sie lehnte sich vor und schaute durch einen Spalt im Vorhang. Die Tür zu Oriels Stall stand offen. Wahrscheinlich brachte Jamie den Hengst gerade auf die Koppel. Sie kniff die Augen zusammen und sah, dass die dünne Erdschicht auf dem Hofpflaster von Hufen aufgewühlt worden war. Lange Kratzer gaben die glitzernden Pflastersteine frei. Helena seufzte heimlich. Es sah aus, als wäre Oriel ungeduldig ausgewichen, als Jamie ihn aus dem Stall führte. Das war bestimmt nicht das Verhalten, dass Watkins dazu bewegen würde, den Hengst zu longieren.

Die Kutsche wackelte, als Harding sich auf den Kutschbock schwang. Der Kutscher schwang die Peitsche über den Rücken der Pferde und die Kutsche rollte mit knarrendem Geschirr aus dem Stallhof. Sie nahmen die Straße, die aus dem Dorf nach Norden und weiter steil bergan auf den Hügelkamm führte. Von dort aus ging es weiter nach Dorchester. Die tiefen Wagenspuren im Schlamm, die Tante Emma eine so unbequeme Reise bereitet hatten, waren zu hohen braunen Wellen gefroren. Schwankend fuhr der Wagen darüber hinweg und Helena musste ihre Füße fest auf den Boden stemmen, damit sie sich den Kopf nicht schmerzhaft am Fenterrahmen anstieß. Sie zog den Vorhang zur Seite und betrachtete die vorbeiziehenden Felder, die silbrig grün unter der dicken Frostschicht glänzten.

Als sie die Hauptstraße auf dem Kamm erreichten, legte sie die Hand über die Augen und ließ den Blick zurück über Roseby bis zur See schweifen. Das Wasser leuchtete in tausenden verschiedenen Blau- und Silberschattierungen und die glatte Oberfläche funkelte wie ein Diamant. Ein Schiff mit hohen Masten segelte mit aufgeblähten weißen Segeln aus dem Hafen von West Bay.

Helena zuckte zusammen, als Faith sie am Arm berührte. »Sollen wir die unregelmäßigen französischen Verben üben, die wir neulich durchgenommen haben?«, schlug sie vor. Sie grinste, weil sie genau wusste, dass Helena während der Fahrt viel lieber aus dem Fenster gucken wollte.

»Natürlich«, sagte Helena. Schließlich musste sie sich bei ihrer Lehrerin einschmeicheln, bis sie in Dorchester ankamen. Sie steckte ihre Handschuhe unter die Wolldecke und versuchte nicht mit den Zähnen zu klappern, während sie jedes Verb vor den kritischen Ohren von Faith konjugierte. Lord Roseby, der ihnen gegenübersaß, studierte schweigend das Bündel eng bedruckter Unterlagen aus seiner Dokumententasche.

Nach zwei Stunden, als die Fußwärmer kalt geworden waren und Helena sich allmählich fragte, ob sie ihre Zehen jemals wieder spüren würde, erreichten sie die Außenbezirke von Dorchester. Die Stadt wurde immer größer, seit die Straße nach London ausgebaut worden war. Sie fuhren an einer Reihe halb fertiger Häuser mit eleganten Terrassen vorbei und erreichten dann die Hauptstraße. Vor ihnen führte die Straße bergab zum Rathaus und zur Getreidebörse – beides waren großartige Gebäude aus grauem Stein mit prunkvollen Giebeln, die weit über die Straße ragten. Ein Kastanienverkäufer hatte seinen Stand neben der Straße aufgestellt und der köstliche Duft gerösteter Maronen wehte in die Kutsche und ließ Helena das Wasser im Mund zusammenlaufen. Aufgeregt, da sie sich an einem Ort befand, der so anders als Roseby war, lauschte sie dem Rumpeln der Warenräder und den Rufen der Leute draußen.

Harding parierte die Pferde durch und der Wagen blieb

vor dem Gerichtsgebäude stehen. Er hielt die Pferde ruhig, während Lord Roseby aus der Kutsche kletterte. »Einen schönen Tag, Helena und Mrs Powell«, sagte Lord Roseby und lüpfte seinen Hut. Er lief die Stufen zu der massiven, zweiflügligen Tür hinauf und knöpfte dabei seinen Mantel auf, sodass er sich wie ein Pfauenschwanz hinter ihm aufblähte.

Faith öffnete die Tür, um Harding zu bitten, zum Rathaus weiterzufahren. Helena holte tief Luft. Jetzt kam ihr Plan zum Einsatz. »Hättst du etwas dagegen, wenn wir die Wachsfigurenausstellung heute nicht ansehen?«, fragte sie.

Mit der einen Hand bereits auf dem Türknauf, sah ihre Hauslehrerin sie überrascht an.

»Ich würde lieber die Sitzung des Assisengerichts besuchen«, fuhr Helena fort.

»Aber warum?«, fragte Faith überrascht.

»Ich bin noch nie im Gericht gewesen«, erklärte Helena zögernd. »Ich würde gern wissen, was mein Vater als Friedensrichter für Aufgaben hat. Und heute werden die Strandräuber vor Gericht gestellt. Da Mr Chapman uns vor einer Bande aus Poole warnte, hat ... hat es mich neugierig gemacht, als ich hörte, dass Strandräuber verhaftet wurden.«

»Mr Chapman?«, wiederholte Faith.

»Er ist der neue Berittene Zollkommandant von West Bay.«

»Ach so.« Der Gesichtsausdruck der Hauslehrerin verdüsterte sich. »Ich dachte, er hätte Besseres zu tun, als junge Damen mit Geschichten über Strandräuber zu erschrecken«, sagte sie. »Aber du hast Recht. Es wäre sehr lehrreich für dich, eine Gerichtsverhandlung zu erleben. Das Gesetz ist keine geheimnisvolle, heilige Sache, sondern nur die Arbeit sterblicher Männer, die so normal sind wie du und ich. Und wenn wir schon einmal hier sind, sollten wir das auch ausnutzen.« Sie sah Helena kritisch an. »Ich nehme an, du hast deinen Vater nicht um Erlaubnis gebeten?«

»Nein«, gestand Helena und schüttelte den Kopf.

Faith sah einen Moment lang nachdenklich aus. »Nun gut, ich bin sicher, Lord Roseby hat nichts dagegen, wenn du dich dafür interessierst, wie das Gericht arbeitet. Aber wir sollten trotzdem diskret sein. Komm, wir müssen uns beeilen, sonst fängt die Verhandlung ohne uns an.«

Helena hatte kaum Zeit, sich zu freuen, dass Faith sofort einverstanden war, denn ihre Lehrerin hatte bereits ihre Hand ergriffen und half Helena aus dem Wagen zu klettern.

»Danke, Harding, wir brauchen Sie jetzt nicht mehr«, rief sie dem Kutscher zu. Er tippte an seinen Hut und nickte. Das wenige, was sie unter dem Schal von seinem Gesicht erkennen konnten, war rot vor Kälte.

Faith schob Helena am Ellbogen über den überfüllten Gehsteig und die Stufen zur Eingangstür des Gerichtsgebäudes hinauf. Helenas Herz begann laut zu klopfen. Sie würde tatsächlich eine Gerichtsverhandlung erleben!

Als sie das Gebäude betraten, war die Eingangshalle leer. Nur ein paar in Roben gekleidete Männer eilten an ihre Plätze, um den Beginn der Verhandlung nicht zu verpassen.

Faith brachte Helena zu einer kleinen Tür. Sie führte zu einer engen Treppe. Auf der einen Seite der Treppe war eine Mauer und auf der anderen eine hohe Holztrennwand. »Hier geht es zur öffentlichen Empore«, erklärte sie leise.

Helena blieb stehen und wollte sich gerade erkundigen, wieso Faith sich so gut auskannte. Aber die junge Frau erriet Helenas Gedanken und lächelte ihr über die Schulter hinweg zu. »Ich war schon einmal bei einer Gerichtsverhandlung dabei.«

Helena folgte ihrer Hauslehrerin die steilen Stufen hinauf und hielt sich dabei mit einer Hand am Geländer fest. Die Empore bestand aus mehreren Reihen von Holzbänken, auf denen die Leute dicht gedrängt nebeneinander saßen. Nervös rutschten sie auf ihren Plätzen herum und unterhielten sich leise. Ab und zu stand jemand auf, um einer Person auf der anderen Seite des Raums etwas zuzurufen.

»Wo sollen wir uns denn hinsetzen?«, flüsterte Helena.

Faith legte ihren Finger auf die Lippen, raffte ihren Rock mit einer Hand hoch und führte sie zwischen zwei Reihen hindurch, bis sie in einer Ecke im hinteren Teil der Empore ankamen. Helena ließ sich auf der unbequemen Bank nieder. Die Wand, an die sie ihre Schulter lehnte, fühlte sich kalt und feucht an. Vor ihr gingen die Bankreihen steil nach unten, sodass die Zuschauer auf die Köpfe der Gefangenen hinunterblicken konnten. Die Anklagebank stand in der Mitte des Saals. Es handelte sich um eine kleine, hölzerne Zelle, die von hohen Geländern umschlossen war.

Zu beiden Seiten des Saals befanden sich zwei Reihen langer Bänke mit hohen Lehnen. Holzwände schirmten die Leute, die dort saßen, vor den Blicken des Publikums ab.

Faith berührte Helena am Arm und zeigte auf die Bänke auf der rechten Seite. »Da sitzen die Geschworenen«, flüsterte sie. »Und auf der anderen Seite sitzen die Anwälte und Journalisten. Und in der obersten Reihe sitzen Geschäftsleute und vornehme Leute, die sich das Verfahren anschauen wollen.«

»Wo sitzt der Richter?«, fragte Helena.

Faith deutete mit einem Kopfnicken zu einem prächtigen überdachten Stuhl. Er stand unter den Fenstern an der Wand gegenüber der Empore. Zu beiden Seiten entdeckte Helena kleinere Stühle.

Genau in diesem Augenblick erhob sich ein dunkel gekleideter Rechtsanwalt und ging zu einem brusthohen Pult, das Helena an eine Kanzel erinnerte. »Erheben Sie sich für Richter Robert Trimble«, befahl er und klopfte mit einem kleinen Holzhammer auf den Tisch.

Die Leute um Helena herum standen auf, wobei es leises Gemurre gab, wenn sie im Gedränge mit ihren Ellbogen zusammenstießen oder sich ihre Röcke und Mäntel miteinander verfingen. Auf der anderen Ende des Saals erschien jetzt ein kleiner Mann in einem dunkelroten Talar und einer riesigen weißen Perücke mit Locken, die ihm bis auf den Rücken hinunterfielen. Langsam schritt er durch den Raum und ließ sich auf dem überdachten Stuhl nieder. Zwei Männer im Gehrock und mit kleineren Perücken folgten ihm und nahmen auf den beiden Stühlen an seinen Seiten Platz.

Helena schluckte. Der große Mann zur Linken des Richters war ihr Vater! Irgendwie sah er ganz anders aus. Die Konzentration ließ ihn streng erscheinen. Die Stirn war gerunzelt, die Augen wirkten dunkel, sein Blick intensiv. Helenas Herz begann wild zu pochen und sie drückte sich vor Furcht eng in die Ecke. Was, wenn ihr Vater sie erkannte und sie fragen würde, was sie hier machte?

Die Leute auf der Empore setzten sich wieder mit viel unruhigem Geraschel und Geschiebe. Zu Helenas Überraschung holte die grauhaarige Frau vor ihr einen Apfel unter ihren Kleidern hervor und begann geräuschvoll zu kauen. Sie machte es sich auf den vielen Schichten ihres Unterkleids gemütlich, als säße sie zu Hause neben ihrem Ofen. Ihre Begleiterin, eine junge Frau mit lockigen roten Haaren, die unter einem schmutzigen Spitzenhäubchen hervorlugten, nieste so laut, dass Helena zusammenzuckte.

»Bringt die Angeklagten herein«, befahl der Mann mit dem Holzhammer.

Ein breitschultriger Mann mit gerötetem Gesicht, der Helena eher an einen Bauern als an einen Gerichtsdiener erinnerte, nickte und betrat die Anklagebank durch ein kleines Holztor. Helena war überrascht, als er sich bückte und eine kleine, schmale Tür in einer Ecke der Anklagebank öffnete. Er zog den Kopf ein, schlüpfte durch die Tür und verschwand auf nicht sichtbaren Stufen nach unten. Fragend blickte Helena Faith an, aber ihre Lehrerin wandte den Blick nicht von der Anklagebank ab.

Die winzige Tür öffnete sich wieder und der Gerichtsdiener kam – dank der Kletterei – mit noch röterem Gesicht heraus. Schnaufend blieb er am Ende der Treppe stehen, sah sich um und machte ein ungeduldiges Zeichen. Helenas Magen zog sich zusammen. Gleich würde sie die Strandräuber sehen!

Der erste Gefangene erschien und auf der Empore war es jetzt absolut still. Er war klein und breit und hielt den Kopf gebeugt, sodass ihm das helle, lockige Haar über die Wangen fiel und sein Gesicht verbarg. Direkt hinter ihm kam ein zweiter älterer Mann. Er folgte dem ersten so dicht, dass er ihm fast in die Fersen trat. Er hatte langes, zersaustes graues Haar und ein faltiges Gesicht, das Helena an Mansbridge, den älteren Lakaien ihres Vaters, erinnerte. Sie verspürte Mitleid mit dem Mann, und das irritierte sie. Sie wunderte sich, dass die zwei Männer gezwungen wurden, die enge Treppe so dicht hintereinander hinaufzusteigen, dann hörte sie durch die Stille des Saals den unverwechselbaren Klang von Eisen. Die Gefangenen waren zusammengekettet! Kurz darauf erschien der dritte Gefangene und ein Raunen ging durch die Empore. Es klang, als würde der Wind einen Haufen herabgefallener Blätter aufwühlen.

Helena traute ihren Augen kaum. Der dritte Strandräuber war kaum älter als sie selbst! Er war größer als die beiden anderen Männer, ein magerer Bursche mit schmalen Schultern. Sein kräftiges blondes Haar stand in die Höhe und ließ sein Gesicht viereckig aussehen. Die Augen hatte er vor Furcht weit aufgerissen und Helena bemerkte, dass er so sehr zitterte, dass Wellen durch sein schweißgetränktes Hemd liefen, als ob eine Brise durch den stickigen Raum wehen würde. Sie bekam eine Gänsehaut. Was hatte dieser verängstigte, harmlos aussehende Junge auf der Anklagebank zu suchen? Wieso wurde er beschuldigt, Schiffe zerstört und unschuldige Menschen ermordet zu haben?

Ungeschickt schlurften die Gefangenen zur vorderen Seite der Anklagebank und stellten sich mit dem Rücken zur Empore in einer Reihe auf. Die gefesselten Hände legten sie auf das Holzgeländer.

Helena erinnerte sich an die Unterhaltung zwischen ihrem Vater und Mr Chapman. »Nur drei Gefangene?«, flüsterte sie Faith zu. »Mein Vater sagte, es wären vier.«

Faith schüttelte leicht den Kopf. Auch sie wusste nicht, wo der vierte Gefangene war.

Die grauhaarige Frau vor ihnen drehte sich mit knarrendem Korsett um und sah Helena mit glänzenden braunen Augen an. »Hast du's nich gehört, Schätzchen?«, flüsterte sie dramatisch. »Einer von ihnen tritt als Kronzeuge auf, um seinen eigenen Kopf zu retten. Er wird gegen diese drei da aussagen und sie an den Galgen bringen, jawohl!«

»Wie kann denn jemand seine eigenen Freunde verraten?«, fragte Helena empört.

»Freunde?«, wiederholte die Sitznachbarin der Frau mit verächtlichem Schnauben. »Die da sind keine Freunde. Das sind gierige, mordlüsterne Burschen, die sich das Meer für ihre bösen Taten zu Nutze machen.«

Helena schauderte und starrte den jüngsten Strandräuber an. Sie war immer noch überzeugt, dass er hier zu Unrecht vorgeführt wurde. Die rothaarige Frau folgte ihrem Blick. »Lass dich durch ein junges Gesicht nicht täuschen«, sagte sie. »Er soll der Schlimmste von allen sein.«

Ihre Begleiterin nickte eifrig. Auf ihrer Unterlippe klebten ein paar Apfelstückchen. »Er sieht jetzt zwar verängstigt aus, aber das ist nichts im Vergleich zu dem, was seine Opfer erleiden mussten. Jetzt ist es leicht, Mitgefühl mit ihm zu haben, wo er hilflos gefesselt dasteht. Aber vergiss nicht, was er den armen Schiffbrüchigen auf dem kalten Strand angetan hat!«

Helena zuckte unwillkürlich zusammen, als sie sich die blutige Szene vorzustellen versuchte. Sie vergrub die Hände in ihrem Schoß und trotz der vielen Menschen um sie herum fröstelte sie plötzlich.

Neben dem Podium des Richters verlas einer der Anwälte die Namen der Gefangenen. »Timothy Harkness, einunddreißig Jahre alt, aus Lyme Regis; Nicholas Bennet, vierzig Jahre, aus Lyme Regis; Peter Baggs, neunzehn Jahre, aus Lyme Regis.« Dann wurden die ersten Zeugen aufgerufen, einer nach dem anderen. Es handelte sich um Polizisten aus der Gegend, die beschrieben, wie sie die Strandräuber dabei beobachtet hatten, als sie gestohlene Ladung über die Klippen trugen. Die Männer waren geflohen, als die Polizisten sie stellen wollten, aber den Anführer der Bande konnten sie schnappen, nachdem er über ein Kaninchenloch gestolpert war und sich das Bein gebrochen hatte.

»Joseph Nickle!«, rief der Gerichtsdiener.

Schweigen machte sich auf der Empore breit, als hielte

jeder den Atem an. Die grauhaarige Frau flüsterte Helena hilfreich zu: »Das ist der vierte Strandräuber. Er ist noch verhasster als alle andern zusammen, wo er doch seine eigenen Männer verraten hat.«

Die Tür am hinteren Ende des Gerichtssaals wurde geöffnet und ein kleiner, gedrungener Mann humpelte auf Holzkrücken herein. Er hinkte ungeschickt in den Zeugenstand und stand mit aufmüpfig erhobenem Kopf da. Er blickte provozierend zur Empore hinauf, als wolle er die Zuschauer dazu herausfordern, ihrer Wut Luft zu machen. Er hatte dichtes schwarzes Haar und einen buschigen grau melierten Bart. Mit barscher Stimme und dem schweren Akzent der Gegend bestätigte er die Identität der Männer auf der Anklagebank und ihre Zugehörigkeit zur Bande der Strandräuber.

Helena hörte entsetzt zu. Sie konnte nicht aufhören den Mann anzustarren, der bereit war seine früheren Kameraden an den Galgen zu liefern, obwohl er genauso an der Bluttat beteiligt gewesen war. Die Frauen vor ihr blickten verächtlich und zischten, bis der Gerichtsdiener zur Empore hinaufsah und um Ruhe bat. Der Strandräuber auf der Zeugenbank schaute mit seinen wachen schwarzen Augen amüsiert nach oben und Helena bekam Angst.

Dann begannen die Anwälte mit ihren Plädoyers; ihre Stimmen waren leise und bedächtig. Helena wurde auf der stickigen Empore allmählich müde, ihr Kopf schwer. Sie hatte nicht die geringste Ahnung, wie viel Zeit inzwischen verstrichen war. Nur an ihrem leeren Magen merkte sie, dass es allmählich Nachmittag sein musste. Auf Grund des allgemeinen Geraschels und Hustens konnte sie nicht richtig verstehen, was die Anwälte sagten. Stattdessen starrte Helena ihren Vater an und versuchte den streng dreinblickenden Friedensrichter mit dem Mann in Verbindung zu bringen, den sie von zu Hause kannte. Von Zeit zu Zeit beugte er sich zu dem Richter hinüber und flüsterte ihm etwas zu. Der Richter lauschte jedem Zeugen mit ernster Miene, bei einigen Aussagen nickte er zustimmend, bei anderen runzelte er die Stirn. Der letzte Anwalt setzte sich hin und man hörte, wie mehrere Menschen den Saal verließen. Ihre Schritte hallten dumpf auf den Bodendielen wider. Helena schaute sich erstaunt um.

»Die Geschworenen gehen jetzt hinaus, um eine Entscheidung zu fällen«, erklärte Faith leise und nickte zu den Bänken auf der rechten Seite hinüber. Der Richter und die Friedensrichter verließen ihre Plätze ebenfalls und verschwanden durch eine getäfelte Tür am hinteren Ende des Saals.

Helena fragte sich, ob die Leute auf der Empore jetzt hinausgehen würden, um etwas frische Luft zu schnappen oder um sich eine Erfrischung zu holen. Aber sie blieben geduldig sitzen und warteten, reichten Brotstücke herum, unterhielten sich ganz gemütlich und gelegentlich hörte man jemand lachen, der aber schnell wieder zum Schweigen ermahnt wurde. Die rothaarige Frau holte eine Zinnflasche aus ihren Kleidern hervor und nahm einen tiefen Schluck. Dann wischte sie die Öffnung mit ihrem Taschentuch ab und bot sie Helena an.

Helena schüttelte den Kopf. »Nein, danke«, sagte sie und hoffte, dass sie die Frau damit nicht beleidigte. Zu ihrer Erleichterung zuckte diese aber bloß mit den Schultern und reichte die Flasche an ihre Begleiterin weiter, die vergnügt trank.

Dann hörte man die Geschworenen zurückkommen, gefolgt von Richter Trimble und den Friedensrichtern. Jeder auf der Empore schien vor Erwartung zu erstarren. Die rothaarige Frau stopfte den Korken wieder auf die Flasche und verstaute sie zwischen ihren Kleidern.

Der Richter setzte sich auf den überdachten Stuhl und strich über seine dunkelrote Robe. »Geschworene, sind Sie zu einer Entscheidung gekommen?«, fragte er.

Ein Mann mittleren Alters trat vor. Sein Gesicht war fast so bleich wie seine taubengraue Perücke. »Ja, Mylord.«

»Erachten Sie die Angeklagten als schuldig oder nicht schuldig?«

Es gab eine Pause – die Stille wurde nur von einem scharfen, metallischen Klirren unterbrochen, als einem der Männer auf der Anklagebank die Hand vom Geländer rutschte.

»Schuldig, Mylord«, sagte der Geschworene.

»Ganz richtig«, murmelte die rothaarige Frau böse und ihre Begleiterin nickte. Helena ließ ihren Blick über die vielen grimmig dreinblickenden Gesichter auf der Empore schweifen. Niemand hatte gegen das Urteil etwas einzuwenden. Die Gefangenen waren zwar von einem Mitglied ihrer Bande verraten worden, aber das machte sie noch lange nicht unschuldig.

Faith berührte Helenas Arm. »Der Richter wird jetzt das Strafmaß festsetzen«, murmelte sie.

Ein Gerichtsdiener hatte ein kleines, viereckiges Tuch auf einem roten Kissen zum Podium gebracht. Helena beobachtete, wie Richter Trimble das Tuch feierlich auf seine Perücke legte. Dann sah er die Männer auf der Anklagebank ernst an. »Timothy Harkness, Nicholas Bennet, Peter Baggs«, sagte er mit mit lauter, deutlicher Stimme. »Dieses Gericht befindet Sie für schuldig absichtlich einen Schiffbruch herbeigeführt und unschuldige Menschen ermordert zu haben. Ich verurteile Sie hiermit zum Tod durch den Strick.«

Kapitel
13

Tod … Tod … Tod …«

Dieses endgültige Urteil hallte in Helenas Kopf wider und wider und sie kämpfte sich mühsam auf die Beine, da sie auf einmal den dringenden Wunsch verspürte, der stickigen Empore zu entfliehen. Ihre Beine waren steif und schwach nach der langen Sitzerei und sie stieß taumelnd gegen die Bank in der Reihe vor ihr.

»Vorsicht, Schätzchen!«, rief die grauhaarige Frau und fiel fast auf den Mann unter ihr.

Faith griff nach Helenas Arm und hielt sie fest. »Komm, Helena, du siehst blass aus. Wir gehen hinaus.«

Sie hielt Helenas Handgelenk und führte sie zur Treppe. Es gab unwilliges Gemurmel, während Helena über Knie und Füße stolperte, aber schon bald hatten sie die Treppe erreicht, gingen die Stufen hinunter und in die Halle hinein.

»Warte hier. Ich schicke jemanden nach der Kutsche«, sagte Faith.

»Was ist mit meinem Vater?«, protestierte Helena.

»Ich werde eine Nachricht für ihn hinterlassen und ihm mitteilen, dass wir früher zurückgefahren sind, weil du dich nicht wohl gefühlt hast«, sagte Faith.

Helena nickte und lehnte sich mit geschlossenen Augen an einen kühlen Steinpfeiler. Die Schritte ihrer Hauslehrerin auf dem Mamorboden wurden immer leiser.

Eine leise Stimme neben ihr ließ sie zusammenzucken. »Lady Helena! Ich hätte nicht erwartet Sie hier anzutreffen! Besuchen Sie Ihren Vater?«

Helena drehte sich um. Da stand Roger Chapman, makellos gekleidet in einen dunkelblauen Mantel und eine weiße Reithose. Er sah Helena aufmerksam an. »Geht es Ihnen gut?«

»Gleich geht es ihr besser, danke, Mr Chapman.« Faith kam zurück und legte ihre Hand beschützend auf Helenas Arm. »Wir wollten gerade fahren.«

»Guten Tag, Mrs Powell«, sagte der Kommandant und verbeugte sich leicht. »Soll ich Lord Roseby ausrichten, dass Sie hier sind?«

»Das ist nicht nötig«, antwortete Faith. »Er hat sicher noch eine Weile hier zu tun.« Roger Chapman sah ihr einen kurzen Moment fest in die Augen. »Ich hoffe, Mr Powell geht es gut?«, fragte er.

»Es geht ihm ausgezeichnet, vielen Dank«, antwortete Faith.

Helena fragte sich, woher Mr Chapman Faith und ihren Ehemann kannte. Dann fiel ihr ein, dass einer der Berittenen Zollfahnder auf dem Ubredy-Hof wohnte. Und plötzlich überkam sie eine neue Furcht. Normalerweise stellte

Faiths Mann Jonathan seine Pferde zur Verfügung, damit sie den Wagen mit der geschmuggelten Ware ziehen konnten. Hatte Roger Chapman den Verdacht, dass Faith über die Roseby-Schmuggler Bescheid wusste?

Faith sah den Kommandanten unverwandt an, aber Helena kannte ihre Hauslehrerin gut genug, um zu merken, dass sie sich nicht wohl fühlte. Ihre Angst zeigte sich an ihrer hastigen Atmung und daran, dass die Knöchel ihrer Hände weiß wurden, als sie ihre Handschuhe umkrampfte.

Plötzlich hörte Helena eine vertraute Stimme und blickte sich um. »Was machst du denn hier, Helena?«, fragte ihr Vater und kam auf sie zu.

Helena wusste, dass es keinen Zweck hatte, zu lügen. »Wir . . . wir haben uns die Verhandlung angesehen, Papa.« Lord Roseby sah überrascht aus. »Warum? Du hast mich noch nie zuvor darum gebeten.«

»Wir dachten, es wäre gut für Helenas Ausbildung, wenn sie einmal sieht, wie unser Rechtssystem funktioniert«, warf Faith ein. Sie lockerte den Griff um ihre Handschuhe etwas und atmete wieder normal. Sicherlich war sie erleichtert, dass sie jetzt keine weitere Fragen des Zollkommandaten beantworten musste.

Lord Rosebys Gesichtsausdruck verdüsterte sich kurz, dann warf er einen Blick auf Roger Chapman. Helena nahm an, dass er die Hauslehrerin in seiner Anwesenheit nicht schelten wollte. »Na gut. Aber in Zukunft wäre es doch besser, wenn Sie mich erst fragten, ob die Verhandlungen auch geeignet sind. Ich nehme an, ihr habt auf der

Empore gesessen?« Er sah Helena interessiert an und sie nickte.

»Das nächste Mal werde ich dafür sorgen, dass ihr auf den nicht öffentlichen Zuschauerbänken Platz nehmen könnt. Das sollte etwas bequemer sein. Helena, du siehst etwas blass aus. Fühlst du dich wohl genug für die Heimreise?«

»Ja, Papa«, sagte Helena. »Ich brauchte nur ein wenig frische Luft.«

Roger Chapman trat näher an Helena heran und suchte ihren Blick. »Lady Helena, ich hoffe, der Anblick der Schurken auf der Anklagebank hat Sie nicht zu sehr aufgeregt«, sagte er. »Sie sind nur ein Tropfen im Ozean und an ihre Stelle werden andere Banden treten. Aber meine Männer und ich werden keine Ruhe geben, bis wir nicht alle Schurken an dieser Küste erwischt haben.«

Aber die Schmuggler von Roseby sind keine Schurken!, wollte Helena sagen. *Sie tun niemandem etwas zu Leide.* Ein kleiner Junge mit dunklen Augen, der zu Faith gerannt kam und ihr zuflüsterte, dass die Kutsche draußen wartete, ersparte ihr eine Antwort.

»Reisen Sie mit uns nach Hause, Lord Roseby?«, fragte Faith und zog ihre Handschuhe an.

»Ja«, antwortete Helenas Vater. »Die Sitzung ist für heute beendet und ich möchte zu Hause essen. Wir sehen uns morgen, Mr Chapman«, fügte er, an den Zollfahnder gewandt, hinzu.

Roger Chapman nickte respektvoll. »Guten Tag, Lord Roseby. Guten Tag, Lady Helena, Mrs Powell. Ich wünsche Ihnen eine gute Heimreise.« Er verbeugte sich, drehte sich dann um, lief die flachen Stufen hinauf und verschwand durch die Tür, die zu den nicht öffentlichen Räumlichkeiten des Gerichtsgebäudes führte.

Harding wartete draußen mit Monument und Fleet. Die Nachmittagsluft war eisig und man sah den Atem aus den Nüstern der Pferde aufsteigen. Helena überquerte hinter Faith den Gehsteig und zog dabei den Mantel fester um sich. Es war fast dunkel. In einem Laden auf der anderen Seite der Hauptstraße wurden heiße Pasteten verkauft. Das Geschäft lief gut, denn viele Leute eilten jetzt nach Hause, die Gesichter mit Schals verhüllt und die Köpfe gebeugt. Entlang der Hauptstraße leuchteten freundliche Lichter in den Fenstern und aus einem Gasthof neben der Getreidebörse ertönte Fiedelmusik und Gelächter. Aber Helena spürte eine Kälte in sich, die nichts mit dem winterlichen Frost zu tun hatte, sondern mehr mit dem, was sie an diesem Nachmittag gesehen und gehört hatte.

Im Vergleich zu den harten Holzbänken erschienen ihr die roten Samtsitze der Kutsche weich und einladend, genau wie die schwere Wolldecke, die Faith über Helenas Schoß legte.

Die Pferde zogen sie stetig die Hauptstraße hinauf bis auf die Straße, die nach Roseby führte. Helena war auf weitere Fragen ihres Vaters gefasst, aber er war wieder mit den Papieren aus seinem Dokumentenkoffer beschäftigt. Faith schien auch nichts dagegen zu haben, zu schweigen, und so konnte Helena sich an den Fensterrahmen lehnen und beobachten, wie die Felder in der Dämmerung vorbeizogen.

Der Junge auf der Anklagebank ging ihr einfach nicht aus dem Kopf. Zwar wusste sie nicht, wie sie sich die Strandräuber vorgestellt hatte, aber einen Dorfjungen hatte sie gewiss nicht erwartet. Die Kutsche rollte aus der Stadt und rutschte und holperte dabei über die gefrorene Straße. Helenas Phantasie begann ihr böse Streiche zu spielen, denn auf einmal verwandelten sich in ihrer Vorstellung das blonde Haar und die blauen Augen des jüngsten Strandräubers zu braunen Haaren und dunklen Augen, bis sie schließlich in Jamies Gesicht blickte.

Helena schlief schlecht in dieser Nacht. Gesichtslose Gefangene schleppten sich an Ketten durch ihre Träume. Sie wachte spät auf und ging direkt in den Hof hinunter in der Hoffnung, dass der eisige Wind, der vom Meer herüberwehte, die Geister aus ihrem Kopf vertreiben würde. Sie wollte mit Jamie über die Verhandlung reden, ihm verständlich machen, wie ernst es sein würde, wenn die Zollfahnder herausfanden, dass er schmuggelte. Egal, wie sehr Helena auch überzeugt war, dass die Schmuggler von Roseby niemand etwas antun würden, das Gesetz behandelte sie trotzdem wie alle anderen Kriminellen, wenn sie geschnappt wurden. Plötzlich hatte sie große Angst um die Dorfbewohner.

Sie suchte im Haupttrakt nach Jamie, konnte ihn aber nirgends finden. Nur Watkins war da. Er pfiff unmelodisch vor sich hin, während er Calico, Lady Rosebys

Apfelschimmel, sattelte. Eine dunkelgrüne Decke lag auf dem Hinterteil der Stute, damit sie warm blieb, bis Helenas Mutter fertig war.

Helena nickte Watkins zu und ging aus dem Stall. Oriels Stalltür lag auf der gegenüberliegenden Seite und sie lief über den Hof, um nach ihm zu sehen. Die obere Hälfte der Tür lag im Schatten und sie konnte erst nicht erkennen, ob der Hengst in seiner Box war, aber als sie näher kam, sah sie einen Lichtschimmer auf seinen mahagonifarbenen Flanken und sie hörte leises Strohrascheln, als er sein Gewicht von einem Hinterbein auf das andere verlagerte.

»Guten Morgen, mein Liebster«, sagte Helena leise und legte ihre Hände auf die Stalltür.

»Dir auch einen guten Morgen!«, rief eine Stimme aus dem Innern des Stalls.

Helena zuckte zusammen. »Jamie! Ich habe dich gar nicht gesehen! Was machst du? Ist alles in Ordnung mit Oriel?«

Jamie tauchte aus dem Schatten auf. Er kam mit dem Kopf unter Oriels Hals hervor und richtete sich auf, wobei er seine Hand auf den kräftigen, glänzenden Nacken legte. »Ja, es geht ihm gut«, versicherte er Helena. »Ich habe ihn nur gebürstet.«

Inzwischen hatten sich Helenas Augen an das schwache Licht im Stall gewöhnt. Sie sah, dass Oriel ein Kopfstück trug, mit dem er an einem Metallring an der hinteren Wand festgebunden war. Helena ging in die Box und blieb direkt hinter der Tür stehen. Sie kniff die Augen zusammen und schaute den Hengst kritisch an. Oriel hatte ihr den Kopf zugedreht und betrachtete sie mit aufmerksamen Augen, die wie schwarze Seen glänzten.

»Er sieht phantastisch aus«, sagte Helena leise. »Man erkennt kaum noch seine Rippen.«

»Ja, er hat nett zugelegt«, stimmte Jamie ihr zu und begann, Oriels Hinterhand mit langen, gleichmäßigen Bürstenstrichen zu bearbeiten. Dann machte er eine Pause und lächelte Helena zu. »Gestern war er auch viel ruhiger, als er auf die Koppel durfte. Er hat Stone Jack nur eine Minute gejagt, dann aber den Kopf gesenkt und zu grasen begonnen, als hätt er noch nie in seinem Leben Gras gesehen.«

Helena machte einen Schritt vor, wobei ihr Rock das Stroh streifte, und streichelte mit ihrer Hand über Oriels warme Schulter. »Gut gemacht, Oriel«, sagte sie leise.

Der Hengst drehte den Kopf und blies ihr sanft übers Haar. Seine Lippen knabberten an dem Samtverschluss in ihrem Nacken.

Helena richtete sich lachend auf und griff mit einer Hand nach dem offenen Verschluss. »Vorsicht, Junge, das solltest du besser nicht essen«, warnte sie ihn. Dann wandte sie sich an Jamie: »Weiß Watkins, wie Oriel sich gestern benommen hat? Wird er ihn bald longieren?«

Jamie schüttelte den Kopf. »Ich glaube, er will ihn erst noch ein paar Mal auf die Koppel lassen, um sicher zu sein, dass er sich gründlich ausgetobt hat.«

»Aber es gibt überhaupt keinen Grund, noch länger zu warten!«, protestierte Helena. »Jetzt hatte Oriel die Gelegenheit, sich die Beine zu vertreten und die Weiden bei Tageslicht zu sehen. Ich bin sicher, dass es funktionieren würde.«

»Du hast Recht. Oriel hat sich wirklich gebessert«, gab Jamie zu. »Aber ich sagte dir doch schon, dass Watkins wegen des Rennens momentan viel Arbeit mit den anderen Pferden hat.«

»Dann müssen wir ihn eben noch mal selbst longieren«, beschloss Helena. Sie merkte, dass Jamie Einwände erheben wollte, und fuhr rasch fort: »Ich weiß, dass es letztes Mal nicht so gut gelaufen ist. Aber du siehst doch selbst, dass Oriel viel ruhiger in unserer Gegenwart ist. Bitte Jamie, nur noch einen Versuch.«

Jamie sah das Pferd an, das ihn mit einem interessierten Ausdruck in den dunklen, intelligenten Augen beobachtete. Dann nickte er. »Einverstanden. Probieren wir es heute Nacht. Der Mond ist noch hell genug und er wird sowieso den ganzen Nachmittag auf der Koppel sein.« Er grinste Helena an. »Keine Sorge, Nell. Ich habe ihn noch nicht aufgegeben.«

Helena lächelte zurück, aber ihr Magen zog sich vor Nervösität zusammen. Wie würde der Hengst sich diesmal verhalten? Sie mussten noch so viel beweisen, bevor ihr Vater dazu bereit war, Oriel zu behalten. Und es war ein himmelweiter Unterschied, ob das Pferd ruhig auf der Wiese graste oder ob man mit ihm an der Longe arbeitete, vor allem wenn er so wild herumsprang wie das letzte Mal.

Helena sah Jamie zu, der sich wieder mit dem Pferd beschäftigte. Sie wollte ihm gerade von der anderen Sache erzählen, die sie quälte – der Gerichtsverhandlung –, da warnte sie das Geräusch klappernder Kübel, dass Watkins im Hof war. Sie schloss den Mund und ging aus dem Stall. Sie konnte in der Nacht mit Jamie sprechen.

Kapitel 14

Die Uhr im Stall schlug einmal, als Helena durch die Hintertür schlüpfte. Ihr Vater war länger als sonst aufgeblieben und hatte sich in seinem Arbeitszimmer auf die nächste Gerichsverhandlung vorbereitet. Helena war kurz davor gewesen, einzuschlafen, als sie ihn endlich leise die Treppe hinaufkommen hörte. Ungeduldig schüttelte sie ihren Kopf, um die Müdigkeit abzuschütteln, dann nahm sie ihren dicksten Mantel und schlich die Holztreppe hinab, die zur Halle im hinteren Teil des Hauses führte. Bei jedem verräterischen Knarren hielt sie die Luft an.

Jamie hatte Oriel bereits gesattelt und der Hengst guckte ihr über die Stalltür hinweg entgegen, als sie über den Hof ging. Die Ringe an seiner Trense glänzten im Mondlicht und bildeten einen unheimlichen Kontrast zu seiner samtbraunen Nase.

Jamies Gesicht tauchte neben dem Pferd auf. Er hatte sich einen Wollschal fest um den Hals gewickelt, um sich gegen den unaufhörlichen Wind zu schützen. »Alles klar, Nell?«, flüsterte er.

»Ja«, antwortete sie. Sie schob den Riegel zurück und hielt die Tür auf, damit Jamie Oriel hinausführen konnte. Der Hengst ging ruhig aus dem warmen Stall. Helena merkte, dass sie sich ein wenig entspannte. Oriel war ein paar Tage hintereinander auf der Koppel gewesen und sah jetzt wesentlich gelassener aus. Aber war er ruhig genug für die Arbeit an der Longe?

Jamie führte das Pferd über den Pfad durch den Obstgarten, die lange Longe hatte er sich um die linke Hand geschlungen. Mit der rechten Hand hielt er die Longe nah an Oriels Gebiss fest. Er gab gerade so viel von dem Seil nach, dass der Hengst den Nacken ausstrecken und den Boden sehen konnte, bevor er die Hufe setzte. Helena folgte den beiden und versuchte nicht zusammenzuzucken, als ihr der eisige Wind durch den Mantel fuhr und ihre Haarsträhnen schmerzhaft über die Wangen peitschte.

Als sie die Koppel erreichten, ließ Jamie Helena vorangehen. »Möchtest du es heut versuchen?«, fragte er. »Er scheint recht ruhig zu sein, aber ich bleibe für alle Fälle bei dir.«

»Ja, danke«, sagte Helena, atemlos vom kalten Wind. Sie strich sich das Haar hinter die Ohren, nahm die Longe, die Jamie ihr hinhielt, und führte Oriel in die Mitte der Weide. Ihr Herz raste und ihre Hände zitterten so sehr, dass die Longe vibrierte. Sie holte tief Luft und zwang sich ruhig zu bleiben. Oriel würde ihre Nervosität sofort bemerken.

Jamie stand direkt hinter ihr. Sie spürte seinen warmen Atem an ihrem linken Ohr. »Lass ihn einfach laufen und wickel die Longe dabei auf«, flüsterte er.

»Lauf, Oriel«, rief Helena dem Hengst zu. Sie wickelte ein Stück der Longe ab und schüttelte sie leicht.

Oriel warf den Kopf schnaubend hoch und schlitterte nach vorn. Seine hinteren Hufe rutschten weg, als die Longe straff wurde und ihn zum Stehenbleiben zwang.

»Ruhig, mein Junge, ruhig«, sagte Helena. »Lauf jetzt weiter.«

Jamie streckte seine Hand aus, als wollte er ihr die Longe abnehmen. Helena schüttelte den Kopf. »Das geht schon«, sagte sie. »Lassen wir ihm ein bisschen Zeit, damit er sich beruhigen kann.«

Der Hengst stand ein paar Schritte von ihnen entfernt und starrte in den Schatten in der Ecke der Weide. Der Wind hob seinen Schweif in die Luft und ließ ihn wie ein schwarzes Band über seine Flanken flattern. Mit einem Ruck setzte sich Oriel in Bewegung. Er hob die Hufe mit steifen, ungleichmäßigen Bewegungen hoch. Helena verlängerte die Longe, damit das Pferd in einem größeren Zirkel laufen konnte. Oriel machte einen Satz, als die schlaffe Longe auf den Boden durchhing, und Helena wickelte sie schnell wieder auf, bis sie wieder straff war.

Der Hengst ging in einem ungleichmäßigen Kreis um die Weide und schnappte nach der Longe, wenn er zu weit nach außen kam und das Gebiss in seinem Maul Druck ausübte. Helena beobachtete ihn niedergeschlagen. Oriel bewegte sich wie ein untrainierter Jährling. Das Gewicht hatte er auf die Vorderbeine verlagert, sodass seine Nase nach vorn gestreckt und der Hals durchgebogen war. Obwohl er nur im Schritt ging, sahen seine Bewegungen kurz und abgehackt aus. Jedes Mal, wenn er stolperte, brach er in einen unregelmäßigen Galopp aus, um das Gleichgewicht zurückzuerlangen.

Jamie schien Helenas Gedanken zu erraten. »Wenigstens springt er nicht herum wie das letzte Mal«, sagte er. »Wir können nicht von ihm erwarten, dass er aus dem Stall kommt und gleich wie Sultan oder Snowdrop läuft. Woher sollen wir wissen, ob er überhaupt schon ausgebildet wurde?«

Helena nickte. Jamie hatte Recht, aber sie war trotzdem enttäuscht über das angespannte, unausgeglichene Pferd. Doch dann riss sie sich zusammen. Das Weiße in Oriels Augen war nicht zu sehen und er schien auch nicht durchgehen zu wollen wie das letzte Mal. Offensichtlich hatte er also keine Angst. Wenn sie wissen wollten, ob er schon mal trainiert worden war, mussten sie ihn so behandeln, als ob, und abwarten, wie er darauf reagierte. Sie konnten von Oriel nicht erwarten, dass er sich wie andere Pferde verhielt, wenn sie ihn nicht entsprechend behandelten. Diese Erkenntnis stimmte Helena zuversichtlich.

Instinktiv machte sie einen Schritt nach vorn und verkürzte die Longe, bis sie den Druck der Trense im Maul des Hengstes fühlen konnte. Beim Reiten würde sie ihr linkes Bein benutzen und mit der Peitsche leicht seine rechte Flanke berühren, um seine Hinterhand unter Kontrolle zu bringen. Aber vom Boden aus musste sie ihn mithilfe ihrer Stimme und der Stellung ihres Körpers kontrollieren.

»Lauf weiter, Oriel«, kommandierte sie und schnalzte mit der Zunge.

Der Hengst warf den Kopf hoch und sprang nach vorn, aber Helena war darauf vorbereitet und blieb sicher und völlig bewegungslos stehen, damit sie die Longe stabil halten konnte. Jedes Mal, wenn Oriel anzuhalten versuchte, trieb sie ihn wieder an.

»Was machst du da, Nell?«, fragte Jamie leise.

Helena nahm die Augen nicht von dem Pferd. »Ich glaube, dass Oriel das viel besser kann«, erklärte sie. »Er hat keine Angst vor uns. Wir müssen nur härter mit ihm arbeiten, das ist alles.«

Oriel zuckte am anderen Ende der Longe aufmerksam mit den Ohren. Helena hielt mit der linken Hand die Longe so locker wie möglich und spürte, dass das Pferd bei jedem Schritt mit dem Kopf nickte. Dann setzte sie sich in Bewegung und lief innerhalb von Oriels Zirkel einen kleineren Kreis, um ihn zum Weiterlaufen zu ermutigen.

»Lauf weiter!«, befahl sie ihm wieder und dieses Mal schnappte Oriel nicht nach der Longe, sondern hielt den Kopf ruhig und die Longe blieb gleichmäßig straff. Oriels Hufe schlugen in regelmäßigem Rhythmus und er wölbte den Nacken, als seine Hinterhand ihn vorwärts trieb, sodass Helena das Gebiss leicht und weich in seinem Maul fühlen konnte.

Sie hörte Jamie leise hinter sich pfeifen. »Gut gemacht, Nell!«, flüsterte er. »Er gehorcht dir jetzt.«

Helena seufzte erleichtert. »Ja, das tut er wirklich, oder?«, murmelte sie und ein Lächeln breitete sich auf ihren kalten Wangen aus. »Guter Junge, Oriel«, sagte sie laut und schüttelte die Longe, damit er gleichmäßig weitertrabte. Es war wichtig, dass er so viele Kreise wie möglich lief, denn das bildete seine Muskeln aus. Aber offensichtlich war er früher bereits ordentlich trainiert worden.

Helena unterdrückte ein Gähnen. Jetzt war ein guter Zeitpunkt, um mit Jamie über das Assisengericht zu sprechen. Er hatte sicher von der Verhandlung gehört. Schließlich waren die Strandräuber ja nur ein paar Meilen entfernt von hier geschnappt worden.

»Jamie, kanntest du die Strandräuber aus Lyme Regis?«, fragte sie zögernd.

Er nickte. Falls ihr plötzlicher Themenwechsel ihn überraschte, so zeigte er das nicht. »Ich habe von Tim Harkness gehört«, antwortete er. »Seine Schwester wohnt in der Nähe von West Bay. Er hat sich ständig Ärger eingehandelt. Strandräuber sind schlechte Menschen, daher ist es gut, dass sie geschnappt wurden.«

»Und sie sind zum Tod durch den Strick verurteilt worden«, erinnerte ihn Helena. Sie spürte, wie sich ihre Kehle bei dem Gedanken an die drei Männer auf der Anklagebank zusammenschnürte. Der jüngste der drei ging ihr einfach nicht aus dem Kopf und ihr wurde ganz anders bei der Vorstellung, dass Jamie eines Tages ebenfalls vor Gericht landen könnte. Helena wusste nicht, womit Schmuggelei bestraft wurde. Verglichen mit der Todesstrafe, schien die Verbannung immer noch die bessere Lösung zu sein, auch wenn die Leute ans Ende der Welt geschickt wurden.

»Jamie, würde man Schmuggler jemals hängen?«

Ihre Worte blieben zusammen mit einer Atemwolke in

der Luft. Die Stille zwischen ihnen schien sich bis ins Unendliche zu ziehen. Oriels gleichmäßiger Tritt und das Knarren des Zaumzeugs, wenn er im Takt mit dem Kopf nickte, waren das einzige Geräusch.

»Ja, das kann passieren«, sagte Jamie schließlich.

Helena umklammerte die Longe fester, bis sie spürte, wie sich ihre Fingernägel durch die Lederhandschuhe in ihre Handfläche bohrten.

»Aber man hängt sie nicht fürs Schmuggeln allein«, fuhr Jamie fort. »Sie müssen schon mit einer Muskete auf einen Zollfahnder geschossen haben, also mach dir mal keine Sorgen.«

»Keine Sorgen?«, wiederholte Helena ärgerlich. Ihre erhobene Stimme erschreckte Oriel und er schnaubte beunruhigt. Helena wartete, bis das Pferd wieder gleichmäßig trabte, und sprach dann weiter. »Stell dir vor, einer von euch schießt, um sich selbst zu verteidigen oder um die anderen zu warnen. Man würde euch alle hängen!«

»Das wird niemals passieren, weil keiner unserer Männer eine Waffe bei sich trägt«, sagte Jamie. »Mein Vater ist in dieser Beziehung sehr streng.« Plötzlich packte er Helena an der Schulter und sie zuckte zusammen. »Du musst mir glauben, Nell«, sagte er eindringlich. »Wir würden keiner Seele was zu Leide tun, das versprech ich dir.«

Helena antwortete nicht. Stattdessen beobachtete sie Oriel, der in ruhigen Kreisen um sie herumlief. Er hatte den Schweif hoch erhoben und es sah aus, als würde eine Rauchfahne hinter ihm herwehen. Das Mondlicht beleuchtete das Muskelspiel auf seinen Schultern und Flanken.

Helena sog ihn mit ihren Blicken förmlich auf, aber die Freude, die sie vorhin noch verspürt hatte, war nun durch ihre Sorgen um Jamie getrübt. Mr Chapman war ständig hier in der Gegend, stellte endlos Fragen und hatte seine Augen überall. Wie lange würde es noch dauern, bis die Roseby-Schmuggler geschnappt und dem Gericht übergeben wurden?

KAPITEL 15

Die ganze Welt sah aus wie ein Kunstwerk aus Eis, als Helena am nächsten Morgen erwachte. Sie schob die Vorhänge an ihrem Fenster beiseite und betrachtete entzückt den mit Frost bepuderten Garten, in dem jeder Grashalm und jedes Blatt von einer zarten weißen Kristallschicht überzogen war. Das Kissen auf der Fensterbank, auf dem Helena kniete, war kalt und feucht. Aber auf einmal erinnerte sie sich an ihren Erfolg, den sie in der Nacht mit Oriel gehabt hatte, und ein warmes Glücksgefühl durchströmte sie und verscheuchte jegliches Kälteempfinden. Jetzt musste sie nur Watkins überreden das Pferd zu longieren, dann würde er ihrem Vater empfehlen Oriel in Roseby zu behalten.

Louise hatte ihr in einem Krug heißes Wasser gebracht. Es kühlte bereits ab, darum wusch Helena sich schnell und zog ihr wärmstes Hemd unter der Reitkleidung an. In der letzten Nacht, als sie und Jamie mit Oriel durch den kalten, ruhigen Garten gegangen waren, um ihn zurück in seinen Stall zu bringen, hatten sie beschlossen mit Piper heute einen Trainingsritt zum Eggardon-Berg zu machen. Der lange Pfad erstreckte sich auf der geschützten Seite des Berges zum Landesinnern hin. Dort würde der Frost weniger heftig sein und der Boden daher nicht zu hart.

Ihre Mutter und Will saßen am Tisch, als Helena zum Frühstück kam.

Lady Roseby sah von ihrer Toastscheibe hoch, die sie für Will mit Butter beschmierte. »Guten Morgen, Helena«, sagte sie.

»Guten Morgen, Mama«, antwortete Helena. Sie setzte sich und lächelte Eliza an, die ihr eine Tasse Tee einschenkte.

Als Helena sich eine Scheibe Toast nahm, musste sie heftig gähnen.

»Hast du nicht gut geschlafen?«, fragte Lady Roseby besorgt. »Du siehst ein wenig blass aus.«

»Mir geht's gut, Mama«, versicherte Helena und nahm einen Schluck Tee.

»Watkins lässt mich heute Morgen auf Bumblebee reiten«, verkündete Will und versprühte dabei Toastkrümel über den Tisch.

Helena lächelte ihren kleinen Bruder an. »Wie schön für dich. Da wirst du dich aber warm anziehen müssen.«

Will streckte ein Bein unter dem Tisch hervor. »Guck«, forderte er Helena auf und zeigte auf seine dicke, gestrickte Überhose.

»Die sieht sehr warm aus«, sagte Helena zustimmend.

»Reitest du heute aus, Helena?«, fragte Lady Roseby. »Ich weiß, dass Faith nicht kommt, aber Susan Clark möchte Maß bei dir nehmen für dein neues Kleid. Es sind nur noch zwei Wochen bis zum Rennen.«

»Kann sie heute Nachmittag Maß nehmen?«, fragte Helena. »Ich möchte erst auf Snowdrop ausreiten.«

Ihre Mutter nickte. »Einverstanden. Soll ich Susan sagen, dass du um zwei Uhr kommst?«

Helena schluckte ihren letzten Toastbissen hinunter. »Ja, Mama, danke.« Sie schob den Stuhl zurück und stand auf. »Viel Spaß beim Reiten, Will. Streng mir den alten Bumblebee nicht zu sehr an!«

»Das werde ich nicht tun«, versprach Will. Seine blauen Augen blickten sie ernst an.

In der Halle bat Helena Hawk um ein breites Schultertuch, das sie sich unter die Reitjacke stopfen wollte. Kurz darauf kam der Lakai mit leisen Schritten zurück und überreichte ihr mit einer höflichen Verbeugung das Tuch. Nichts in seinem Verhalten erinnerte an den Schmuggler, der sich um das verletzte Kutschpferd gekümmert und sich vor den Zollfahndern auf dem Heuboden versteckt hatte, während Helena deren Fragen beantwortete. Sie versuchte Hawk in die hellgrauen Augen zu schauen und suchte darin nach einer Spur von Angst vor der schrecklichen Strafe, die ihn und die anderen Schmuggler im Fall einer Verhaftung erwartete. Aber sein Blick war so ruhig und undurchdringlich wie immer.

Als Hawk ihr die Hintertür öffnete, wurden Helenas Gedanken von einem Schwall eiskalter Luft unterbrochen. »Ich wünsche Ihnen viel Vergnügen beim Reiten, Lady Helena«, sagte der Lakai.

»Danke, Hawk«. Helena raffte ihren Rock mit beiden Händen hoch und ging vorsichtig die gefährlich glatten, vereisten Stufen hinunter. Es war bitterkalt. Atemlos und mit gerötetem Gesicht kam sie im Stallhof an.

Jamie war auch schon unterwegs. Wie Will trug er eine wollene Überhose. »Guten Morgen, Lady Helena«, begrüßte er sie mit einem Funkeln in den braunen Augen. »Bin gleich fertig. Vielleicht wollen Sie nach dem Hengst sehen, bevor Sie ausreiten?«

»Wie geht's ihm heute Morgen?«, fragte Helena. Sie konnte die letzte Nacht jetzt nicht erwähnen, da Watkins im Stallblock arbeitete und geschäftig von einer Seite des Hofes zu anderen eilte.

»Frisst, als wär er am Verhungern, und kann's kaum erwarten, auf die Koppel zu kommen«, antwortete Jamie. Er nickte zu Oriels Box hinüber. »Überzeug dich selbst, während ich Piper sattele.«

Helena überquerte den Hof. Die Erde auf dem Pflaster knirschte unter ihren Füßen. Als sie am Wagenschuppen vorbeiging, bemerkte sie, dass die Kutsche nicht mehr da war. Ihr Vater schien schon früh zur Gerichtsverhandlung aufgebrochen zu sein.

Oriel streckte den Kopf über die Tür, als Helena sich näherte, und begrüßte sie mit einem zarten Wiehern. Sie blieb stehen, lächelte ihn an und dachte daran, wie elegant er sich an der Longe bewegt hatte, wie mühelos er mit seinen langen Beinen über das frostige Gras gelaufen war. Dann ging sie auf ihn zu und streckte ihre Hand aus, um ihn zu streicheln.

Doch plötzlich warf er den Kopf in die Höhe und sie fuhr erschrocken zusammen.

Sie drehte sich um und sah, dass Watkins auf sie zukam. Über einem Arm trug er eine dicke, zusammengefaltete Wolldecke und in der Hand hielt er ledernes Zaumzeug.

»Verzeihung, Mylady«, schnaufte er. Seine Augen tränten vor Kälte. »Ich wollte ihn nicht erschrecken. Er ist immer noch ziemlich launisch, oder?«

»Nicht mehr als andere Pferde auch«, widersprach Helena, ohne nachzudenken.

Watkins zog überrascht die Augenbrauen in die Höhe und Helena fuhr rasch fort: »Ich meine, er ist doch schon viel ruhiger als am Anfang, oder?«

»Ja, er scheint sich allmählich wohl zu fühlen, Mylady«, stimmte Watkins zu. »Ich denke aber, er braucht noch ein wenig Zeit, bis wir mit ihm arbeiten können. Und ihr Vater will immer noch nicht, dass Sie ihn putzen.«

Helena beschloss keine Diskussion anzufangen. Stattdessen fragte sie: »Bringen Sie Oriel heute Morgen auf die Koppel?«

»Ja, ich dachte, er könnte etwas frische Luft brauchen, und außerdem hat er ordentlich gefressen, da wird ihm das Gras nicht schaden.«

Helena nickte. Sie wusste, dass ein Pferd von zu viel frostigem Gras im leeren Magen eine Kolik bekommen konnte. Sie machte einen Schritt zur Seite, damit Watkins in den Stall gehen konnte, um Oriel das Zaumzeug über den edel geformten Kopf zu streifen.

Der Stallmeister bemerkte Helenas bewundernde Blicke.

»Er sieht ziemlich gut aus, nicht wahr?«, sagte er. »Hoffentlich können wir bald mit seiner Ausbildung beginnen. Mit diesen langen Beinen ist er sicher ganz schön schnell, vielleicht sogar schneller als Piper.«

Helena war erleichtert, dass Watkins den Hengst lobte, doch dann wandelte sich ihre Freude in Aufregung. Wenn nun der Stallmeister Recht hatte und sich herausstellte, dass Oriel schneller war als das beste Rennpferd, das ihr Vater je besessen hatte? Helena konnte sich nicht vorstellen, noch schneller zu reiten als mit Piper. Doch plötzlich verspürte sie den unwiderstehlichen Drang, sich auf Oriels Rücken zu schwingen und mit ihm über die Klippen zu galoppieren, nur um zu testen, wie schnell er galoppieren konnte.

Das Klappern von beschlagenen Hufen riss sie aus ihrem Traum. Jamie führte Snowdrop aus dem Stall. Das Fell der Stute glitzerte weißlich in der Wintersonne.

»Fertig, Mylady?«, fragte er.

»Ja, ich komme«, antwortete Helena. Sie warf noch einen Blick in Oriels Stall und streichelte seinen warmen, glänzenden Nacken.

Watkins schnallte eine warme Decke auf Snowdrop fest. »Reiten Sie vorsichtig, Mylady«, sagte er. Er sah auf und hauchte auf seinen kalten Finger.

»Mach ich«, versicherte ihm Helena lächelnd. Sie ging über den Hof und ließ sich von Jamie beim Aufsitzen helfen. Sie drehte die weiche Mähne der Stute um ihre Finger, während sie wartete, bis Jamie Piper hinausgebracht und sich selbst in den Sattel geschwungen hatte. Der kastanienbraune Wallach sah großartig aus. Seine Muskeln bewegten sich wie Wasserwellen unter dem weichen bronzefarbenen Fell.

Jamie beugte sich hinunter, um die Länge des Steigbügelriemens richtig einzustellen, dann nahm er die Zügel in die Hand, berührte Pipers Flanken mit seinen Fersen und ritt aus dem Hof den Kiesweg hinunter.

Sie folgten dem Weg, der direkt durch das Tal führte, über den Fluss Bredy hinweg, der durch das Grundstück des Powell-Hofes floss, dann steil bergauf durch Far Cheney, das Nachbardorf von Roseby. Der Frost schluckte alle Geräusche, sodass eine schwere Stille über der weißen Landschaft hing. Beide Pferde schienen froh über den Ausflug zu sein. Sie hoben ihre Hufe hoch über die gefrorenen Furchen, warfen die Köpfe in die Höhe und stießen dicke Atemwolken aus.

Nach einer halben Stunde, als die Kirchenglocke von Far Cheney zwölf Uhr schlug, erreichten sie den Weg, der sich den Eggardon-Berg hinaufwand. Der grasbedeckte Schutzwall über ihnen wirkte in der Sonne weich und friedlich.

Piper schnappte eifrig nach seinem Gebiss, als seine Hufe das Gras berührten.

Jamie lachte und klopfte seinen Nacken, dann sah er Helena an. »Willst du tauschen?«, fragte er.

»Nein, ich reite weiter auf Snowdrop«, sagte sie und beugte sich vor, um die weiche, weißlich schimmernde Mähne der Stute zu reiben. Sie wusste, dass die Stute den Berg besser mit Helenas leichterem Gewicht bewältigen konnte. Und es würde ihr mindestens ebenso viel Freude bereiten, Piper zu beobachten, wie ihn selbst zu reiten.

Jamie nickte, warf ihr ein dankbares Grinsen zu und verkürzte dann die Zügel. Dabei sah er auf einmal ganz konzentriert aus. Er drehte Pipers Kopf in Richtung des Pfades und presste die Oberschenkel an Pipers Flanken. Piper sprang sofort nach vorn, seine Vorderbeine schlugen blitzartig aus.

Jamie kauerte sich über den Widerrist des Pferdes und ließ Piper losgaloppieren.

Helena nahm die Zügel hoch und stupste Snowdrop mit ihrer linken Ferse. Die Stute war zwar älter als Piper, aber sie preschte genauso eifrig los wie er. Die Hufe trommelten gleichmäßig über das frostige Gras. Helena neigte sich über den kräftigen grauen Hals, ließ die Zügel locker, um Snowdrop ihren Willen zu lassen, und presste ihr rechtes Bein fest gegen das Horn. Ihre Augen tränten von der kalten Luft.

Piper war nur noch ein brauner verschwommener Fleck, der sich immer mehr entfernte und kleiner und kleiner wurde.

Jamie und Piper hatten den flachen Gipfel bereits erreicht, als Snowdrop durch die Öffnung im Schutzwall galoppierte. Die Stute war beim letzten Stück etwas langsamer geworden und Helena hatte sie gewähren lassen. Es hatte keinen Zweck, das sanfte Pferd zu sehr anzutreiben.

Jamies Augen leuchteten, sein Gesicht war gerötet. »Das war toll!«, rief er und hielt die Zügel fest, als Piper sich unruhig bewegte. »Ich kann mir nicht vorstellen, dass ihn ein Pferd im Rennen schlägt.«

Helena nickte, noch atemlos vom Galopp. Snowdrop blieb neben dem Wallach stehen. »Mit dir läuft er wirklich hervorragend«, sagte sie, als sie wieder zu Atem gekommen war.

»Ja, aber er läuft mit jedem gut«, antwortete Jamie abwehrend. »Genauso gut wie letzte Woche, als du mit ihm auf den Beacon-Berg geritten bist.«

»Sei nicht so bescheiden!«, neckte Helena ihn. Dann wurde sie kurz ernst und bewunderte, wie leicht Jamie im Sattel saß. »Du bist bei weitem der beste Reiter in Roseby, weißt du das?«, sagte sie. »Was für ein Jammer, dass nicht du ihn im Rennen reiten kannst.«

Jamie lachte. »Piper ist das Pferd deines Vaters, Nell«, erinnerte er sie. »Er wird ihn wohl kaum von einem Stallburschen reiten lassen. Natürlich würde ich nicht Nein sagen, wenn er mich fragen würde«, fügte er hinzu. »Aber ich weiß, dass Lord Roseby sich schon das ganze Jahr drauf freut, ihn auszuprobieren. Und das Pferd wird mit ihm so schnell galoppieren wie mit mir. Jetzt komm, Nell, reiten wir heim, bevor sie sich erkälten.«

Er ritt mit Piper den Weg zurück, den sie gekommen waren, und ließ die Zügel locker. Snowdrop folgte. Sie brauchte keine Befehle und Helena konnte ihren Blick über die sanften Hügel von Dorset schweifen lassen, die sich ringsherum erstreckten. In ihrer Phantasie sah sie ein Pferd über die Schutzwälle galoppieren, mit gestrecktem Hals und einem fliegenden Schweif, der wie gesponnene

Seide wirkte. Sein Fell war nicht bronzefarben, sondern dunkelbraun und die Mähne und der Schwanz waren schwarz wie Ebenholz.

Kapitel 16

Als sie schließlich in den Stallhof einritten, waren Helenas Hände und Füße taub vor Kälte. Sie sprang vom Pferd und es fühlte sich an, als würden eisige Nadeln in ihre Zehen stechen. Watkins führte Snowdrop in die Stallungen. Helena ging mit steifen Beinen in die Sattelkammer, um sich die Hände am Holzofen zu wärmen. Feuchte Luft macht das Leder der Sättel und des Zaumzeugs hart und dann neigt es dazu, brüchig zu werden. Deshalb wurde der Ofen den ganzen Winter über geheizt. Der Schornstein ging durch den Dachboden, in dem die Stallburschen schliefen. Helena konnte sich gut vorstellen, dass sie die gleichmäßige Wärme noch mehr zu schätzen wussten als die Sättel und das Geschirr. Sie blieb auf der Türschwelle stehen und blinzelte, bis sich ihre Augen an das schwache Licht in der Kammer gewöhnt hatten.

Auf einmal tauchte jemand aus dem Schatten vor ihr auf, Schritte hallten auf dem Steinboden wider. Helena sprang erschrocken zurück und schrie auf.

»Entschuldigung, Miss«, sagte der Mann und trat hinaus. Er war dünn, hatte schmale Schultern und war ungefähr einen halben Kopf größer als Helena. Sein lockiges Haar war dunkel und die Augen grau. »Ich wollte Sie nicht erschrecken.« Er grinste und zeigte dabei seine krummen weißen Zähne. Dann streckte er seine Hand vor, als wollte er Helena die Schulter tätscheln.

»Onkel Mathias! Was machst du hier?«

Jamie kam mit Snowdrops Sattel und Zaumzeug über dem Arm auf die Sattelkammer zu.

Der Fremde drehte sich um und lächelte noch breiter. »Meine Güte, was bist du groß geworden, Jamie!«, sagte er. »Hab dich ein paar Jahre nicht gesehen und jetzt scheinst du deinen Pa bald eingeholt zu haben.« Er zwinkerte Helena zu. »Über diesen Burschen könnt ich Ihnen ein paar Geschichten erzählen.«

Jamie runzelte die Stirn, als gefiele ihm die vertrauliche Art nicht, mit der sein Onkel Helena behandelte. »Mathias, das ist Lady Helena, die Tochter von Lord und Lady Roseby.«

Mathias hob die Augenbrauen in die Höhe, grinste dann und verbeugte sich. »Freut mich, Ihre Bekanntschaft zu machen, Lady Helena«, murmelte er.

Helena wurde rot und sah Jamie an. »Danke, Mr . . . äh . . .?«

»Jarrow. Mathias Jarrow, ehemaliger Steinmetzmeister von Weymouth, zurzeit von Roseby«, verkündete Jamies Onkel schwungvoll.

»Wie meinst du das?«, fragte Jamie. »Warum bist du von Weymouth weggegangen?«

»Hat deine Ma dir nicht gesagt, dass ich komme?«, fragte Mathias mit einem Achselzucken. »Na ja, bald werden's alle wissen, wenn ich erst mal einen Abend im Black Feathers verbracht hab! Das Lager des Händlers, für den ich die letzten zwölf Monate gearbeitet habe, ist vor einer Woche abgebrannt. Ohne Verdienst kann ich die Miete nicht bezahlen. Darum konnte ich nicht länger in Weymouth bleiben.«

»Das tut mir Leid«, sagte Helena.

»Schon in Ordnung«, sagte Jarrow und lächelte bitter. »Ich hab mein Werkzeug mitgebracht, denn hier gibt's bestimmt Arbeit für mich.« Er öffnete seinen Mantel und zeigte ihr einen verblichenen braunen, merkwürdig gewölbten Lederbeutel, den er sich um die Brust geschlungen hatte.

»Was für ein Glück! Sie haben es im Feuer nicht verloren«, freute sich Helena.

Jarrow griff in den Beutel und zog einen Hammer mit kurzem Griff heraus. Der runde Eisenkopf war abgewetzt und glänzte wie Zinn. Er strich zärtlich darüber und wiegte ihn leicht in seiner Hand. Helena sah, dass eine Rille quer über den oberen Teil des Hammers lief, als sei er von einem verirrten Nagel zerkratzt worden.

»Ich würde mein Werkzeug nie irgendwo zurücklassen«, sagte Jarrow leise. »Das hier ist alles, was ich für meine Arbeit brauche. Nun ja«, er steckte den Hammer wieder in die Tasche und nahm ein kleines Stoffbündel heraus, »ich dachte, dass meine Schwester Mary mich für ein paar Wochen aufnehmen kann, nur bis ich was anderes gefunden hab. Hier ist ein bisschen Brot und Käse von deiner Ma für dich, Jamie. Sie hat mich gebeten es dir zu geben.«

»Danke«, sagte Jamie und nahm das Bündel entgegen.

Jarrow sah sie beide an, lächelte dann und lüpfte kurz seinen Hut. »Guten Tag, Mylady. Ich stör jetzt nich weiter, Jamie. Ich seh ja, dass du wichtige Arbeit hast.« Er steckte die Hände in die Taschen seines abgetragenen Mantels, ging über den Hof und nickte Isaiah zu, der gerade eine volle Schubkarre aus den Stallungen schob.

»Er scheint nett zu sein«, meinte Helena und sah dem Mann hinterher, als er die Einfahrt hinunterging.

»Na ja«, sagte Jamie zweifelnd. Als Helena ihn fragend anblickte, zuckte er mit den Schultern. »Oh, er ist schon nett, aber als er vor ein paar Jahren bei uns war, hat er die Zwillinge wach gehalten, weil ständig seine Freunde vorbeigekommen sind.«

»Vielleicht ist er diesmal etwas rücksichtsvoller, wenn er länger bei euch wohnt«, sagte Helena. »Und außerdem meinte er doch, dass er nur so lange bleiben will, bis er einen neuen Job gefunden hat. Der Arme, wie schrecklich muss es gewesen sein, als das Lager abgebrannt ist.«

Sie schwieg, als Hawk um die Hofecke kam. Er hatte sich einen Mantel über seinen dunkelgrünen Gehrock gestreift.

»Lady Helena, Ihre Mutter bat mich Ihnen auszurichten, dass Mrs Clark Sie jetzt erwartet«, informierte sie der Lakai.

Helena nickte. »Danke, Hawk, ich komme. Wir sehen uns morgen, Jamie. Könntest du Snowdrop heute Nachmittag heißen Kleiebrei geben?« Sie grinste ihm zu. »Sie verdient eine Belohnung nach dem Galopp.«

»Natürlich, Mylady«, antwortete Jamie, erwiderte ihr Lächeln und verschwand in der Sattelkammer.

Helena ging in ihr Schlafzimmer, um sich umzuziehen, bevor sie sich von Susan Maß nehmen ließ. Louise half ihr ein Hauskleid mit einem gesteppten Unterkleid anzuziehen. Dies würde sie vor dem kalten Luftzug in dem alten Herrenhaus schützen. Obwohl die Wände dick waren, kam der bitterkalte, salzige Wind trotzdem in jedes Zimmer und sorgte dafür, dass der Rauch in groben schwarzen Wolken aus den Feuerplätzen hervorquoll.

Mrs Clark war in Lady Rosebys Schlafzimmer und steckte ein Stück Seide für ein Abendkleid um die Taille ihrer Herrin herum ab. Helenas Mutter trug einen modischen, weiten Holzreif unter dem Kleid, der ihre schmale Taille betonte und dafür sorgte, dass der fliederfarbene Stoff in eleganten Falten herabfiel. Susan Clark sah auf, als Helena auf der Türschwelle erschien, und lächelte sie mit zusammengepressten Lippen an. Da sie lauter Nadeln zwischen die Lippen geklemmt hatte, konnte sie nicht sprechen.

Lady Roseby drehte sich herum, soweit es der Reif erlaubte, und nickte Helena zu. »Da bist du ja, Liebling«, sagte sie. »Komm herein. Susan hat wunderbaren, neuen Stoff für unsere Kleider mitgebracht. Hast du dir schon überlegt, welche Farbe deines haben soll?«

Helena ging zu dem riesigen Himmelbett ihrer Eltern, wo verschiedene Stoffballen wie glänzende dicke Fische nebeneinander aufgereiht lagen. Als Kinder hatten Jamie und Helena auf den dicken Matratzen gespielt. Als Piraten oder Strandräuber waren sie auf den Federbetten herumgehüpft und hatten sich an den schweren Samtvorhängen zum Boden hinuntergeschwungen. Und in ihrer Phantasie war die große Eichentruhe am Fuß des Bettes zu einer Schatzkiste voller Rubine, Smaragde und Pfauenfedern geworden.

Die Stoffstreifen, die jetzt auf dem Bett lagen, erinnerten Helena an die Farben dieser Juwelen. Sie fuhr mit der Hand darüber und genoss die kühle Glätte der Seide und das merkwürdige Gefühl der Spitze, deren Zartheit sie an Spinnenweben erinnerte.

»Dieser hier gefällt mir«, sagte sie und hob die Ecke eines dunkelgrünen Damastes hoch, der die Farbe von Eibenblättern hatte. Er würde gut zu ihrer Augenfarbe passen, wie ihre Zofe Louise vorgeschlagen hatte. Und die dicke, schwere Seide würde sie auch während des Rennens warm halten.

Susan Clark sah über ihre Schulter und nickte. »Ja, das ist eine wunderschöne Farbe, Lady Helena. Daraus kann ich Ihnen sicherlich ein Kleid machen. Sobald ich hier fertig bin, werde ich bei Ihnen Maß nehmen. Und das Unterkleid?«

Im Gegensatz zu Helenas Reitkleidung ließ man die Gesellschaftskleider vorn, unterhalb der Taille offen, damit man das Unterkleid darunter sehen konnte. Helena sah ein Bündel cremefarbener Baumwolle am Ende des Bettes. »Wie wäre es damit?«, fragte sie.

»Ja, Liebes, das wird perfekt zu dem grünen Damast passen«, bestätigte ihre Mutter lächelnd.

Ihr Abendkleid war fertig abgesteckt und Lady Roseby löste die Bänder in ihrer Taille und ließ den schweren Holzreif zu Boden fallen. Dann trat sie vorsichtig aus dem Reif heraus und schlüpfte mit den Armen in das Kleid, das Mrs Clark ihr hinhielt. »Hast du die Spitze gesehen?«, fragte sie Helena. »Susan hat sie mitgebracht, damit sie damit die Krägen und Manschetten unserer neuen Kleider verzieren kann.«

»Wunderschön«, sagte Helena zustimmend. Sie beugte sich herab, um die komplizierten Muster zu bewundern, die sich so leicht wie Meeresschaum anfühlten. Helena fand den Stoff genauso edel wie die Sorten, die Tante Emma aus London mitbrachte. Dabei beklagte sich Lady Windlesham ewig darüber, dass es unmöglich sei, in Dorchester etwas Geeignetes zu finden.

Plötzlich erstarrte Helena und die Spitze fühlte sich auf einmal klebrig in ihren Fingern an. Woher hatte Susan Clark diesen edlen Stoff? Sicherlich nicht aus London. Denn die Dorfbewohner aus Roseby reisten gewöhnlich nicht weiter als bis Dorchester. Nein, es gab nur eine Möglichkeit, woher diese Seide kam, nämlich aus Frankreich. Sie war heimlich mitten in der Nacht auf einem Schmugglerschiff hergebracht und in der Krypta oder einem Keller versteckt worden, bis sie schließlich von schweigenden Männern im Dorf verteilt worden war, ja vielleicht war sie sogar auf Lord Rosebys Heuboden gelegen. Auch Susans Mann hatte zu den Schmugglern neulich gehört. Helena erinnerte sich, dass er einer der Männer gewesen war, die die Stoffbündel auf den Heuboden gehoben hatten.

Wieder fuhr sie mit den Fingern über die Spitze. Hoffentlich merkte ihre Mutter nicht, wie schnell ihr Herz raste. Sie war sicher, dass Lady Roseby keine Ahnung hatte, woher die Spitze kam. Aber Helena wusste es und hatte vermutlich auch noch dabei geholfen, als genau dieser Stoff an Land gebracht wurde. Sie würde Schmugglerware zum Rennen tragen!

Kapitel 17

Hellgraue Wolken waren am Himmel aufgezogen, nachdem Helena und Jamie von ihrem Ritt zurückgekehrt waren. Jetzt hörte man den Regen gegen die Fensterscheiben prasseln und auf die gepflasterten Wege trommeln, die um das Herrenhaus führten. Das Wetter war bestimmt nicht gut genug, um Oriel zu longieren, und Helena war froh, endlich wieder einmal eine Nacht durchschlafen zu können.

Als Mrs Clark die verschiedenen Stoffe an ihr abgemessen und abgesteckt hatte, zog sich Helena ein abgetragenes Hauskleid an und ging nach unten. Sicher hatten ihre Mutter und Mrs Clark vollkommen Recht damit, dass das neue Kleid entzückend aussehen würde. Doch Helena hätte es vorgezogen, wenn das Kleid nicht nur hübsch, sondern auch praktisch gewesen wäre. Nicht zum ersten Mal beneidete sie ihren Vater und Will. Sie konnten Hosen, weiche Baumwollhemden und warme, eng anliegende Jacken tragen.

Helena warf sich ein breites Tuch über Kopf und Schultern und rannte in den Stallhof, um nach Jamie zu suchen. Er war in Jupiters Box und legte dem Pferd gerade eine warme Decke über die Hinterhand, um es vor der feuchten Nachtluft zu schützen.

»Wie geht es seinem Bein?«, fragte Helena.

»Das ist wieder in Ordnung«, antwortete Jamie. Er schlüpfte aus der Box und rieb die Hände aneinander. »Lord Roseby wird am Montag mit ihm und Apollo nach Dorchester fahren.« Er runzelte verwundert die Stirn, weil Helena noch so spät in die Stallungen kam. »Möchtest du etwas, Nell?«

»Ich wollte dir nur sagen, dass wir heute Nacht nicht mit Oriel arbeiten sollten«, sagte Helena. »Es würde ihm sicherlich nicht gefallen, bei diesem Regen rausgehen zu müssen.«

»Nein, bestimmt nicht«, stimmte Jamie ihr zu. Er sah auf den Boden und schleifte mit der Stiefelspitze über das Pflaster. »Heute Nacht habe ich zufälligerweise sowieso keine Zeit.«

Helena erstarrte. »Kommt neue Ware?«, flüsterte sie.

Jamie nickte. »Diese Wolken werden den Mond verhüllen. Es wär eine Schande, wenn wir solch ein Wetter, bei dem die Zollfahnder drinnen bleiben, nicht ausnützen würden. Um zehn Uhr ist Flut und mit etwas Glück liegen wir gegen Mitternacht in unseren Betten.«

»Nehmt ihr die Kutschpferde?«, fragte Helena.

Jamie schüttelte den Kopf. »Nein, es kommt nur eine Wagenladung voll, da reicht uns Elijahs Pferd.«

Helena dachte an das berüchtigte, stets schlecht gelaunte

Zugpferd des Gasthausbesitzers. Mit seinen riesigen haarigen Beinen hatte es schon manchen Stallburschen aus dem Stall getreten. »Viel Glück«, sagte sie grinsend.

Jamie zwinkerte ihr zu. »Danke. Können wir brauchen mit diesem alten Klepper.«

»Und . . . seid vorsichtig«, fügte Helena besorgt hinzu. Sie legte ihre Hand auf Jamies Arm.

»Das sind wir immer, Nell«, versprach Jamie leise und schaute sie mit warmem Blick an. »Das sind wir immer.«

Kurz vor dem Abendessen kam Lord Roseby aus Dorchester zurück. Das Wasser tropfte von seinem Mantel herab und dieser Anblick erinnerte Helena an einen Hund, der sich trockenschüttelt. Helena kam gerade die Treppe herunter. Sie hatte sich ein neues Kleid anziehen müssen, da der Saum des anderen bei ihrem Besuch im Stall nass geworden war.

»Wie lief es heute Morgen mit Piper, Nell?«, fragte ihr Vater, während Mansbridge ihm den triefenden Mantel von den Schultern nahm. »Jamie hat mir erzählt, dass ihr auf den Eggardon-Berg reiten wolltet.«

Helena lächelte und konnte ihre Aufregung nicht verbergen. »Er war wunderbar, Papa«, sagte sie. »Ich kann mir nicht vorstellen, dass ihn ein Pferd schlagen kann, solang er so fit bleibt wie jetzt.«

»Geht es um den Wallach, von dem Sie mir erzählt haben?«, sagte eine Stimme aus dem Schatten an der Tür.

Helena zuckte zusammen und lehnte sich über das Treppengeländer, um in das düstere Licht zu spähen. Ein Mann trat in den schwachen Lichtkegel, den die flackernden Kerzen warfen. Sein dunkelblauer Mantel war vollkommen nass und seine Stiefel und Hose verdreckt mit Schlamm. »Guten Abend, Lady Helena«, begrüßte er sie.

»Guten Abend, Mr Chapman«, antwortete Helena.

»Mr Chapman wird mit uns zu Abend essen«, erklärte Lord Roseby. »Ich traf ihn auf dem Heimweg und dachte, er könnte etwas vertragen, bevor er den restlichen Weg zurücklegt. Mansbridge, richten Sie Mrs Gordon bitte aus, dass wir ein weiteres Gedeck benötigen.«

»Natürlich, Mylord. Soll ich Ihnen ein paar Erfrischungen in den Salon bringen, bevor das Essen serviert wird?«

»Danke, gern«, sagte Lord Roseby. Er sah dem Lakaien hinterher, der durch die Tür verschwand, die zur Küche und zu den Vorratskammern führte. Dann wandte er sich wieder Roger Chapman zu. »Ja, ich setze große Stücke auf dieses Pferd. Er ist erst sieben und es wird sein erstes Rennen sein, aber in der letzten Jagdsaison war er gut und er ist, wie Helena sagte, schneller als meine anderen Pferde.«

Nicht ganz, fügte Helena im Stillen hinzu. Piper mochte in der Lage sein, die anderen Pferde im Rennen zu schlagen, aber schneller als Oriel war er nicht.

»Dann freue ich mich darauf, ihn beim Rennen zu sehen«, sagte Mr Chapman lächelnd zu Helenas Vater.

In diesem Augenblick kam Lady Roseby mit leise raschelndem Seidenrock durch den Korridor. »Mr Chapman, ich freue mich, dass Sie mit uns zu Abend essen«, begrüßte sie ihren Gast und hielt ihm die Hand zum Kuss hin. »Bitte, kommen Sie in den Salon. Dort erwartet Sie ein warmes Feuer. Sie müssen nach der Reise aus Dorchester völlig durchgefroren sein.«

»Danke, Lady Roseby, das hört sich gut an.« Der Zollfahnder folgte ihr durch den Korridor. Seine Stiefel hallten auf den Steinfliesen wider.

»Komm Nell, leiste uns Gesellschaft«, sagte Lord Roseby und trat beiseite, um Helena vorangehen zu lassen.

Gehorsam nickte Helena und hoffte, man sah ihr ihre Nervosität nicht an. Sie fürchtete immer noch, dass Mr Chapman ihren Eltern gegenüber ihre nächtliche Begegnung im Stallhof erwähnen würde.

Dann fiel ihr etwas anderes ein und sie straffte mit leisem Lächeln die Schultern. Wenigstens war Mr Chapman jetzt hier und aß im Herrenhaus zu Abend. Das bedeutete, dass ein Zollfahnder weniger auf den Klippen patroullieren würde, während die Roseby-Schmuggler ihre Ware an Land brachten.

Die Unterhaltung bei Tisch drehte sich natürlich um die laufenden Gerichtsverhandlungen und Helena fragte, worum es bei der heutigen Verhandlung gegangen war.

»Ein junger Bursche war wegen Schafdiebstahl angeklagt«, berichtete ihr Vater und sah von dem Apfel auf, den er geschickt in einem Stück mit seinem Messer schälte. »Normalerweise ist das ein Kapitalverbrechen und hat die Todestrafe zur Folge, aber Richter Trimble erkannte an, dass es sein erster Diebstahl war, und hat ihn deshalb nur zu zehn Jahren Verbannung verurteilt.«

»Gott sei Dank«, murmelte Lady Roseby. »Es stimmt

mich immer traurig, wenn die Todesstrafe verhängt wird, wie gestern. Für das, was diese Strandräuber getan haben, verdienen sie kein Mitgefühl, aber mir tun die Mütter, Ehefrauen und Kinder Leid.«

Roger Chapman, der dabei war, eine Birne in kleine Stücke zu schneiden, nickte und hielt einen Moment inne. »Während meiner gesamten Laufbahn habe ich nie verstanden, wieso ein Mann wegen irgendeiner Ladung absichtlich Schiffe auf die Riffe laufen lässt.«

»Haben Sie die Bande aus Poole bereits erwischt?«, fragte Helena.

Der Zollfahnder schüttelte mit düsterem Gesichtsausdruck den Kopf. »Leider nein, Lady Helena. Nirgendwo auf Chesil Bank habe ich eine Spur entdeckt von ihnen, aber das kann nur Gutes bedeuten. Mit etwas Glück sind sie durch das Schicksal der Männer aus Lyme Regis abgeschreckt worden.«

»So Gott will«, stimmte Lord Roseby zu, hob sein Glas und nahm einen ordentlichen Schluck Wein.

Roger Chapman hob ebenfalls sein Glas und trank. Dann saß er eine Weile da, drehte das schwere Glas in den Händen und betrachtete das Schimmern der rubinroten Flüssigkeit im Kerzenlicht. »Strandräuber oder nicht, für einen Zollfahnder gibt es immer viel zu tun«, sagte er so leise, als spräche er zu sich selbst.

»Meinen Sie Schmuggler?«, fragte Helena.

Mr Chapman stellte sein Glas ab und sah sie an. In diesem Licht wirkten seine Augen dunkelblau, fast schwarz, und da, wo sich die Flammen der Kerzen reflektierten, hatten sie winzige orangefarbene Sprengsel. »Ja, Schmuggler«, sagte er.

»Aber es ist doch sicherlich wichtiger, die Strandräuber zu fangen?«, wand Helena ein und hob unwillkürlich die Hand an den Hals, als wolle sie die verräterische Röte verstecken, die sich von dort aus langsam ausbreitete. »Schließlich haben sie unschuldige Menschen ermordet und Schiffe zerstört, während die Schmuggler nur ...«

»Nur?«, wiederholte Roger Chapman. »Glauben Sie nicht den romantischen Geschichten, Lady Helena. Schmuggler sind keine modernen Robin Hoods, die Leib und Seele riskieren, um den Armen zu helfen. Sie sind Diebe, nicht mehr und nicht weniger. Sie bestehlen die Regierung, indem sie die Einfuhrsteuern umgehen.«

Helena wollte einwenden, dass man die Dorfbewohner nicht dafür verantwortlich machen konnte, dass sie einen Weg gefunden hatten, an alltägliche Dinge wie Tee und Stoff zu kommen, die sie sich dank der hohen Einfuhrsteuern sonst nicht leisten konnten. Faith hatte gesagt, dass Gesetze von Menschen gemacht wurden, und ihrer Meinung nach waren die Menschen im Unrecht, die das Gesetz über die Einfuhrsteuern beschlossen hatten. Das Volk profitierte ja in keinster Weise von der Steuererhöhung. Ihr Vater hatte gesagt, dass das Geld für die Finanzierung des Kriegs in Frankreich gebraucht wurde, für ein Land, an dem sicherlich niemand in Roseby Interesse hatte.

»Wenigstens fügen die Schmuggler niemandem Schaden zu«, sagte sie.

Mr Chapman hob die Augenbrauen. »Nicht? Es kommt

häufig vor, dass Zollfahnder bei ihrem Einsatz erschossen werden. Und das ist ganz klar Mord, oder nicht?«

Helena blickte auf das Kerngehäuse des Apfels auf ihrem Teller, das allmählich braun wurde, und sagte nichts. Der Zollfahnder würde nur misstrauisch werden, wenn sie weiterdiskutierte.

Roger Chapman deutete ihr Schweigen als Zustimmung, denn er beugte sich vor und sah sie ernst an. »Lady Helena, als ein Beamter der Regierung ist es meine Pflicht, die Gesetzlosigkeit an dieser Küste zu unterbinden, sei es Strandräuberei oder Schmuggelei. Und jeder ist verpflichtet, alle Vergehen anzuzeigen, um mir und meinen Männern dabei zu helfen, dieses Dorf sicher zu machen.«

»Und haben Sie Anzeichen für Schmuggelei in Roseby gefunden?«, fragte Helenas Vater und streichelte Batistas Kopf. Der Jagdhund lag unter seinem Stuhl und streckte seine Schnauze hoch, in der Hoffnung, etwas zu fressen zu bekommen.

Helena erstarrte und sah nicht von ihrem Teller hoch. Unter dem Tisch grub sie die Nägel in die Handflächen, bis es schmerzte.

Der Kommandant schwieg kurz und schluckte ein Stück Birne herunter, dann antwortete er: »Es wäre ungewöhnlich, wenn es nicht auch in diesem Dorf eine Schmugglerbande gäbe, Mylord. Sie verstehen sicher, dass ich Ihnen nicht genau erzählen darf, welche Informationen wir bisher erhalten haben. Aber meiner Meinung nach haben wir die beste Chance, sie zu schnappen, wenn wir zur richtigen Zeit am richtigen Ort sind. Und wenn das bedeutet, dass wir einige schlaflose Nächte haben, dann ist das halt so. Schmuggler können nicht immer Glück haben. Früher oder später werden wir bei Flut zur Stelle sein und sie mit den Händen voller Ware erwischen.«

Helena sah auf. Ihr Vater hob sein Weinglas. »Dann wünsche ich Ihnen eine erfolgreiche Jagd.«

Der Kommandant nickte und nahm ebenfalls einen Schluck Wein. Einen Moment traf sein Blick den von Helena und sie glaubte ein amüsiertes Funkeln in seinen Augen zu erkennen. Sie wurde rot und sagte sich, dass Mr Chapman es sicherlich bereits erwähnt hätte, wenn er sie tatsächlich verdächtigte etwas mit den Schmugglern zu tun zu haben. Er hatte zugegeben, dass die Zollbeamten die Schmuggler auf frischer Tat ertappen mussten, und solange er hier im Esszimmer ihres Vaters saß, war Jamie in Sicherheit.

Lady Roseby bat den Lakaien ihrem Gast nachzuschenken. »Ich hörte, dass Sie mit meinem Mann über das bevorstehende Rennen diskutiert haben, Mr Chapman. Werden Sie selbst auch daran teilnehmen?«

Der Zollfahnder lehnte sich zurück, lachte und schüttelte sich das immer noch feuchte Haar aus den Augen. »Leider nicht, Lady Roseby. Mein Pferd Noah ist ein braver alter Bursche und hat mich, ohne zu klagen, heute Nacht hierher getragen, obwohl er den größten Teil der Reise bis zu den Fesseln im Matsch versunken ist. Vor ein paar Jahren noch hätte er es mit den besten Vollblütern aufnehmen können, aber jetzt ist er zu alt für Rennen.« Er lächelte und die Liebe zu seinem Pferd ließ seine Gesichtszüge weicher erscheinen. Helena empfand trotz der Spannung aus ihrer vorangegangenen Unterhaltung etwas mehr Sympathie für ihn.

»Werden Sie bald nach einem neuen Pferd Ausschau halten?«, fragte Lord Roseby.

Mr Chapman zuckte die Achseln und spießte ein Stück Birne mit der Messerspitze auf. »Der alte Noah macht's noch ein paar Jährchen«, antwortete er. Aber wenn sich eine günstige Gelegenheit ergeben sollte – wer weiß? Für ein gutes Pferd habe ich immer etwas übrig, wie jeder Mann.« Er grinste, steckte sich das Birnenstück in den Mund und kaute genüsslich.

Draußen peitschte der Wind gegen die Fensterscheibe und die Uhr in der Halle schlug zehn. Die leisen Töne waren in dem Sturm kaum zu hören.

»Mir tut jeder Leid, der in einer solchen Nacht draußen ist«, bemerkte Lady Roseby und zog sich ihr Schultertuch enger.

Roger Chapman lächelte bedauernd. »Ich fürchte, ich werde trotzdem hinausmüssen«, sagte er. »Noah möchte in seinen Stall und das exzellente Mahl hat mich für den letzten Teil der Reise gestärkt.«

»Sie wollen doch nicht etwa bei diesem Wetter hinausgehen?«, protestierte Helenas Mutter. »Bitte bleiben Sie doch über Nacht. Ich kann Ihnen ohne Mühe ein Bett herrichten lassen.«

»Und ich habe da einen besonders guten Brandy und hoffte, wir könnten bei einem Kartenspiel gemeinsam ein Glas trinken«, fügte Lord Roseby hinzu.

»Sie sind wirklich zu freundlich«, sagte Mr Chapman. »Aber die Straße nach West Bay ist den größten Teil des Weges geschützt und ich werde nicht länger als eine Stunde nach Hause brauchen.« Er nahm eine silberne Uhr aus seiner Weste und überlegte kurz. »Aber ich muss noch nicht so früh weg. Ich bin sicher, Noah wird gern noch eine halbe Stunde in Ihren warmen Ställen bleiben, und ich würde gern den Brandy probieren, Mylord.« Er lehnte sich in seinem Stuhl zurück und lächelte, als sein Blick Helena streifte.

Helena erstarrte. Irgendetwas in der Art und Weise, wie der Kommandant auf seine Taschenuhr geschaut hatte, alarmierte sie, dass er seine Abreise ganz genau geplant hatte. Jamie hatte ihr gesagt, dass heute Abend um zehn Uhr die Flut kam und dann die Schmugglerware aus Frankreich angeliefert wurde. In einer halben Stunde würden die Männer mit dem beladenen Wagen vom Strand hochkommen. Ahnte der Zollfahnder, dass die Schmuggler die mondlose Nacht ausnützen würden? Wollte er sie auf frischer Tat ertappen, wie er versprochen hatte?

Helena starrte Mr Chapman verzweifelt über den Tisch hinweg an. Er hatte sich in seinem Stuhl umgedreht, um einen Druck über der Feuerstelle zu bewundern. Ihr Vater hatte ihn erst kürzlich gekauft. Ihre Gedanken rasten, während sie überlegte, was sie tun konnte. Es war unwahrscheinlich, dass es ihr gelang, den Gast zum Bleiben zu überreden, nachdem ihre Mutter es bereits vergeblich versucht hatte. Und wenn sie zu eifrig darauf bedacht war, ihn im Herrenhaus festzuhalten, könnte das seinen Verdacht erregen. Helena glaubte nicht eine Sekunde, dass Mr Chapman ihr mitternächtliches Treffen vergessen hatte, als er den Roseby-Schmugglern dicht auf den Fersen gewesen war.

Aber dann tauchte wieder das Bild der Gerichtsverhandlung vor ihren Augen auf. Nur waren die Gefangenen, die zusammengekettet in der Anklagebank standen, nicht die Strandräuber aus Lyme Regis, sondern Männer aus Roseby und Jamie war mitten unter ihnen! Helena schluckte mühsam. In einer viertel Stunde würde der Zollfahnder aufbrechen. Wenn sie verhindern wollte, dass Mr Chapman seine Falle zuschnappen ließ, musste sie selbst zum Strand reiten und die Schmuggler warnen.

Kapitel 18

Helena legte ihre Serviette neben ihren Teller und stand auf. »Darf ich in mein Zimmer gehen, Mama? Ich habe Kopfschmerzen.« Sie wusste, dass sie überzeugend blass aussah. Sie hatte gemerkt, wie ihr sämtliche Farbe aus dem Gesicht gewichen war, als ihr klar wurde, was Mr Chapman beabsichtigte.

Lady Roseby sah sie besorgt an. »Natürlich, Helena. Möchtest du, dass ich Sarah mit einem Stärkungsmittel zu dir schicke?«

»Nein danke, ich bin nur müde«, antwortete Helena. »Gute Nacht, Papa.«

»Gute Nacht, Helena. Schlaf gut.«

Sie nickte dem Zollfahnder zu. Er beobachtete sie genau und seine Augen leuchteten wie blaues Feuer. »Gute Nacht, Mr Chapman«, sagte sie.

Er verbeugte sich leicht. »Ich hoffe, Sie fühlen sich morgen wieder besser, Lady Helena.«

Mansbridge öffnete die Tür des Esszimmers und Helena zwang sich ruhig aus dem Raum zu gehen. Sie stieg nach oben und bewegte sich so langsam, als habe sie wirklich Kopfschmerzen. Sobald sie auf dem Treppenabsatz außer Sichtweite war, raffte sie ihren Rock hoch und rannte den Korridor entlang in ihr Schlafzimmer. Sie riss sich das schwere Hauskleid vom Leib und zog ihr Reitkleid über. Dabei schimpfte sie leise, da es ihr mit ihren zitternden Fingern schwer fiel, die Knöpfe der Jacke zuzuschließen. Dann schlich sie sich zurück über den Korridor und blieb oben an der Treppe stehen. Sie rang nach Luft. Glücklicherweise war jetzt niemand in der Halle und sie lief leise hinunter und entriegelte die Hintertür, ohne gesehen zu werden.

Draußen war der Regen in ein feines Nieseln übergegangen, das vom starken Wind zur Seite geweht wurde. In rascher Folge zogen Wolken am Mond vorbei und ab und zu leuchtete das gelbe Licht hindurch. Helena lief bis zur Hausecke, blieb dort stehen und spähte vorsichtig auf den Stallhof. Der Regen trieb ihr in die Augen und sie kniff sie zusammen. Eine Laterne leuchtete in den Stallungen und hinter einem Fenster erkannte sie die Gestalt von Watkins. Er schien sich um die Pferde zu kümmern. Vielleicht sattelte er sogar Noah, damit Mr Chapman sich auf den Weg machen konnte. Die offene Scheune, in der die Besucher ihre Pferde normalerweise unterstellten, war leer. Es sah so aus, als hätte der Stallmeister den Palomino in den Stall gebracht, wo er besser vor dem Wind geschützt war.

Helena biss sich auf die Lippen, um nicht vor Enttäuschung laut zu fluchen. Solange Watkins im Stall arbeitete, konnte sie kein Pferd holen, um zur Freshwater-Bucht zu reiten. Sie hatte angenommen, dass der Stall leer war und sie Snowdrop nehmen konnte. Genau wie beim ersten Mal, als sie Jamie zum Strand verfolgt hatte. Verzweifelt sah sie sich auf dem Hof um und fragte sich, wie sie Watkins lang genug ablenken konnte, um Snowdrop zu satteln; aber er würde sicherlich bemerken, dass die Stute fehlte, wenn er Noah für Mr Chapman holte.

Dann fiel Helenas Blick auf Oriels Stalltür. Der Hengst wurde immer noch getrennt von den übrigen Pferden auf der anderen Hofseite gehalten. Helenas Herz begann laut zu klopfen. Oriel würde sie zweifellos schneller als die anderen Pferde zu den Schmugglern bringen, und mit seinem nachtdunklen Fell fiel er den Zollbeamten vielleicht gar nicht auf. Aber niemand auf Roseby hatte ihn bisher geritten. Helena hatte vorgehabt dies eines Tages zu tun, aber nicht in einer stürmischen Nacht und schon gar nicht außerhalb der sicheren Koppel. Mit Unbehagen erinnerte sie sich, wie der Hengst sich verhalten hatte, als Jamie und sie ihn zum ersten Mal zu longieren versucht hatten.

Aber sie musste die Schmuggler vor Mr Chapman warnen. Ihnen, aber hauptsächlich Jamie zuliebe würde sie den Hengst nehmen.

Sie rannte über den Hof und tauchte in den schützenden Schatten der Sattelkammer ein. Das Feuer im Ofen warf ein schwaches Licht, genug, um die Sättel und das Zaumzeug an den Wänden erkennen zu können. Das Zaumzeug am Ende der Reihe gehörte Oriel und Helena nahm es vom Haken und warf es sich über die Schulter. Dann holte sie einen Sattel, keinen Damensattel, sondern den, den Jamie heute benutzt hatte, als er auf Piper geritten war.

Der Hof war immer noch menschenleer, als Helena unter dem Gewicht des Sattels mit schwankenden Schritten aus der Sattelkammer schlich und zu Oriels Stall hinüberging. Der Hengst blies ihr zur Begrüßung seinen warmen Atem ins Haar und blieb ruhig stehen, als sie den Sattel auf seinen Rücken legte und den Gurt befestigte. Zu ihrem Ärger hatte sie vergessen etwas mitzubringen, um das Hufgetrappel zu dämpfen. Aber letztendlich schien es ihr wichtiger, dass der Hengst völlig trittsicher ging. Sie musste darauf vertrauen, dass der Wind das Geräusch der Hufe auf dem Pflaster übertönte, wenn sie fortritt.

Helena dachte einen Moment nach. Mr Chapman würde mit großer Sicherheit den schnellsten Weg zur Bucht hinunter wählen, nämlich den über die Dorfstraße. Sie wusste nicht genau, wie viel Uhr es inzwischen war. Es war zu dunkel, um die Uhr im Wagenschuppen zu erkennen, und außerdem schlug sie nur zur vollen Stunde. Sie schätzte ungefähr halb elf. Der Zollfahnder würde jede Minute das Herrenhaus verlassen. Helena wollte ihm auf keinen Fall begegnen, also musste sie den längeren Weg zum Strand nehmen: zwischen den Weiden hindurch bis zum Ausguck auf der Anhöhe, dann westlich auf den Klippen entlang.

Sie holte tief Luft und öffnete die Stalltür. Oriel folgte ihr bereitwillig. Inzwischen war er ja an diese nächtlichen Ausflüge gewöhnt. Helena hielt sich dicht an der Wand und führte den Hengst über den Pfad, der durch den Garten und dann zu den Weiden hinaufführte. Als sie um die Ecke bogen und ihnen ein salziger Wind entgegenschlug, wurde Oriel unruhig.

»Ist doch nichts passiert, Junge«, murmelte Helena und bemühte sich trotz der Furcht, die sie überkam, ruhig zu sprechen. Sie hatte Angst, erwischt zu werden, Angst, dass der Hengst neben ihr hochspringen und scheuen würde. Dann erinnerte sich Helena daran, wie Oriel letzte Nacht auf sie reagiert hatte, als sie ihm mit ihrer Körperhaltung und dem Ton ihrer Stimme signalisiert hatte, was sie von ihm erwartete. Er hatte ihr zugehört und sich dann wie jedes Pferd verhalten, das sie bisher longieren durfte.

Sie ergriff die Zügel mit beiden Händen und holte tief Luft. »Hör mit dem Unsinn auf«, sagte sie streng zu Oriel und spürte, wie ihr die Knie unter dem Reitkleid zitterten.

Versteift und ohne sich zu rühren, stand der Hengst da und schaute sie an. Helena sah das Weiße in seinen Augen, als sie seinen Blick erwiderte, aber er blies sanft durch seine Nüstern und zuckte nicht, als der Wind die Wetterfahne auf dem Wagenschuppen ergriff und diese sich wie verrückt zu drehen begann.

»Geh weiter«, befahl Helena, drehte sich in den Wind und zog sanft am Zügel. Oriel warf den Kopf zurück und verfiel dann neben ihr in den Schritt. Seine Hufe hinterließen dunkle Abdrücke im Gras.

Als sie den ersten Weidenzaun erreichten, führte Helena Oriel so dicht wie möglich heran, dann kletterte sie auf den Zaun, bis sie mit beiden Händen den Sattel erreichte. Glücklicherweise waren keine Pferde auf der Weide, die den Hengst erschrecken konnten. Auf nicht besonders elegante Art kletterte Helena mühsam auf den Rücken des Pferdes und zog sich in den Sattel.

Oriel sprang sofort zur Seite und krümmte seinen Rücken unter Helenas Gewicht. Helena klammerte sich mit beiden Knien fest und setzte sich tief in den Sattel, dann nahm sie die Zügel auf. *Behandele ihn wie jedes andere Pferd auch,* erinnerte sie sich, *dann wird er sich auch wie ein solches verhalten.*

Oriel wurde ruhig, seine Ohren bewegten sich aufmerksam. Helena wusste, dass es das Beste gewesen wäre, ihn zunächst ruhig gehen zu lassen, damit er sich an das Gewicht im Sattel und an ihre Kommandos gewöhnen konnte, bevor sie ihn schneller laufen ließ. Aber dazu hatte sie keine Zeit. Roger Chapman würde das Herrenhaus jeden Moment verlassen. Sie stopfte sich ihr Kleid unter die Knie, damit es nicht über Oriels Hinterhand flatterte, und drehte ihn herum, in die entgegengesetzte Richtung zum Stallhof. Vor ihr führte ein breiter, grasbewachsener Pfad zwischen den Weiden auf die Anhöhe hinauf. Dort traf er auf den Klippenpfad von Weymouth nach West Bay.

Sie beugte sich vor, ergriff eine Hand voll der schwarzen Mähne und drückte mit den Fersen in Oriels Flanken. »Lauf, Junge!«, rief sie. Ihre Stimme wurde vom Wind weggetragen, als der Hengst einen Satz nach vorn machte.

Seine Hufe trommelten über das weiche Gras und schleuderten dabei Erde hoch, die Helenas Kleid bespritzte. Sie versuchte die Zügel zu verkürzen, um Oriels Kopf unter Kontrolle und ihn zu einem regelmäßigeren Galopp zu bringen, aber der Wind und die Dunkelheit erschreckten ihn zu sehr. Er jagte weiter mit gestrecktem Hals und flatternder Mähne. Seine Haare peitschten in Helenas Gesicht. Glücklicherweise war der Pfad auf beiden Seiten eingezäunt. So konnte Oriel nur in eine Richtung laufen: den Berg direkt hinauf und auf das Meer zu.

Helena kauerte sich über den Widerrist, wie sie es bei Jamie gesehen hatte, und zwang sich dazu, dem Pferd zu vertrauen. Er würde schon seinen eigenen Weg durch die Dunkelheit finden. Sie legte ihre Hände auf die Mitte von Oriels Hals und hielt die Zügel so kurz, dass sie das Gebiss in seinem Maul spüren konnte. Aber sie versuchte nicht sein Tempo zu verringern oder ihn von dem Weg, der zur Anhöhe hinaufführte, abzubringen. Allmählich merkte sie, wie der Hengst sich entspannte, der Rhythmus seiner Hufe ging in einen steten Galopp über, als er begriff, dass Helena ihm vertraute und ihn sein eigenes Tempo laufen ließ. Und trotz des Windes, der Dunkelheit und der ernsten Situation verspürte Helena plötzlich reine Freude.

Der Pfad verlief in einer Kurve um die östliche Seite der Anhöhe, umging einen kleinen Wald und führte dann vorbei an dem alten Ausguck der Küstenwache zu den Klippen. Zu ihrer Linken erstreckte sich Chesil Bank wie ein endloser Kiespfad, über den die Wellen donnernd und saugend hinwegrollten. Erschrocken kam Oriel schlitternd zum Stehen, als das helle Steingebäude auf einmal vor ihnen auf dem Hügelkamm aufragte, und Helena wurde auf seinen Hals geschleudert. Sie schnappte nach Luft. Ihre Beine schmerzten von der Anstrengung, sich festzuhalten, aber es gelang ihr, sich zurück in den Sattel zu schieben und Oriel wieder anzutreiben. Der Hengst schüttelte den Kopf und besprühte sie mit Schaum, dann begann er ungleichmäßig zu traben.

Als sie an der Hütte der Küstenwache vorbeikamen, bekam Helena eine Gänsehaut. Sie hatte das Gefühl, als würde jemand sie beobachten. Roger Chapman hatte doch nicht etwa vor ihnen die Anhöhe erreicht? Ihr Herz klopfte schmerzhaft, sie dreht sich um und sah einen dunklen Schatten hinter den hohen, glaslosen Fenstern, von denen aus man die Küste überblicken konnte.

Der Mann trug keinen Hut und einen Palomino konnte Helena auch nicht entdecken. Es war also nicht Mr Chapman. Und Helena hatte keine Zeit, sich weiter mit dem Wachposten zu beschäftigen. Sie hob die Zügel und drängte Oriel zu einem leichten Galopp. Dabei blickte sie über ihre Schulter, um sich zu vergewissern, dass der Schatten ihnen nicht folgte. Eine Zunderbüchse flammte auf, als der Mann sich eine Pfeife anzündete. In dem kurzen Aufleuchten sah sie ein schmales Gesicht mit einer langen Nase, das ihr irgendwie bekannt vorkam. War es einer der Schmuggler? Aber einen der Dorfbewohner hätte sie sofort erkannt. Es blieb keine Zeit, sich weiter den Kopf zu zerbrechen, um wen es sich bei dem Fremden handelte. Wer immer das auch sein mochte, Hauptsache, er hatte sie nicht gesehen.

Als der Pfad zur Freshwater-Buch hinunterging, begann Oriel schneller zu galoppieren. Er atmete mit rauem unregelmäßigem Schnauben. Helena lehnte sich zurück und klammerte sich mit beiden Beinen fest, um den Halt nicht zu verlieren. Aber immer noch ließ sie den Hengst allein seinen Weg auf dem steilen Pfad finden. Die Bucht öffnete sich vor ihr und sie sah die Galeere der Schmuggler, das kleine, flache Boot, das die Ware vom Segelschiff an die Küste brachte. Jetzt hatte es nichts geladen und fuhr schaukelnd und tanzend über die Wellen zu dem Schiff zurück, das ein paar Meilen weiter draußen im Meer wartete. Helena erkannte gerade noch die Männer, die mit langen Paddeln über das mondbeschienene Wasser ruderten, das wie Perlen glitzerte.

Auf dem Strand unter ihr schleppte sich ein halbes Dutzend Männer mit schweren Fässern und Bündeln auf den Schultern über den Kies. Am Ende des Pfads, der die Schlucht zur Hauptstraße hinaufführte, standen ein Pferd und ein Wagen. Helena vermutete, dass die Gestalt am Kopf des Pferdes Jamie war, und sie steuerte Oriel auf ihn zu. Das weiche Gras auf dem Pfad wurde von Steinen abgelöst, als sie den Strand erreichte, und Oriels Hufe übertönten plötzlich das Geräusch der Wellen und das leise Knirschen, das die Schmuggler beim Laufen erzeugten.

Jamie drehte sich starr vor Schreck um. Dann erkannte er den Hengst und Helena sah, dass sein Gesichtsausdruck von Angst zu Ärger wechselte.

»Nell! Was willst du hier?«

Helena blieb mit Oriel stehen und bemühte sich wieder zu Atem zu kommen. Ihr ganzer Körper zitterte vor Erschöpfung und Furcht. »Ich musste kommen«, keuchte sie.

»Das ist hier kein Ausflug, an dem du nach Lust und Laune teilnehmen kannst«, schimpfte Jamie. »Was hast du dir nur dabei gedacht, Oriel zu nehmen? Du bist dümmer als ich dachte. Und dann noch mit ungeschützten Hufen, damit ihn auch jeder Zollfahnder im ganzen Land hören kann!«

»Hör mir doch zu!«, rief Helena wütend. »Ich will euch warnen! Roger Chapman ist auf dem Weg hierher!«

Jamie musterte sie misstrauisch. »Woher weißt du das?«

»Er hat heute bei uns zu Abend gegessen, aber er sagte, dass er um halb elf gehen müsse. Ich bin vor ihm losgeritten, um euch zu warnen. Schnell, ihr müsst euch verstecken!«

Jamie wandte sich an den Mann, der sich ihnen als Erster näherte. Er balancierte ein nasses Öltuchbündel auf den Schultern. Es war Samuel Polstock.

Bevor Jamie etwas sagen konnte, runzelte der Schmied die Stirn. »Was machen Sie hier, Lady Helena? Jamie, ich hoffe, du hast sie nicht dazu ermutigt!«

»Nein, Pa. Hör zu. Nell sagt, dass ein Zollfahnder aus Roseby auf den Weg hierher ist. Er kann jeden Moment auftauchen.«

Samuel nickte, ohne die Miene zu verziehen. Dann drehte er sich zu den anderen Männern um und rief: »Also, Jungs. Wir erwarten Besuch. Versenken wir unsere Beute und räumen den Strand auf!«

Während er sprach, rannte Jamie zurück zum Wagen, holte eine Seilrolle heraus und warf sie einem der Schmuggler zu. Die Männer sprachen zwar leise miteinander, aber zu Helenas Verwunderung kam wieder keine Spur von Panik auf. Die Männer blieben ruhig und ihre Bewegungen waren geschickt und überlegt, während sie die Ladung von den Schultern hievten und damit begannen das lange Seil um jede einzelne Ware zu binden.

»Was machen sie da?«, flüsterte Helena Jamie zu, als er zum Wagen zurückkam.

»Das nennt man ›die Beute versenken‹«, erklärte Jamie. »Sie binden die Fässer und die Öltuchbündel zusammen, ziehen das Ganze ein Stück aufs Meer hinaus und versenken es in der Bucht. Sie beschweren das Seil mit Steinen, siehst du? Es macht nichts, wenn wir das Zeug einen Tag oder so hier lassen, und die Zollfahnder bekommen es nicht in die Finger, selbst wenn sie uns schnappen.«

Er grinste, seine Zähne leuchteten weiß in der Dunkelheit und Helena wurde bewusst, dass er dieses geistige Kräftemessen mit den Zollfahndern geradezu genoss.

Oriel wurde unruhig, er warf den Kopf zurück und schwang seine Hinterhand herum. Jamie musste zur Seite springen.

»Du kannst jetzt nach Hause reiten, Nell«, sagte er. Seine braunen Augen blickten sie ernst an. »Danke. Es war wirklich mutig von dir, uns zu warnen. Und auch, dass du den Hengst genommen hast.«

Helena lächelte, verkürzte die Zügel und presste ihre Beine an Oriels Körper, damit er ruhig blieb. »Er war wunderbar, Jamie«, sagte sie. »Ich weiß, dass ich ein großes Risiko eingegangen bin, aber mit einem anderen Pferd wäre ich nicht so schnell hier gewesen.«

Oriel schnaubte wieder und scharrte unruhig mit dem Vorderbein.

»Hoffentlich hat Watkins sein Fehlen nicht bemerkt und ein großes Geschrei angestimmt!«, sagte Jamie besorgt. »Los jetzt, Nell, bring ihn zurück, bevor jemand auffällt, dass er weg ist.«

»Kommt ihr hier klar?«, fragte Helena.

Jamie vergewisserte sich mit einem Blick, dass die Schmuggler bereits dabei waren, die zusammengebundene Ware zurück ins Meer zu bringen. »Ja. Das Ganze ist schnell versenkt und hier gibt's genug dunkle Ecken, in denen wir uns vor den Zollmännern verstecken können. Los jetzt, Nell, und Gott sei mit dir!« Er streichelte Oriels schweißgetränkten Hals und wich zur Seite, als das Pferd auf Helenas Kommando hin herumwirbelte und lospreschte.

Sie galoppierten zurück über den Pfad und die muskulösen Beine des Hengstes trugen sie mit wenigen langen Galoppsprüngen den Abhang hinauf. Oben an der Kuppe hielt Helena das Pferd an und sah auf den Strand hinunter. Jetzt war er menschenleer, kein Zeichen von der Ware oder den Schmugglern. Auf der anderen Seite waren die Klippen mit undurchdringlichen, struppigen Büschen bewachsen und Helena verstand, warum sich die Männer darin geschickt verstecken konnten. Selbst das Pferd und der Wagen waren verschwunden.

Plötzlich erstarrte Helena. Ein Schatten kam die Schlucht hinab. Er bewegte sich über den steinigen Pfad, der neben dem Fluss verlief. Das Mondlicht spiegelte sich silbern in einer Trense wider, und als Helena angestrengt lauschte, hörte sie leises Hufgeklapper. Das Pferd blieb am Ende des

Pfads stehen und die Umrisse eines Reiters ragten über den grauen Steinen auf. Er trug einen breitkrempigen Hut. Helena wusste, dass es Roger Chapman war.

Er drehte sich um und blickte direkt zu dem Pferd auf den Klippen. Helena wartete nicht ab, ob der Zollfahnder sie erkannt hatte, sondern drehte Oriel herum und trieb ihn zum Galopp an. Ihre Furcht, entdeckt zu werden, verlieh dem Pferd Flügel, sodass es schien, als würden sie schneller als der Wind über die Hügelkuppe fliegen.

Kapitel 19

Als Helena am nächsten Morgen erwachte, spürte sie jeden einzelnen Muskel ihres Körpers. Die Luft in ihrem Schlafzimmer war kalt und feucht. Deshalb kuschelte sie sich tief unter ihre Decke, bis Louise mit heißem Wasser und einem frischen, warmen Unterhemd ins Zimmer trat.

»Fühlen Sie sich nicht wohl, Mylady?«, fragte das Mädchen, als sie Helenas bleiches Gesicht und die Schatten unter ihren Augen sah.

Helena warf die Decke zurück und schwang ihre Füße auf den Boden. »Mir geht's gut, danke«, sagte sie. Ihr Haar war noch feucht gewesen, als sie gestern zu Bett ging, und sah nun völlig verfilzt aus. Sie fuhr mit den Fingern hindurch und fragte sich, ob sie Louise bitten sollte, es vor dem Frühstück zu waschen.

Das Mädchen schrie entsetzt auf, als sie die Vorhänge zurückzog und das schmutzbespritzte Reitkleid entdeckte, das zerknittert am Boden lag. Sie sah Helena an und runzelte die Stirn. Helena zuckte innerlich zusammen. Sie wusste, dass Louise es nicht wagte, Fragen zu stellen. Aber sie war nicht sicher, ob das Mädchen die Sache wieder weitererzählen würde.

»Habe ich noch ein sauberes Reitkleid für heute?«, fragte Helena, als wäre es nicht weiter verwunderlich, dass ihr Reitkleid über Nacht so schmutzig geworden war.

Louise nickte. »Ja, Mylady. Ich werde es holen.« Sie warf einen kurzen Blick auf das Kleid auf dem Boden, ging zur Truhe am Ende des Bettes und holte ein dunkelblaues Kleid und eine Jacke heraus.

Helena schloss die Augen. Sie war so müde wie nie zuvor. Das Hochgefühl, das sie in der letzten Nacht bei ihrem Ritt empfunden hatte, war verschwunden. Jetzt verspürte sie nur noch Angst. Waren die Schmuggler entdeckt worden und hatte Roger Chapman Helena erkannt? Sie musste so bald wie möglich in die Ställe gehen und mit Jamie sprechen.

Ihre Mutter und Will hatten schon gefrühstückt und ihr Vater war noch nicht aufgestanden, als Helena ins Esszimmer kam. Eliza brachte ihr Tee und Toast. Helena zwang sich zu essen, damit sie sich weniger müde und erschöpft fühlte. Als sie den letzten Bissen hinuntergeschluckt hatte, lief sie in den Stallhof.

Die Regenwolken waren über Nacht verschwunden, aber der Wind blies noch stärker und drehte die Wetterfahne auf dem Wagenschuppen so heftig, dass das Metall quietschte. Die letzten Herbstblätter wirbelten an Helena vorbei und tanzten zu einer lautlosen Melodie.

Helena ging direkt zu Oriels Stall. Erleichtert sah sie, dass der Hengst ruhig in seiner Box stand und Heu fraß. Sie hatte in der Nacht den schlimmsten Schmutz und Schweiß abgewischt und ihm eine Decke übergeworfen, damit ihm nicht kalt wurde. Aber er musste heute noch ordentlich geputzt werden, damit sein mahagonifarbenes Fell wieder glänzte. Helena entriegelte die Tür und schlüpfte hinein, um zu fühlen, ob seine Beine heiß oder geschwollen waren. Sie zog die Handschuhe aus und fuhr mit der einen Hand über sein Vorderbein, da erschien Jamie in der Tür.

Helena richtete sich sofort auf und taumelte etwas, als sie sich mit ihrem Rock in dem dicken Stroh verfing. »Jamie! Ist alles gut gelaufen?«

»Psst«, machte Jamie und kam in den Stall. »Nicht so laut. Ja, es ist alles in Ordnung. Wir haben den Zollfahnder gesehen. Er kam zum Strand hinunter, aber hat nichts gefunden, und sobald er weg war, sind wir nach Haus. In einer der nächsten Nächte werden wir die Waren holen. Was du getan hast, war richtig, Nell. Wir sind dir alle sehr dankbar.«

»Ich bin froh, dass ich rechtzeitig gekommen bin«, sagte Helena. Sie beschloss Jamie nicht zu erzählen, dass Roger Chapman sie vermutlich auf dem Klippenrand gesehen hatte.

»Und wie geht's dem Burschen hier heute?«, fragte Jamie und streichelte Oriels Mähne.

»Gut«, sagte Helena leise. Sie schloss einen Moment die Augen und rief sich noch einmal in Erinnerung, wie Oriel sie mit seinem weit ausholenden, mühelosen Galopp über die Klippen getragen hatte. »Weißt du, ich glaube, er ist sogar noch schneller als Piper.«

Jamie runzelte die Stirn. »Mag ja sein, aber das wusstest du noch nicht, als du ihn genommen hast. Was wär gewesen, wenn er dich abgeworfen und auf den Klippen liegen gelassen hätte? Schließlich hatte keiner eine Ahnung, wo du warst!«

»Ich konnte keins der anderen Pferde nehmen«, erklärte Helena. Sie lächelte, als Oriel seinen Kopf drehte und auf ihr Haar schnaubte. »Als ich in den Hof kam, war Watkins in den Stallungen.«

»Dann haben wir Glück gehabt, dass Oriel in einem anderen Stall untergebracht ist«, sagte Jamie und sah Helena lächelnd an. »Sollen wir deinem Vater jetzt erzählen, dass man ihn ohne Probleme reiten kann?«

»Wie sollen wir das tun, ohne zu verraten, wann wir ihn geritten haben?«, fragte Helena zurück. »Wir müssen warten, bis Watkins ihn longiert hat, dann wird er es schon sehen.« Enttäuscht musste sie sich eingestehen, dass Oriels Zukunft auf Roseby immer noch ungewiss war.

Sie schwiegen, als überraschend ein Pferd in den Stallhof trabte. Jamie warf einen Blick über die Tür und drehte sich dann mit ernstem Gesichtsausdruck wieder zu Helena um.

»Das ist der Zollkommandant«, sagte er.

Helena hatte das Gefühl, als würde der Boden im Stall gefährlich zu schwanken beginnen. Hatte Roger Chapman sie in der letzten Nacht doch gesehen? Sie starrte Jamie an und fühlte, wie sie die Panik ergriff. Dann hörte sie, wie ihr Vater, der gerade die Treppe zum Hof hinunterging, den Besucher begrüßte.

»Mr Chapman! Guten Morgen, Sir. Was machen Sie schon so früh am Tag hier?«

Man hörte das Knarren von Leder, als sich der Zollfahnder aus dem Sattel schwang. »Guten Morgen, Lord Roseby. Ich wollte mich entschuldigen, dass ich gestern Abend so unvermittelt aufgebrochen bin. Mir war eingefallen, dass ich noch etwas Dringendes zu erledigen hatte.«

»Etwas Dringendes zu erledigen?«, wiederholte Lord Roseby mit sorglosem Tonfall. Offensichtlich war er heute Morgen gut gelaunt. »Was gab es denn zu einer solch unchristlichen Uhrzeit so Dringendes zu erledigen?«

Chapman antwortete ernst: »Ich bekam den Tipp, dass nicht weit von hier Schmuggelware an Land gebracht werden sollte, Mylord. Ich wollte überprüfen, ob an der Sache was dran war.«

Helena hielt den Atem an und sah Jamie an.

»Das wäre in der Tat eine verlockende Beute«, bemerkte Lord Roseby ruhig. »Und konnten Sie jemanden gefangen nehmen?«

»Leider nicht. Entweder waren die Schmuggler schneller als ich angenommen hatte, oder sie wurden gewarnt.«

Helena spürte das Blut in ihren Ohren rauschen und sie klammerte sich an Jamies Arm fest.

»Dann wünsche ich Ihnen für das nächste Mal mehr Glück«, sagte Lord Roseby mitfühlend. »Aber wenn Sie die Gesetzesbrecher weiterhin so erfolgreich verfolgen, wie Sie uns mit der letzten Gerichtsverhandlung bewiesen haben, dann werde ich mehr Zeit im Gericht verbringen als in meinen Steinbrüchen zu Hause!«

Der Zollfahnder lachte höflich. »Ich tue nur meine Pflicht, Sir«, sagte er.

Jamie löste Helenas Griff um seinen Arm. »Ich geh jetzt besser«, murmelte er.

Helena nickte und trat beiseite, als Jamie leise den Stall verließ. Er lief in Richtung der Koppel, blieb in der Hofecke kurz stehen, um einen Eimer und eine Heugabel an sich zu nehmen, und verschwand dann aus ihrem Blickfeld.

Lord Roseby, der mit Mr Chapman in der Mitte des Hofes stand, lud diesen nun zu einer Besichtigung der Ställe ein.

»Sehr gern, Mylord«, antwortete der Zollfahnder. »Ich muss sagen, dass ich neugierig auf Ihre Pferde bin, die so hervorragende Chancen haben, das Bridport-Rennen zu gewinnen.«

»Pferde?«, wiederholte Lord Roseby. »Nein, nur eines meiner Pferde wird teilnehmen, der kastanienbraune Wallach, über den wir gestern Abend gesprochen haben.«

»Wirklich?«, sagte Roger Chapman mit höflichem Zweifeln in der Stimme. »Was ist mit dem dunklen Hengst?«

»Meinen Sie Oriel?« Helenas Vater schien verwirrt zu sein. »Er wird nicht beim Rennen starten. Ich habe ihn ja noch nicht so lange und bisher hat er sich als recht schwierig erwiesen. Er ist noch viel zu temperamentvoll, als dass man ihn reiten könnte. Aber er scheint aus einer guten Zucht zu stammen, deshalb hoffen wir, dass er sich bald eingewöhnt haben wird. Wollen Sie ihn nicht einmal anschauen?«

Helena hörte Schritte näher kommen und begann damit, Oriels Decke glatt zu ziehen, denn sie hatte keine Zeit mehr, unbemerkt aus dem Stall zu schlüpfen.

»Helena!« Ihr Vater klang überrascht und leicht verärgert. Sie hoffte, dass er sie in Anwesenheit von Mr Chapman nicht zur Rede stellen würde.

»Guten Morgen, Papa«, sagte sie und drehte sich mit einer Hand auf Oriels warmer, beruhigender Schulter um.

Roger Chapman blickte über die Tür in den Stall und nickte. »Das ist in der Tat ein schönes Pferd«, sagte er. »Und mit dieser Spritzigkeit kann ihn vermutlich kein Pferd in der ganzen Grafschaft schlagen.«

Helena fühlte, wie sich ihre Kehle vor Panik zusammenschnürte.

»Sie müssen sich irren, Mr Chapman«, sagte Lord Roseby und runzelte die Stirn. »Dieses Pferd hat noch keinen Fuß aus seinem Stall gesetzt, seit es hier ist. Es war nur auf der Koppel. Aber ich gebe zu, dass er heute recht sanftmütig zu sein scheint. Vielleicht sollten wir das ausnutzen und testen, wie schnell er ist. Wer weiß, was für Geheimnisse in diesem schönen Tier stecken?«

Mr Chapman starrte Helena mit seinen eisblauen Augen an. Er schien ihre Gedanken lesen zu können. »Wie Sie meinen, Mylord, dann habe ich mich wohl geirrt. Ich hätte schwören können, dass ich dieses Pferd erst kürzlich über die Klippen habe galoppieren sehen.«

Zu Helenas großer Erleichterung erschien Mansbridge in diesem Augenblick. Sein graues Haar war vom Wind zerwühlt und seine Nase rot vor Kälte.

»Mylord, Lady Roseby lässt fragen, ob Sie und der Herr eine Tasse Tee mit ihr trinken wollen.«

»Hört sich gut an«, stimmte Helenas Vater zu. »Ich wollte mit Sultan ausreiten, aber das kann ich auch eine Stunde später machen. Möchten Sie uns Gesellschaft leisten, Mr Chapman?«

»Das ist sehr freundlich von Ihnen, Sir, aber ich habe um zwölf einen Termin in Abbotsbury. Doch wenn Sie nichts dagegen haben, würde ich gern noch einmal mit Ihnen über den Hengst reden.« Er sah Helena kurz an und wandte sich dann wieder an ihren Vater. »Meine Erfahrungen haben mich gelehrt, dass man mit Pferden, die man nicht richtig kennt, nicht vorsichtig genug sein kann. Vermutlich wäre es sogar besser, den Hengst abzugeben, bevor er alle seine Geheimnisse offen legt. Wenn Sie einverstanden sind, würde ich ihn gerne kaufen.«

KAPITEL 20

Helenas Herzschlag schien auszusetzen, während sie auf die Antwort ihres Vaters wartete. Sie hatte ein Strohbüschel aus Oriels Mähne gezogen und zerdrückte es nervös zwischen den Fingern. Es kitzelte auf der Haut.

Lord Roseby lächelte. »Wie ich sehe, haben Sie eine Schwäche für schöne Pferde, Mr Chapman. Ich habe noch nicht entschieden, ob Oriel auf Roseby bleibt, aber ich werde Ihr Angebot berücksichtigen, wenn ich ihn verkaufen möchte.«

Der Zollfahnder nickte. »Bitte tun Sie das, Lord Roseby. Vielleicht wird Lady Helena Ihnen bei der Entscheidung helfen? Sie scheint den Hengst besonders gut zu kennen.«

Lord Rosebys Ausdruck verdüsterte sich kurz und Helena zuckte zusammen. Ihr war bewusst, dass sie ihm später würde erklären müssen, warum sie trotz seines Verbots in Oriels Stall gewesen war. »Meine Tochter war schon immer eine gute Reiterin«, sagte er. Dann wandte er sich an Watkins und bat ihn Mr Chapmans Palomino zu holen.

Der Zollfahnder schwang sich in den Sattel und sah Helena und ihren Vater an. »Ich wünsche Ihnen beiden einen guten Tag«, sagte er. »Lord Roseby, ich warte gespannt auf ihre Entscheidung wegen des Hengstes.« Er drückte die Fersen in Noahs Flanken und das Pferd galoppierte über den knirschenden Kiesweg davon.

Lord Roseby sah Helena ernst über die Stalltür hinweg an. »Nell, ich habe dir verboten dich um Oriel zu kümmern. Du verstehst doch, dass ich dabei nur an deine eigene Sicherheit denke, oder?«

»Ja, Papa«, antwortete Helena leise und betrachtete das Stückchen Heu zwischen ihren Fingern. »Aber du siehst doch, wie ruhig er jetzt ist. Watkins hat keinen Ärger mit ihm gehabt, seit er ihn auf die Koppel lässt.«

»Ja, Watkins sagte mir, dass der Hengst sich wohl endlich beruhigt. Aber das ist keine Entschuldigung für dein Verhalten.«

»Nein, Papa.«

Ihr Vater seufzte, und als Helena aufblickte, sah er sie mit seinen braunen Augen belustigt an. »Anscheinend ist es mir nicht möglich, dich von diesem Pferd fern zu halten, oder?«, fragte er. »Na gut, du kannst Oriel putzen, wenn du willst. Aber du wirst ihn nicht außerhalb des Stalls anfassen, bevor Watkins ihn longiert hat.«

»Danke, Papa. Ich verspreche dir vorsichtig zu sein.«

»Hoffentlich. Jetzt muss ich gehen und deiner Mutter Gesellschaft leisten, bevor der Tee zu lange gezogen hat. Bis später, Nell.«

Er ging über den Hof und rief Salome und Batista zu

sich. Sie kamen aus der Scheune, wo sie nach Ratten geschnüffelt hatten.

Helena fühlte sich plötzlich von ihren Gefühlen überwältigt. Sie vergrub ihr Gesicht in Oriels Mähne und presste die seidigen Strähnen mit beiden Händen an ihre Wangen. Vater durfte Oriel jetzt nicht verkaufen! Und sie machte sich Sorgen wegen Mr Chapmans Andeutungen. Welche Geheimnisse sollten offen gelegt werden? Hatte er Oriels Vergangenheit gemeint oder hatte er ihr damit drohen wollen? Würde er ihrem Vater erzählen, dass er sie zweimal nachts gesehen hatte, als Schmuggler in der Gegend waren?

Das Pferd machte einen Satz, als Jamie an der Tür auftauchte. »Was ist los, Nell?«, fragte er, als er ihr gerötetes Gesicht sah.

»Nichts«, sagte Helena schnell. »Mr Chapman hat wegen gestern Nacht nichts erzählt. Jedenfalls nicht direkt.«

»Was hat er denn gesagt?«

»Er hat mich mit Oriel über die Klippen reiten sehen«, gestand Helena.

»Was? Meinst du, letzte Nacht?«

Helena nickte unglücklich. »Ja, auf dem Rückweg. Euch hat er aber nicht bemerkt, da bin ich mir ganz sicher.«

»Nun ja, wenn er deinem Vater nichts erzählt hat, dann ist er wahrscheinlich nicht sicher, ob er dich wirklich gesehen hat«, folgerte Jamie.

»Aber da war noch etwas«, erzählte ihm Helena und fühlte sich bei jedem Wort mutloser. »Mr Chapman möchte Oriel kaufen, was nicht weiter verwunderlich ist.

Schließlich weiß er jetzt, wie schnell er ist. Und Oriels dunkelbraunes Fell ist in der Nacht viel schlechter zu erkennen als das des Palomino.« Sie schwieg und fuhr mit der Hand über Oriels glänzende Schulter.

»Aber was hat das mit uns zu tun?«, fragte Jamie. »Klar, es wäre schlimm, wenn dein Pa Oriel fortgibt, aber Mr Chapman glaubt doch wohl nicht, dass er der Schmuggelei ein Ende setzt, wenn er ein Pferd kauft.«

Helena schüttelte frustriert den Kopf. »Du verstehst das nicht. Ich bin sicher, Mr Chapman wollte mich dazu bringen, meinen Vater zu überreden, dass er ihm Oriel verkauft. Und im Gegenzug stellt er dann keine Fragen mehr wegen letzter Nacht.«

Jamie schwieg ein paar Sekunden. Dann zuckte er mit den Schultern. »Ich glaube, du machst dir zu viele Sorgen, Nell. Wir sind letzte Nacht nicht erwischt worden, und das allein zählt doch. Wenn Mr Chapman tatsächlich alles weiß, was in der Bucht passiert ist, weiß er auch, wie er uns finden kann. Und ihm müsste klar sein, dass dein Pa seine eigene Entscheidung wegen Oriel trifft, egal, was du dazu sagst.« Er verließ die Box und ging über den Hof zu den Stallungen.

Helena lehnte sich gegen die Tür und beobachtete ihn. Zu gern wollte sie den ermutigenden Worten ihres Freundes glauben. Aber trotzdem machte sie sich große Sorgen. Vielleicht wusste der Zollfahnder ja, dass sie mehr erzählen konnte. Würde er dann ihr gemeinsames Geheimnis benutzen, um zu bekommen, was er haben wollte – entweder die Verhaftung der Schmuggler oder den Hengst?

Am Nachmittag musste Helena während des Essens ständig gähnen und ihre Mutter machte sich große Sorgen. »Schläfst du zurzeit schlecht, Helena?«, fragte sie. »Du siehst seit ein paar Tagen so blass aus. Vielleicht brauchst du ein Stärkungsmittel? Ich könnte Mrs Gordon bitten dir vor dem Schlafengehen eins zuzubereiten.«

»Ehrlich, Mama. Mir geht's gut«, sagte Helena schnell. Bei Mrs Gordons Stärkungsmittel handelte es sich um merkwürdige schwarze Getränke, die so dick wie Zuckersirup waren, aber nicht im Entferntesten so süß. Im Gegenteil, sie schmeckten wie Wasser, in dem Gemüse gekocht worden war. Helena konnte sich nicht vorstellen, dass etwas so Unangenehmes ihr gut tun sollte.

Sie fröstelte, als der Wind gegen die Fenster schlug und die Vorhänge aufblähte. »Ich bin sicher, heute Nacht werde ich gut schlafen, selbst wenn dieser Sturm nicht aufhört.«

Lord Roseby sah von seinem Roastbeef hoch. »Solch einen Sturm hatten wir das ganze Jahr noch nicht«, meinte er. »Mir tut jeder Seemann Leid, der heute Nacht auf dem Meer ist.«

»Was wollte Mr Chapman heute Morgen?«, fragte Lady Roseby und schnitt eine gekochte Kartoffel in kleine Viertel.

»Er wollte sich dafür entschuldigen, dass er gestern Abend so plötzlich aufgebrochen ist. Offensichtlich hatte man ihm den Tipp gegeben, dass ein paar Schmuggler ganz in der Nähe ihre Ware an Land holen wollten.« Lord Roseby nahm einen Schluck aus seinem Weinglas. »Aber das war nicht alles. Bevor er ging, sagte er, dass er Oriel gern kaufen würde. Er behauptete, er habe ihn auf den Klippen gesehen und dass ihm sein Gang gefallen habe. Du weißt darüber nichts, oder, Nell?« Er sah Helena fragend von der anderen Tischseite her an.

Helena schüttelte den Kopf. »Nein, Papa«, antwortete sie und versuchte ihre Stimme ruhig zu halten.

»Wie merkwürdig«, sagte Lady Roseby. »Mr Chapman muss wohl ein Pferd gesehen haben, das ähnlich gefärbt ist. Aber warum will er ein Pferd kaufen, von dem er so wenig weiß?«

»Na ja, er hatte ein interessantes Argument dafür«, gab Lord Roseby zu. »Es könnte sich für uns lohnen, jetzt ein Angebot für Oriel anzunehmen, bevor wir herausfinden, dass er vielleicht noch schwieriger ist, als wir dachten. Schließlich wissen wir nicht einmal, ob er bereits geritten wurde, daher gehen wir ein Risiko ein, wenn wir in auf Roseby behalten.«

Helena biss sich auf die Lippen, um ruhig zu bleiben. Sie konnte es nicht ertragen, dass man Oriel als schwierig und unberechenbar bezeichnete. Denn es war das schnellste, perfekteste Pferd, das sie je geritten hatte! Aber in dieser Situation war es wichtig, Oriels Talente erst einmal geheim zu halten. Denn der Zollfahnder wäre sicherlich noch begieriger ihn zu kaufen, wenn er wüsste, wie schnell Oriel war und wie hervorragend er sich dazu eignete, mitten in der Nacht Schmugglern hinterherzujagen.

Plötzlich kam Helena ein Gedanke. »Papa, für Mr Chapman wäre es doch auch riskant, ein Pferd zu kaufen, über das er nichts weiß.«

»Nun ja, er ist ein guter Reiter und scheint bereit zu sein ein solches Risiko einzugehen.« Ihr Vater lächelte, als er sich noch etwas gebratenen Sellerie nahm.

»Aber stell dir nur vor, wie furchtbar du dich ... wir alle uns fühlen würden, wenn ihm wegen Oriel etwas Schlimmes zustoßen würde.« Helena kreuzte unter dem Tisch die Finger und hoffte, Oriel würde ihr die Übertreibung vergeben. »Du willst doch nicht einem respektablen Gentleman wie Mr Chapman ein gefährliches Pferd anbieten, oder?«

Lord Roseby legte Messer und Gabel nieder und sah Helena mit zusammengekniffenen Augen an. Einen Moment lang fürchtete sie, dass ihr Vater sie durchschaute, aber dann nickte er. »Du hast Recht, Nell. Es wäre unfair, wenn wir mit dem Verkauf nicht abwarteten, bis wir den Hengst besser kennen. Ich könnte es mir sicherlich nie verzeihen, wenn ein Pferd, das ich verkauft habe, jemanden verletzen würde, besonders da wir schon wissen, dass Oriel schwierig ist.« Er sah Lady Roseby an. »Deine Mutter und ich sind uns einig, dass du Oriel im Stall putzen darfst. Aber wie du ja selbst gesagt hast, ist es noch ein langer Weg, bis wir Oriel vollständig vertrauen können. Daher musst du Watkins die Entscheidung überlassen, wann man ihn longieren kann.«

Helena nickte und atmete erleichtert aus. Der Wind am Fenster hinter ihr seufzte ebenfalls, als stimme er ihr zu. Fürs Erste war Oriel in Sicherheit, ironischerweise dank seines schlechten Rufs. Und wenn alle erst einmal erkannt hatten, wie sehr sie sich in ihm getäuscht hatten, würde ihr Vater den Hengst ganz sicher behalten wollen.

KAPITEL 21

Während der Nacht schwächte der Sturm ab, hinterließ aber einige Spuren. Als Helena am nächsten Morgen aus ihrem Schlafzimmerfenster blickte, sah sie, dass eine der Buchen am Ende des Gartens einen Ast verloren hatte. Er lag zersplittert auf dem Gras in einem Haufen durchweichter Blätter. Wie ausgestreckte Hände peitschten seine Zweige durch die Luft.

Helena zog sich an und eilte hinab, aber der Speiseraum war leer. Am Platz ihres Vater stand ein Teller mit einem halb aufgegessenen Toast und eine Tasse mit kaltem Tee. Offensichtlich war er ziemlich übereilt aufgebrochen. Helena drehte sich um und wollte wieder hinausgehen. Dabei stieß sie beinahe mit Eliza Clark zusammen. Das junge Küchenmädchen riss die Augen vor Schreck auf und schien außer Atem zu sein, als wäre sie gerannt.

»Ist alles in Ordnung?«, fragte Helena.

»Nein, Mylady!«, brach es aus Eliza hervor. Die silberne Teekanne auf dem Tablett, das sie in der Hand hielt, schlitterte gefährlich hin und her. »Auf Chesil Bank hat es einen

Schiffbruch gegeben! Alle Männer aus dem Dorf sind vor ein paar Stunden hinunter an den Strand gerannt. Ihr Vater auch.«

»Ein Schiffbruch!« Helena war bestürzt. »Weiß meine Mutter es schon?«

»Ja, Helena, ich weiß Bescheid«, sagte eine Stimme hinter ihr. Lady Roseby kam ins Esszimmer und legte ihre Hand auf Helenas Arm. »Dein Vater hat es mir erzählt, bevor er das Haus verließ. Er hat Hawk und Mansbridge mitgenommen, damit sie helfen können.« Sie schloss kurz die Augen, ihr Gesicht war voller Sorge. »Am besten frühstückst du jetzt, Nell. Heute Morgen fällt der Gottesdienst aus, da Mr Forbes ebenfalls nach Chesil Bank geritten ist. Sobald du gegessen hast, müssen wir Vorbereitungen für eventuelle Überlebende treffen. Ich habe deinem Vater gesagt, dass er sie direkt hierher bringen kann.«

Helena nickte. Sie konnte sich daran erinnern, dass sie vor mehreren Jahren schon einmal einen Schiffbruch erlebt hatte. Damals war sie erst sechs oder sieben Jahre alt gewesen, aber sie sah die völlig durchnässten, verletzten Männer noch vor sich, die man auf Paletten in die Haupthalle gebracht und vor den großen Kamin gelegt hatte.

»Hier ist frischer Tee, Mylady.« Elizas Stimme unterbrach ihre Gedanken und Helena lächelte ihr dankbar zu, als sie ihr die Tasse reichte.

Lady Roseby setzte sich Helena gegenüber und begann eine Scheibe Toast mit Butter zu bestreichen.

»Wo ist Will?«, fragte Helena und legte ihre Hände um die Teetasse, um sie zu wärmen.

»Ich habe Charity gebeten, mit ihm im Kinderzimmer zu bleiben«, antwortete Lady Roseby. »Es ist am besten, er ist uns nicht im Wege, wenn wir uns um die Überlebenden des Schiffbruchs kümmern.« Ihr Ausdruck verdüsterte sich und sie fügte hinzu: »Falls Gott sie verschont hat.«

Helena beugte ihren Kopf und betete leise, dass die Dorfbewohner aus Roseby rechtzeitig am Strand gewesen waren, um den Seeleuten zu helfen. In diesem Moment wurde die Hintertür geöffnet und sie hörte ihren Vater mit leiser, erschöpfter Stimme sprechen.

Lady Roseby eilte aus dem Zimmer. »Was gibt es für Neuigkeiten, William?«

Helena folgte ihrer Mutter in die Halle. Ihr Herz sank, als sie das angespannte graue Gesicht ihres Vaters sah. Sein Haar und seine Kleider waren dunkel vor Nässe und eines seiner Hosenbeine hatte einen langen, gezackten Riss. Mansbridge, der Lakai, stand hinter ihm und sah so gebrechlich aus wie ein Greis, als er versuchte sich die durchnässte Jacke abzustreifen.

»Wir bringen schlechte Nachrichten, Jocelyn«, sagte Lord Roseby leise. »Es gibt keine Überlebenden. So wie es aussieht, war es ein Frachtschiff, das heißt, es gab zumindest keine Passagiere. Aber ich nehme an, dass die Mannschaft aus mindestens zwanzig Leuten bestand, und alle sind tot.«

Lady Roseby holte tief Luft und berührte dann den Arm ihres Mannes. »Mögen sie in Frieden ruhen«, murmelte sie. Sie wandte sich an Eliza, die nervös an ihrer Schürze herumzerrte. »Eliza, geh zu Mrs Gordon und bitte sie Tee für die Männer zu kochen. Und Helena, du kannst mir helfen Laken zu holen, damit die armen Seeleute darin eingewickelt werden können, bevor sie vom Strand heraufgetragen werden. Das ist das Mindeste, was wir für sie tun können.« Sie sah ihren Mann an, der zustimmend nickte.

»Danke, meine Liebe«, sagte er. Es klopfte an der Tür und er schwieg. Hawk, der neben der Tür stand, öffnete. Roger Chapman stand auf der Treppe. Über seiner Uniform trug er einen Mantel. »Entschuldigen Sie die Störung, Mylord«, begann er. »Ich würde sie gern unter vier Augen sprechen, wenn das möglich ist.«

Helena fürchtete einen Moment, dass er gekommen war, um wieder mit ihrem Vater über den Verkauf von Oriel zu sprechen. Aber der Zollfahnder sah ernst und besorgt aus und seine Augen hatten dunkle Schatten. Er war wegen etwas Ernsterem gekommen als dem Kauf eines Pferds.

»Natürlich, Mr Chapman«, sagte Lord Roseby. »Mansbridge, bitte bring Tee in mein Arbeitszimmer.«

»Ja, Mylord.« Der Lakai eilte mit gebeugtem Kopf davon, bedrückt wegen all der Dinge, die er an diesem Morgen erlebt hatte.

Helena sah ihm nach. Sie fühlte sich ganz aufgewühlt und war entsetzt über die Grausamkeit des Meeres und des Sturms.

Lady Roseby lächelte sanft, als könnte sie die Gedanken ihrer Tochter lesen. »Wir müssen versuchen tapfer zu sein, Nell. Komm, lass uns die Laken holen. Wenn wir etwas tun, wird es uns besser gehen.«

Als die Uhr in der Halle elf schlug, lag ein Stapel frischer weißer Laken auf dem Boden in der Wäschekammer. Helena strich mit der Hand über das oberste Laken, richtete sich dann auf und rieb sich den unteren Teil ihres Rückens. Er schmerzte, da sie sich so lange über die Leinentruhe gebeugt hatte. Plötzlich hörte sie jemanden an der Tür und zuckte zusammen.

»Entschuldigung, Nell, ich wollte dich nicht errschrecken.« Es war Jamie. Sein vom Regen und der Gischt durchnässtes Haar klebte am Kopf, sein durchweichtes Hemd am Körper. Er sah Helena nicht an, sondern blickte zu Boden.

»Warst du am Strand unten?«, fragte sie.

Er nickte.

Helena wartete, dass er fortfuhr, und als er schwieg, sagte sie verlegen: »Hier sind die Leintücher. Möchtest du sie jetzt mitnehmen?«

»Nein«, sagte Jamie schroff. »Ich ... ich werde dort nicht mehr gebraucht. Dein Vater bat mich dich zu fragen, ob du heute Nachmittag ausreiten möchtest.«

»Das ist eine gute Idee.« Lady Roseby kam in das Zimmer. Über ihrem Kleid trug sie eine Baumwollschürze und ihr blondes Haar hatte sie unter einer sauberen weißen Haube festgesteckt. »Lauf, Nell. Hawk kann die Laken zum Strand bringen. Etwas frische Luft wird dir gut tun und wir werden heute sicher erst spät essen.«

Helena sah Jamie an. »Wartest du ein paar Minuten, damit ich mich umziehen kann?«

»Natürlich. Ich werde die Pferde satteln.« Seine Stimme

war leise und ausdruckslos. Helena hätte am liebsten ihre Hand tröstend nach ihm ausgestreckt. Sie konnte sich nicht vorstellen, was für grässliche Dinge er an diesem Morgen gesehen hatte, aber ein ruhiger Ritt, weit weg von Roseby und all den schlimmen Erlebnissen, würde ihm sicher ebenso gut tun wie ihr.

Als Helena die Treppe zum Stallhof hinunterlief, war der Wind zu einer steifen, salzigen Brise abgeflaut. Im Hof war keiner zu sehen. Die meisten Männer waren wohl noch am Strand, um die Leichen zu bergen.

Jamie kam mit Snowdrop aus den Stallungen. Helena ging zu ihm, presste ihre Wange an den weichen Hals der Stute und sog den vertrauten warmen Geruch ein. Sie fühlte sich von den tragischen Ereignissen erschöpft und freute sich darauf, dem Herrenhaus und den furchtbaren Bildern, die sie verfolgten, zu entkommen.

»Bist du fertig, Nell?«, fragte Jamie. Sie nickte und Jamie half ihr in den Sattel. Dann ging er zurück in den Stall und holte Sultan, Lord Rosebys kräftigen Dunkelfuchs.

»Piper ist auf der Weide«, erklärte er Helena. »Und dein Vater meinte, dieser Kerl hier könnte etwas Bewegung gebrauchen.«

»Gute Idee«, stimmte Helena zu. Jamie sah immer noch verstört aus, aber sie wollte ihn nicht zwingen, über die Dinge zu reden, die er am Strand erlebt hatte.

Sie folgten dem Pfad, der östlich am Bredy-Fluss entlang nach Abbotsbury führte. Das war einer von Helenas liebsten Wegen. Man ritt im Schutz der Bäume und hörte das Murmeln des Flusses statt des unaufhörlichen Brechens der Wellen. Die beiden Pferde bewegten sich zufrieden im Schritt und die Köpfe nickten im Takt des Hufgeklappers.

Ohne zu reden, ritten Jamie und Helena den Weg entlang, bis die Bäume aufhörten und der Pfad eine scharfe Rechtskurve machte, bevor er dann auf die Straße stieß, die parallel zu Chesil Bank von West Bay nach Weymouth verlief. Normalerweise ritten sie hier immer direkt über die Straße und dann über einen schmalen Pfad hinunter an den Strand. Und dort galoppierten sie durch das Schilfbett, das sich neben dem Kies entlangzog. Aber heute hielt Jamie an und sah Helena fragend an.

»Möchtest du denselben Weg wieder zurückreiten, Nell?«, fragte er.

Helena war klar, dass er ihr den Strand ersparen wollte, aber bisher hatte der Ritt sie beruhigt und das milchige Sonnenlicht wärmte mehr als der Schatten der Bäume. »Es macht mir nichts aus, zum Strand hinunterzureiten«, sagte sie. »Inzwischen werden sie dort unten aufgeräumt haben, nicht wahr?« Auch wenn ihre Aufregung wieder nachgelassen hatte, wollte sie auf keinen Fall sehen, wie die bewegungslosen, in Leintücher eingewickelten Leiber fortgetragen wurden.

Jamie nickte. »Ja, ich denke schon. Dann komm.« Er stupste Sultan in die Seiten und der Wallach trabte über die Straße auf den weichen, grasbewachsenen Pfad. An dieser Stelle fiel das Land leicht zur See hin ab und die Klippen wurden im Westen von niedrigen, sanft ansteigenden Hügeln abgelöst, die sich bis nach Weymouth erstreckten.

Snowdrop zockelte los und schnappte nach dem Zügel, als ihre Hufe das Gras berührten. Helena lächelte. »Geh weiter, Mädchen.« Sie lehnte sich nach vorn und ließ die graue Stute hinter Sultan hergaloppieren, über die Wiese bis hinunter zum Schilfbett.

Auf dem breiten Pfad hinter dem Schilf brachte Jamie Sultan zum Stehen. »Sieh mal, Nell«, sagte er und zeigte nach vorn. »Der Pfad steht unter Wasser. Wir müssen am Strand entlangreiten.« Das Schilfbett war überflutet, sodass der Pfad unter silbrig glänzendem Wasser verborgen lag.

»Na gut.« Helena lenkte Snowdrop auf den engen Pfad, der durch das Schilf zum Strand führte. Die Stute suchte sich vorsichtig ihren Weg über die Steine, ihr Kopf war gebeugt, die Nüstern gebläht. »Los, Snowdrop, das machst du doch nicht zum ersten Mal«, trieb Helena sie an.

»Lass ihr Zeit«, rief Jamie hinter ihr. »Die Steine sind rutschig vom Regen und wir haben keine Eile.«

Helena drehte sich im Sattel um und sah ihn an. Sultan bewegte sich problemloser als die Stute und ging mit seinen riesigen Hufen mühelos über die faustgroßen Steine.

Plötzlich schoss Snowdrops Kopf nach oben und die Steine unter ihren Hufen klapperten laut, als sie zurücksprang.

Helena klammerte sich am Horn fest, um nicht hinunterzufallen. »Ruhig, Mädchen«, beruhigte sie Snowdrop und streichelte ihre Mähne. »Was ist denn mit dir los?«

Sie spähte über die Schulter der Stute und versuchte herauszufinden, was Snowdrop erschreckt hatte. Ein paar Schritte weiter vorn lagen einige verkohlte Äste in einem unordentlichen Haufen. Die Steine rundherum waren angeschwärzt und mit nasser Asche verschmiert. Helena runzelte die Stirn. Das Ganze sah so aus, als habe jemand erst kürzlich ein Feuer gemacht. Aber wer konnte bei dem Sturm in der letzten Nacht ein Feuer angezündet haben?

Sie sah hoch, als Jamie das kastanienfarbene Pferd neben sie lenkte. Mit finsterem Gesichtsausdruck betrachtete er die halb verbrannten Äste. Plötzlich fürchtete sich Helena vor dem, was er ihr sagen würde.

Verstört sah er sie an. »Weißt du, was das ist, Nell?«

Helena schüttelte den Kopf, obwohl ihr allmählich ein düsterer Verdacht kam.

»Das ist das Feuer von einem Strandräuber«, erklärte Jamie ihr bedrückt. »Der Schiffbruch in der letzten Nacht war kein Unfall. Dieses Feuer wurde angezündet, um das Schiff auf das Riff zu locken.«

Kapitel 22

Hast du das schon früher geahnt?«, fragte Helena.

Jamie nickte und starrte an ihr vorbei auf das schiefergraue Meer. »Als wir heute Morgen zum Strand kamen, war es ganz offensichtlich.«

»Wieso?«, fragte Helena.

Jamie drehte sich zu ihr um. Seine Augen waren düster vor Grauen. »Nell, es sollte gar keine Überlebenden geben. Nicht nur das Meer ist schuld am Tod der Männer. Ein paar von ihnen sind erschlagen worden. Das machen die Strandräuber, weißt du. Dann können sie sich alles nehmen, was von dem Schiff an Land gespült wird.« Seine Stimme klang seltsam nüchtern. Offensichtlich war er nur so in der Lage, über das Gesehene zu berichten.

Helena war geschockt und sie verknotete ihre Finger in Snowdrops Mähne, einerseits, um sich festzuhalten, andererseits, weil sie Trost suchte. »Waren die Strandräuber weg, als ihr zum Strand kamt?«

»Ja, und die ganze Schiffsladung ebenfalls. Wir wissen nicht, was das Schiff transportiert hat, aber das ist auch egal. Strandräuber würden andere sogar für Treibholz umbringen.«

»Aber warum lockt ein Feuer an dieser Stelle das Schiff auf das Riff?« Verwirrt sah Helena sich um. »Die Seeleute haben doch sicher das Feuer auf dem Beacon-Berg gesehen und wussten daher genau, wo das Riff liegt.«

»Zuerst haben sie das richtige Leuchtfeuer gelöscht«, erklärte Jamie. »Alle Schiffe wissen, dass sich das Riff direkt unterhalb des Leuchtfeuers befindet und es daher sicher ist, in westlicher Richtung daran vorbeizusegeln. Aber wenn das Feuer eine Meile nach Osten verlegt wird wie in diesem Fall, segeln die Schiffe direkt auf das Riff.«

Helena stellte sich vor, wie das Schiff von den gewaltigen schwarzen Wellen erfasst und immer und immer wieder auf das Riff geschleudert wurde, bis nur noch ein paar Holzsplitter übrig blieben. Sie sah eine Hand voll Seeleute, die sich durch die Wellen kämpften, um an die Küste zu gelangen, und Gott dankten, als sie endlich die Kiesel unter ihren Füßen spürten. Und das alles, nur um dann von den kaltblütigen Männern getötet zu werden, die das falsche Leuchtfeuer entzündet hatten. Wie konnten Menschen nur so grausam sein?

Sie erinnerte sich an Mr Chapmans düstere Warnung, dass eine Strandräuberbande nach Chesil Bank kommen sollte. »Glaubst du, dass das die Bande aus Poole war?«, fragte sie.

»Vielleicht«, sagte Jamie. »Vielleicht dachten sie, die Küste würde jetzt ihnen gehören, als sie erfuhren, dass die Bande aus Lyme gefasst worden ist.« Er verkürzte die Zügel und presste seine Schenkel an Sultans Flanken. »Komm, wir reiten zurück. Wir wollen ja nicht erst im Dunkeln heimkehren. Und Mr Chapman wird es interessieren, dass wir die Stelle gefunden haben, an der das falsche Feuer entzündet wurde.«

»Mr Chapman?«, wiederholte Helena.

Jamie nickte und sein Blick verdüsterte sich. »Ja, er wird den Schiffbruch untersuchen.«

»Deswegen ist er heute Morgen zu meinem Vater gekommen«, sagte Helena. »Nun ja, ich hoffe, er findet diese Männer bald, bevor noch andere Schiffe zerstört werden.«

Sie trieb Snowdrop an und die Stute umging die Überreste des Feuers. Dabei drehte sie eins ihrer Ohren in Richtung der Asche und blähte die Nüstern. Die beiden Pferde liefen über die knirschenden Steine, bis der Beacon-Berg zu ihrer Rechten auftauchte, wo sich das Land steil nach oben erhob und die Klippen begannen, die sich bis West Bay erstreckten.

Helena sah zu dem Leuchtfeuer hinauf. Der Korb mit dem verkohlten Anzündholz war nur ein Fleck am Horizont. Wer hätte gedacht, dass eine kleine Flamme zwischen Leben und Tod einer ganzen Schiffsbesatzung entscheiden konnte?

Plötzlich verlor Snowdrop den Halt und stolperte auf die Knie. Helenas rechtes Bein wurde vom Sattel gerissen und halb fiel sie, halb rutschte sie zu Boden. Dann landete sie hart auf den Steinen.

»Hast du dich verletzt, Nell?« Jamie brachte Sultan zum

Stehen, sprang von seinem Rücken und eilte herbei, um Helena wieder auf die Beine zu helfen.

»Es geht mir gut«, keuchte sie, wischte sich das Kleid ab und rückte den Hut gerade. »Ich habe nicht aufgepasst und Snowdrop stolpern lassen.«

Jamie bückte sich und fuhr mit der Hand über Snowdrops Vorderbeine. »Scheint alles noch heil zu sein«, sagte er. Dann schwieg er plötzlich, als er etwas bemerkte, das zwischen den Steinen lag. »Wart mal, was ist das denn?«

Er hob einen Gegenstand hoch und zeigte ihn Helena. Es handelte sich um ein Werkzeug.

»Meinst du, Snowdrop ist darüber gestolpert?«, fragte sie.

»Vielleicht«, sagte Jamie. »Auf jeden Fall ist es merkwürdig, dass das hier auf dem Strand rumliegt.« Er verstummte und Helena bemerkte, wie er blass wurde.

Sie untersuchte den Gegenstand etwas genauer. Es war der Hammer eines Steinmetzes, mit einem kurzen Griff und einem runden Metallkopf.

Helenas Herz begann so laut zu schlagen, dass sie ihre eigenen Gedanken kaum noch hören konnte. Sie hatte diesen Hammer mit dem langen Kratzer schon einmal gesehen. Aber der sanfte, zinnfarbene Schein war vom Salzwasser getrübt und der Kratzer teilweise von einem dunkelroten Fleck verdeckt, bei dem es sich nur um Blut handeln konnte.

»Das ist der Hammer von deinem Onkel«, flüsterte Helena. »Jamie, er muss einer der Strandräuber sein!«

»Das können wir nicht beweisen.« Jamie steckte den Hammer in seinen Mantel und trat auf Helena zu, um ihr wieder in den Sattel zu helfen.

Sie wich vor ihm zurück und starrte ihn ungläubig an. »Du weißt doch, dass es sein Hammer ist! Und er sagte selbst, dass er sein Werkzeug überallhin mitnimmt. Warum sonst sollte es hier liegen?«

Jamie runzelte die Stirn. »Sei vorsichtig mit dem, was du sagst, Nell. Das ist eine schwere Anschuldigung. Es geht um Mord.«

»Willst du Mr Chapman den Hammer etwa nicht geben?« Helena hatte das Gefühl, einen anderen Menschen vor sich zu haben, als sie Jamies kaltes, ausdrucksloses Gesicht betrachtete.

»So einfach ist das nicht.« Jamie hob Helena auf Snowdrop, bevor sie Einwände erheben konnte, dann zog er sich selbst in Sultans Sattel und trieb den Wallach an.

»Ich denke doch, dass es so einfach ist«, murrte Helena leise, als sie die Stute anspornte, um mit Sultan Schritt zu halten.

Jamie drehte sich im Sattel um und sah sie an. Sein Ausdruck war im Zwielicht schwer zu deuten. Das Nachmittagslicht verschwand allmählich und die weißen Schaumkronen auf den Wellen leuchteten in der Dämmerung.

»Mein Onkel Mathias weiß alles über die Roseby-Schmuggler, Nell. Schließlich lebt er bei uns. Er weiß, dass mein Vater der Anlander ist, er weiß, wo wir die Ware verstecken, er weiß, welche Pferde wir nehmen. Wenn er den

Zollfahndern unsere Namen verrät, kann er uns alle mit reinreißen«, erklärte Jamie.

Helena schüttelte den Kopf, um nach dem ersten Schreck wieder einen klaren Gedanken fassen zu können. »Ich denke trotzdem, dass du Mr Chapman den Hammer bringen solltest. Jarrow wird ja nicht erfahren, dass du ihn gefunden hast.«

Jamie brachte Sultan zum Halten und starrte Helena an. So wütend hatte sie ihn noch nie zuvor gesehen. »Glaubst du wirklich, so funktioniert das, Nell? Glaubst du, Jarrow wird den Mund halten, wenn er verhaftet wird, und nicht versuchen seinen verdammten Kopf zu retten, indem er die Schmuggler verrät? Sag mir bloß nicht, was ich tun soll. Das alles hat nichts mit dir zu tun, also halt dich gefälligst raus.«

Helena war so verblüfft, dass es ihr die Sprache verschlug. Sie starrte Jamie einen Moment lang an. Dann drückte sie ihre Füße in Snowdrops Flanken und ließ sie über die Steine stolpern, bis sie den Pfad erreichten, der vom Strand wegführte. Tränen der Wut schossen in ihre Augen und sie trieb Snowdrop immer heftiger an. Im Galopp ritt sie über den mit Bäumen gesäumten Pfad, die Zweige peitschten gegen ihre Kleider und der Atem der Stute kam stoßweise.

Erst als sie das Dorf erreichte, wechselte sie in den Trab. Sie schämte sich plötzlich dafür, dass sie ihren Frust an dem sanften Pferd ausgelassen hatte, aber innerlich kochte sie noch vor Wut. Wie konnte Jamie nur behaupten, dass sie die Strandräuber und Schmuggler nichts angingen?

Natürlich riskierten die Schmuggler, verraten zu werden, wenn sie Jamies Onkel bei den Zollfahndern anzeigten. Aber wenn Mathias Jarrow tatsächlich diese Seeleute ermordet hatte, konnte man ihn doch nicht einfach davonkommen lassen!

Als sie in den Hof einritt, führte Watkins gerade ein gut gebautes braunes Pferd in die offene Scheune und ein Mann mit der unverwechselbaren marineblauen Uniform der Berittenen Zollfahnder ging über den Hof auf das Haus zu. Es war Tom Clark, der Bruder von dem Dachdecker Robert. Er hatte einen grimmigen und entschlossen Gesichtsausdruck.

Watkins band das Pferd neben Mr Chapmans Palomino fest, kam zu Helena hinüber und nahm Snowdrops Zügel. Er folgte Helenas Blick zur Treppe, wo Tom Clark soeben um die Ecke verschwand. »Er hat eine dringende Nachricht für Mr Chapman«, erzählte er Helena.

»Geht es um die Strandräuber?«

»Ich weiß nicht, Lady Helena. Er sagte es nicht. Aber bringen wir jetzt diese Stute in ihren Stall und füttern sie. Ihre Essenszeit ist schon weit überschritten und die Ihre wohl auch.«

»Ja, natürlich«, sagte Helena und ließ sich von dem Stallmeister vom Pferd heben.

»Ist Jamie nicht bei Ihnen?«, fragte Watkins und sah den Weg hinunter.

Helena wurde rot. »Nein, er war ein Stück hinter mir.«

Der Stallmeister zuckte mit den Schultern. »Nun gut, er kann sich um Sultan kümmern, wenn er kommt. Sie gehen am besten jetzt hinein, Mylady, bevor Sie sich erkälten.« Er führte Snowdrop, die nach dem anstrengenden Galopp den Kopf hängen ließ, über den Hof.

Helena eilte auf die Treppe zu. Sie fühlte sich erschöpft und bis auf die Knochen durchgeforen.

Als zwei Männer auf sie zugelaufen kamen, blieb sie stehen. Der erste Mann streifte sich gerade einen Mantel über.

»Guten Tag, Lady Helena«, sagte Roger Chapman, streckte seinen Arm durch den Ärmel und lüpfte dann seinen Hut.

»Guten Tag, Mr Chapman«, sagte Helena und musste dann einfach hinzufügen: »Haben Ihre Männer die Strandräuber schon geschnappt?«

Der Zollfahnder blieb stehen. »Noch nicht, Mylady, aber das ist nur noch eine Frage der Zeit. Tom erzählte mir, dass die Überreste eines Feuers im Osten von Chesil Bank gefunden wurden, aber von den Schmugglern selbst fehlt jede Spur. Ist da etwas, das Sie mir erzählen wollen? Vielleicht haben Sie bei Ihrem Ausritt etwas Besonderes gesehen?«

Helena erstarrte. Jetzt hatte sie die Gelegenheit, Mr Chapman von dem Hammer, der blutbefleckten Tatwaffe, zu berichten. Diese würde ihn direkt auf die Fährte der Strandräuber bringen. Aber dann dachte sie an Jamie und seine Sorge um das gesamte Dorf, falls Jarrow verhaftet wurde, und ihr war klar, dass sie Mr Chapman nichts erzählen konnte, noch nicht. Jamie musste diese Entscheidung selbst treffen.

Sie schüttelte den Kopf und sah dem Zollfahnder geradewegs in die Augen. »Nein, ich habe Ihnen nichts mitzuteilen.«

Kapitel 23

Reiten Sie heute aus, Mylady?«

Helena wirbelte herum und stieß sich schmerzhaft den Ellbogen an Oriels Stalltür. Jamie stand hinter ihr mitten auf dem Stallhof, in der Hand hielt er einen Stallhalfter und eine Bürste. Er sah erschöpft und müde aus.

»Äh . . . nein, danke, Jamie«, sagte Helena und rieb sich den Arm. »Ich habe meiner Mutter versprochen ihr heute zu helfen. Ich wollte nur nach Oriel sehen.« Ihr war unbehaglich zu Mute, als sie an den gestrigen Streit dachte. Jamies ausdrucksloser, harter Tonfall zeigte, dass auch er die Auseinandersetzung nicht vergessen hatte. »Alles in Ordnung?«, fragte sie zögernd, da er noch beunruhigter als gestern schien.

Jamies Gesichtsausdruck war eine undurchdringliche Maske. »Oh ja, ich denke schon, dass alles in Ordnung ist. Jetzt hast du ja deine Pflicht getan.«

»Was meinst du damit?« Helena ging einen Schritt auf ihn zu und legte ihre Hand auf seinen Arm, aber er stieß sie weg.

»Hätt mir ja denken können, dass du nichts verstehst«, sagte er. Er zuckte mit den Schultern und diese verächtliche, gleichgültige Geste verletzte Helena viel mehr als sein eisiger Tonfall.

»Ich weiß nicht, wovon du sprichst«, flüsterte sie. Der Wind löste eine ihrer Haarsträhnen und sie schlug gegen ihre Wange, aber sie versuchte nicht, sie wieder unter ihrem Hut festzustecken.

Jamie starrte sie an. Der Blick seiner braunen Augen machte es ihr unmöglich, mit ihm zu streiten. »Ich weiß, dass du Chapman von dem Hammer erzählt hast«, sagte er. »Die Zollfahnder waren die ganze Nacht in unserem Haus und haben Fragen über Jarrow gestellt und alles durchsucht. Sie haben sogar Meg und Lizzie aufgeweckt. Was sollen die Mädchen denn um Himmels willen schon wissen? Aber sie waren zu spät. Jarrow ist gestern gar nicht nach Hause gekommen. Sieht aus, als würd er gesucht. Wir können nur hoffen, dass er nicht zu den Zollfahndern geht und als Kronzeuge auftritt.«

Helenas Gedanken rasten. Sie erinnerte sich, wie Tom Clark Mr Chapman gestern wegen einer dringenden Sache vom Herrenhaus weggeholt hatte. Er musste einen anderen Beweis gefunden haben, etwas, das den Verdacht auf Jamies Onkel gelenkt hatte. Helena sah Jamie mit flehendem Blick an. »Ich schwöre, ich habe Mr Chapman nichts erzählt«, sagte sie, aber sein Ausdruck blieb hart und misstrauisch.

Da wurde Helena wütend. Wie konnte ihr bester Freund ihr so einfach misstrauen? »Pass auf, du kannst mir glauben oder nicht, das ist mir egal. Die Zollfahnder verfolgen die Strandräuber seit Wochen. Warum sollten sie nicht selbst Beweise gefunden haben? Du weiß sehr gut, dass Jarrow darin verwickelt ist, und es ist nur eine Frage der Zeit, bis man ihn schnappt. Und du solltest inzwischen wissen, dass ich nichts machen würde, was die Schmuggler in Gefahr bringt.«

Sie schob sich an Jamie vorbei und marschierte über den Stallhof. Sie hörte allerdings noch Jamies Worte, die er leise murmelte, als sie an ihm vorbeiging: »Nur weil du weißt, was wir tun, macht dich das noch lange nicht zu einer von uns, Nell.«

Helena fand ihre Mutter in der hinteren Halle, wo sie gerade mit Wills Kindermädchen sprach. Lady Roseby trug wieder die lange Baumwollschürze. Sie sah müde aus. Als sie Helena sah, lächelte sie. »Da bist du ja, Helena. Könntest du dich heute bitte um Will kümmern? Mary hat mir die Nachricht überbringen lassen, dass sie heute nicht herkommen kann. Darum habe ich Charity gebeten Mrs Clark bei der Wäsche zu helfen.«

Helena nickte. Das Herz wurde ihr schwer. Vermutlich wurde Jamies Mutter Mary von den Zollfahndern aufgehalten, die nach ihrem Bruder suchten. Sie blinzelte heftig, um nicht zu weinen.

»Geht es dir auch gut, mein Liebes?«, fragte Lady Roseby.

»Ja, Mama. Meine Augen tränen nur vom Wind. Natürlich werde ich mich um Will kümmern.«

»Hände hoch und Geld her!«, rief eine kindliche Stimme. »Geld oder Leben!«

Sie drehte sich um und sah ihren Bruder durch den Korridor auf sie zustürmen. Mit trommelnden Stiefeln gallopierte er mit seinem hölzernen Steckenpferd in halsbrecherischer Geschwindigkeit über die Fliesen. Schlitternd blieb er am Fuß der Treppe stehen. Seine Wangen waren gerötet und seine blauen Augen leuchteten vor Aufregung.

»Sieh dir mein Pferd an, Nell! Ich habe es Bess genannt, wie das Pferd von Dick Turpin!*«, erklärte er und streichelte die dicken Backen seines Pferdes, die aus Sackleinen bestanden.

»Glaubst du, Bess möchte mit in den Salon kommen und eine Geschichte über einen Mann namens Robinson Crusoe hören?«, fragte Helena. Sie wollte die Kapitel lesen, die ihre Hauslehrerin ihr aufgegeben hatte, und so zwei Fliegen mit einer Klappe schlagen.

»Hat er auch ein Pferd?«

Helena lächelte. »Nein, aber er hat Ziegen. Momentan sind sie noch recht wild, aber er will sie zähmen.«

»Das hört sich gut an«, sagte Will. Er wirbelte sein Pferd herum. »Los, wer zuerst im Salon ist, Nell!«

Der Morgen verging schnell. Helena hatte sich auf das Sofa gekuschelt, das Buch auf den Knien, und Will saß neben ihr auf dem Fußboden und lauschte gespannt der Ge-

---

* Dick Turpin, 1706–1739, war ein berühmt-berüchtigter Straßenräuber. Eine Legende erzählt, dass er mit seinem Pferd Black Bess in 24 Stunden von London nach York geritten ist.

schichte. Das Feuer im Kamin flackerte, als der Wind durch den Schornstein pfiff und Rauchwolken ins Zimmer blies. Helena wünschte, sie könnte Crusoe auf seine einsame Insel folgen, um dem ständigen Zug, aber auch den Ereignissen im Dorf entfliehen zu können. Sie stellte sich vor, wie das Cottage der Polstocks von grimmig dreinblickenden Zollfahndern durchsucht wurde, wie Mary versuchte ihre kleinen Mädchen zu beruhigen, die nicht verstanden, was ihr Onkel falsch gemacht hatte.

»Lies weiter, Nell!«

Wills Stimme riss sie aus ihren sorgenvollen Gedanken und sie suchte die Stelle, an der sie gewesen war, und las weiter. Sie konnte jetzt nichts tun, um Jamies Familie zu helfen.

Helena und ihr Bruder aßen nur mit Lady Roseby zusammen, da ihr Vater erst später aus den Steinbrüchen zurückkehren würde. Als sie fertig waren, schlüpfte Will aus dem Esszimmer und kam mit seinem Steckenpferd zurück. »Ich möchte jetzt nicht mehr vorgelesen bekommen«, verkündete er. »Können wir spazieren gehen? Bitte, Nell. Bess möchte auch nach draußen«, fügte er hinzu und fuchtelte mit dem Pferd vor ihrer Nase herum.

Helena schüttelte den Kopf. »Das Gras ist bestimmt nass und ich kann mir nicht vorstellen, dass es Bess gefällt, wenn sie schmutzige Hufe bekommt«, erklärte sie mit einem Blick auf den glänzenden Holzstiel des Steckenpferds. Als sie sah, wie sich Enttäuschung im Gesicht ihres Bruder breit machte, fügte sie hinzu: »Aber das heißt ja nicht, dass wir beide nicht hinausgehen können.

Wir tun einfach so, als würden wir reiten, so wie mit Bess. Du bist Dick Turpin und ich bin der Sergeant, der dich verfolgt!«

Will strahlte. »Das klingt lustig. Gehen wir jetzt gleich?«

Lady Roseby schob ihren Stuhl zurück. »Gute Idee, wenn ihr ein bisschen rausgeht. Vielleicht magst du Mrs Gordon um ein paar Äpfel bitten? Wenn du sie nicht isst, wird es sicher Bess tun!« Als der kleine Junge gegangen war, sagte sie zu Helena: »Nach einem kleinen Spaziergang kann er heute Nacht sicher gut schlafen. Aber bleibt nicht zu lange draußen, sonst kommt ihr noch in den Regen!«

»Ja, Mama«, sagte Helena. Sie ging hinauf, um sich ein Schultertuch zu holen und das Haar festzustecken. Als sie ihr Spiegelbild betrachtete, fragte sie sich, ob Mr Chapman Jarrow bereits gefunden hatte. Würde Jamies Onkel wirklich versuchen seinen Hals zu retten, indem er die Roseby-Schmuggler verriet?

Helena schüttelte ungeduldig den Kopf. Falls jemand verhaftet wurde, würde man das im Herrenhaus schnell genug erfahren. Sie rannte hinunter und holte Will, der die Taschen voller Äpfel hatte, aus der Küche ab.

Sie gingen durch die Gärten auf die Home-Farm zu, vorbei an dem abgebrochenen Ast, den man bald wegräumen und als Feuerholz verwenden würde. Harry Savage war im Hof und brachte gerade eine honigfarbene Kuh in den Stall. Er lüpfte höflich die Kappe, als sie vorbeigingen. »Guten Tag, Lady Helena, Master Will.«

Will ließ Helenas Hand los und rannte zum Stall hinüber. Dort zog er sich am Zaun hoch und spähte ins Innere. »Bringst du alle Kühe rein, Harry?«, fragte er.

Der Bauer lächelte. »Ganz richtig, Master Will. Ein weiterer Sturm ist im Anzug und sie sind nicht gern draußen bei schlechtem Wetter.« Er schwieg und sah Helena besorgt an. »Sie gehen doch nich weit, Mylady? Der Wind ist unangenehm und wird bestimmt bald Regen bringen.«

»Wir bleiben nicht lange draußen«, versicherte Helena. »Ich wollte nur bis zur St-Luke-Kapelle gehen.« Sie drehte sich um und blickte nach Westen zu den Klippen hinüber, wo sich dicke Wolken am Horizont zusammenballten. »Wir haben keine Lust, nass zu werden«, sagte sie. »Komm Will, gehen wir.« Sie streckte ihre Hand aus und ihr Bruder sprang vom Zaun und hüpfte auf sie zu.

Helena ging mit Will den steinigen Pfad hinauf, der über die Felder hinauf zum Wald von St. Luke führte. Das war ein kleines Wäldchen mit alten, knorrigen Eichen, das sich auf der geschützten Seite im Landesinnern unterhalb des Beacon-Bergs erstreckte. Früher hatte es hier ein Kloster gegeben. Helena liebte es, die Augen zu schließen und sich vorzustellen, wie einst die Mönche in ihren Gewändern über den Steinpfad zum Dorf und wieder zurückgepilgert waren. Das Einzige, was man heute noch von dieser religiösen Stätte sehen konnte, war eine Kapelle und diese befand sich nicht gerade im besten Zustand. Die Wände waren zerfallen und das Dach war nur noch halb vorhanden, sodass das Hauptschiff unter freiem Himmel lag. Es wurden hier keine Gottesdienste mehr gefeiert, aber eine ehrfürchtige Stille lag in diesen Ruinen und Helena konnte sich gut vorstellen, wie einst innerhalb der hellen Steinwände gebetet und studiert worden war.

Der Pfad, der auf den Gipfel des Beacon-Bergs führte, ging an dem kleinen Wäldchen entlang. Als sie sich den Bäumen näherten, hörte Helena Hufgetrappel auf sie zukommen. Sie blieb stehen und sah den Berg hoch.

Ein schwarz-weißes Pony kam in Sicht. Gleichmäßig trottete es heran, den Kopf gebeugt gegen den Wind. Sein Reiter trug einen Mantel mit bis zum Kinn hochgeschlagenem Kragen und einen breitkrempigen Hut, den er sich tief über die Ohren gezogen hatte. Es war Zachary Heddle, der Gemeindepolizist aus Far Cheney.

Er hob eine Hand zum Gruß, als er Helena und ihren Bruder erkannte. »Guten Tag, Lady Helena.« Er brachte sein Pony zum Stehen und sah sie tadelnd an. »Bei dem Wetter sollten Sie sich nicht draußen herumtreiben«, sagte er. »Ich habe soeben das Leuchtfeuer angezündet. Gerade noch rechtzeitig. Während ich oben war, sah ich ein Schiff vorbei an Portland auf West Bay zusegeln. Hoffen wir, dass es den Hafen erreicht, bevor der Sturm anfängt.«

Helena blickte den Weg hinauf und sah die orangefarbene Flamme auf der Spitze des Hügels flackern. »Schau, Will«, sagte sie, beugte sich zu ihm hinab und wies mit dem Finger nach oben. »Da ist das Leuchtfeuer, das den Schiffen zeigt, wo die Riffe sind.« Sie richtete sich wieder auf und lächelte den alten Polizisten an. »Keine Sorge, Mr Heddle, wir bleiben nicht lange draußen.«

»Dann bin ich beruhigt, Mylady.« Er tippte an seine Hutkrempe und trieb sein Pony an. »Ab nach Hause, Patch.«

Das Pony warf den Kopf hoch und schritt dann gemächlich den Pfad hinunter.

Will zog Helena an der Hand. »Komm, Nell, ich will die Kapelle sehen.«

»Einverstanden, aber nur kurz, dann müssen wir heimgehen. Schließlich wollen wir nicht in den Regen kommen.« Sie ließ sich von ihm über den Pfad in den Wald ziehen. Der Weg führte an einer riesigen Eiche vorbei. Es war die größte, die Helena jemals gesehen hatte, und sie stand wie ein Wächter am Eingang des Wäldchens. Über ihren Köpfen stießen die Äste gegeneinander wie kleine Schwerter; das Licht wurde immer düsterer, als wollte die Nacht schon mitten am Nachmittag hereinbrechen.

Helena blieb alarmiert stehen. Der Wind rüttelte die Äste mit lautem Getöse hin und her. Aber Helena war sicher, dass sie auch Stimmen gehört hatte. Es waren Rufe, leider konnte sie wegen des Windes kein Wort verstehen. Helena spähte nach vorn. Leuchtete da zwischen den Bäumen nicht eine Laterne? Das Licht schien aus der alten Kapelle zu kommen.

Plötzlich hörte sie neben sich Zweige knacken. Helena drehte sich um und sah einen Mann davonrennen. Wie Rabenflügel flatterte sein dunkler Mantel hinter ihm her und seine Beinkleider leuchteten cremig weiß im Zwielicht. Er blickte über seine Schulter. Genau in diesem Moment erhellte ein Blitz die Bäume und alles wurde in grelles weißes Licht getaucht.

Helena hatte das Gefühl, als würde der Boden unter ihr weggezogen. Sie hatte dieses schmale Profil mit der langen

Nase schon einmal gesehen. Das war der Mann, der in der Nacht, als sie die Schmuggler gewarnt hatte, auf der Anhöhe gestanden und die Wellen beobachtet hatte.

»Warum rennt der Mann vor uns davon?«, fragte Will erstaunt.

»Ich weiß nicht«, antwortete Helena und zwang sich ruhig zu bleiben. »Komm, wir gehen nach Hause. Es ist nicht sicher im Wald, wenn es blitzt.« Sie griff nach Wills Hand und führte ihn schnell den Weg zurück, den sie gekommen waren. Ihr Herz pochte laut und ihre Beine waren so wackelig, dass sie auf dem schlammigen Pfad beinahe ausgerutscht und gefallen wäre.

»Vorsichtig, Nell!«, rief Will. »Du hast mich fast umgeworfen.«

»Tut mir Leid«, keuchte Helena. »Es ist alles in Ordnung. Geh weiter.« Doch in Wirklichkeit war gar nichts in Ordnung. Der Blitz war hell genug gewesen, um den Mann mit der langen Nase zu erkennen, der durch den Wald fortgerannt war. Es war Mathias Jarrow, Jamies Onkel, dessen blutbefleckten Hammer sie am Strand gefunden hatte. Die Stimmen und die Laterne konnten nur eines bedeuten. Die Strandräuber versteckten sich in der Kapelle.

Kapitel
24

Halb rennend, zerrte Helena Will hinter sich her, über die Felder und den Hof, bis sie schließlich wieder im sicheren Garten waren. Sie rang nach Luft.

Will blieb gleich hinter dem Tor stehen und presste die Arme gegen die Rippen. »Ich habe Seitenstiche«, jammerte er. »Warum mussten wir denn den ganzen Weg zurückrennen? Hatte das etwas mit dem Mann zu tun?«

»Nein, überhaupt nicht«, beruhigte Helena ihn schnell. »Ich habe bloß befürchtet, dass wir in das Gewitter kommen würden.« Will sollte ihrer Mutter gegenüber nicht erwähnen, was sie im Wald gesehen hatten, nicht bevor Helena eine Gelegenheit bekam, es Jamie zu erzählen. Ganz gleich, was er über sie dachte, Helena hatte nicht die Absicht, direkt zu den Zollfahndern zu gehen. Jamie hatte das Recht, zuerst zu erfahren, wo sein Onkel sich versteckte.

Sie brachte Will in die Küche und ließ ihn bei Mrs Gordon zurück, die gerade eine Weinschaumcreme für das Abendessen zubereitete und dem kleinen Jungen nur zu gern erlaubte die Schüssel auszukratzen. Dann lief Helena in den Stallhof. Der Wind zerrte heftig an ihrem Schultertuch und sie wickelte es sich fester um. Regentropfen spritzten ihr wie kleine Steinchen ins Gesicht und die Birken hinter den Stallungen seufzten und neigten sich hinab, als würde sie die Gewalt des Sturms in die Knie zwingen.

Der Hof war leer, nur Laternen leuchteten hinter den Fenstern der Stallungen. Schließlich fand Helena Jamie. Er brachte gerade Snowdrop in ihren Stall. Er zwängte sich hinter der Stute vorbei und gab ihr dabei einen Klaps aufs Hinterteil, dann blieb er erstaunt stehen, als er Helena bemerkte. »Was machst du hier?«, fragte er verwundert. »Ich habe keine Zeit, jetzt zu reden. Ich muss die Pferde von der Koppel holen.«

»Jamie, ich muss dir etwas wirklich Wichtiges erzählen.«

»Gut, dann mach dich nützlich und hilf mir Monument und Fleet reinzubringen.«

Er warf ihr das Zaumzeug zu und Helena taumelte rückwärts, als sie es fing. »Wo ist Watkins?«, fragte sie.

»Er ist mit Isaiah in Abbotsbury, um eine Ladung Futter abzuholen. Komm mit.« Jamie ging so schnell über den Hof, dass Helena rennen musste, um mitzuhalten. Das schwere Zaumzeug drückte gegen ihr Kleid und der Wind zerrte ihr Haar unter dem Hut hervor und wehte es ihr in die Augen. Sie konnte kaum noch etwas sehen.

»Warte, Jamie!«, keuchte sie. »Du musst mir zuhören. Ich glaube, dein Onkel versteckt sich in der alten Kapelle im St-Luke-Wald.«

Jamie blieb abrupt stehen und drehte sich zu ihr um. »Was? Woher weißt du das?«

»Will und ich haben heute einen Spaziergang dorthin gemacht. Ich hörte Stimmen und sah eine Laterne, dann rannte ein Mann an uns vorbei und ich bin sicher, dass es Jarrow war«, erzählte Helena atemlos und presste eine Hand in ihre schmerzende Seite.

Jamie runzelte die Stirn. »Wem hast du das noch erzählt?«

»Niemandem!«

Er kniff die Augen misstrauisch zusammen. »Auch nicht deinem Freund Mr Chapman?«

»Meine Güte, Jamie! Natürlich nicht! Und ich habe ihm auch nichts von dem Hammer gesagt! Aber wir dürfen die Strandräuber nicht einfach entkommen lassen, nicht nach all dem, was sie getan haben.«

Einen kurzen Moment lang erhellte ein Blitz Jamies Gesicht. »Wir werden die Strandräuber nicht entwischen lassen, Nell«, versprach er. »Sobald wir hier fertig sind, werde ich zu meinem Vater gehen und ihm erzählen, was du im Wald gesehen hast. Er wird wissen, was zu tun ist. Du musst mir vertrauen, Nell«, fügte er ernst hinzu.

Helena nickte. Der heftige Wind, der auf der Koppel wehte, machte es ihr unmöglich, zu sprechen. Sie schlüpfte durchs Tor und ging zu Monument. Das Pferd stand mit hoch erhobenem Kopf da, seine Augen panisch aufgerissen.

»Ganz ruhig, mein Junge«, besänftigte ihn Helena und streifte ihm das Zaumzeug über die Ohren. Hinter ihr bemühte sich Jamie Fleet einzufangen. Das Gewitter hatte ihn verängstigt und er sprang jedes Mal zur Seite, wenn Jamie ihm das Zaumzeug überstreifen wollte.

Als Jamie versuchte die Schnalle zu schließen, fiel Helenas Blick auf den flachen Beacon-Berg, der eine dunkelbraune Silhouette gegen den schiefergrauen Himmel bildete. Irgendetwas stimmte da nicht, aber erst verstand sie nicht, was es war.

Sie kniff die Augen zusammen und versuchte herauszufinden, was sie so beunruhigte. Dann begriff sie: Das Feuer auf dem Berg war aus.

Helena wirbelte zu Jamie herum, der es endlich geschafft hatte, Fleet einzufangen.

»Jamie, sieh mal!«, schrie sie über das Heulen des Windes hinweg. »Das Leuchtfeuer!« Sie zeigte an Monuments Nase vorbei auf den Berg und der Wallach sprang erschreckt zurück.

Jamie starrte zum Horizont. »Sie haben es auslöscht, Nell! Sie planen einen neuen Schiffbruch heute Nacht!« Er rannte auf das Tor zu und zog Fleet hektisch hinter sich her. »Los, wir müssen meinen Vater suchen.«

Helena zog an Monuments Zügeln und zwang das Pferd neben ihr herzutraben.

»Jamie, warte!«, rief sie. »Das dauert bestimmt zu lang. Wir müssen das Feuer wieder anzünden.«

Fleet blieb abrupt stehen und Jamie drehte den Kopf nach hinten. »Was meinst du damit?«

Helena führte Monument neben ihn. »Da draußen könnte ein Schiff sein. Die Strandräuber haben vermutlich das falsche Leuchtfeuer oberhalb des Strands angezündet, aber wenn wir das Feuer auf dem Beacon-Berg wieder entzünden, erkennen die Seeleute den richtigen Weg.«

»Und wie sollen wir das machen?«

Helena sah ihn an. Sie wusste genau, was sie tun wollte, und hatte auf einmal einen völlig klaren Kopf. »Ich kann es machen. Ich könnte Oriel nehmen.«

Jamie schüttelte den Kopf und schnalzte mit der Zunge, damit Fleet weiterging. »Das ist zu gefährlich«, entgegnete er. »Die Strandräuber könnten dich erwischen.«

»Nein, das werden sie nicht«, sagte Helena. »Oriel ist zu schnell für sie.«

»Nun, wenn einer bei diesem Unwetter auf den Beacon-Berg reiten sollte, dann bin das wohl ich«, widersprach Jamie.

»Versuch nicht mich davon abzuhalten! Lass mich Oriel nehmen. Ich habe ihn schon einmal geritten. Und du weißt viel besser als ich, wo du deinen Vater findest und was du ihm erzählen musst.«

Jamie sah zu Boden und plötzlich fürchtete Helena seine Antwort. Was, wenn er einwenden würde, dass sie nichts tun konnten, weil Jarrow über die Roseby-Schmuggler Bescheid wusste. »Wir können nicht zulassen, dass ein weiteres Schiff auf die Riffe fährt«, fügte sie hinzu. Monument warf hinter ihr den Kopf gegen eine Windböe und zog dabei den Zügel in Helenas Hand straff.

Jamie sah Helena an. »Ich weiß«, antwortete er. »Komm, bringen wir diese beiden hinein und satteln Oriel.«

Sie führten Monument und Fleet über den Hof, ihre

Hufe klapperten auf dem Pflaster. Als die Pferde in ihren Boxen standen, rannte Helena schnell in die Sattelkammer, um Oriels Sattel und Zaumzeug zu holen. Sie nahm gerade das Zaumzeug vom Haken, als Jamie auf der Türschwelle erschien. Er hielt ein helles Kleidungsstück in der Hand.

»Hier, ist einfacher, wenn du die anziehst«, sagte er und warf ihr das Bündel zu.

Es war eine Hose. »Danke«, sagte sie kurz. Normalerweise wäre sie entzückt bei dem Gedanken gewesen, rittlings im Sattel sitzen zu können, ohne ihr unbequemes Kleid, das ihr die Knie wund scheuerte.

»Zieh sie an, ich sattle den Hengst«, sagte Jamie. »Watkins ist oben im Haus. Wir haben also genug Zeit, bis er wieder zurückkommt.« Er nahm eine kleine Metallschachtel vom Sims über dem Ofen. »Hier ist die Zunderbüchse. Weißt du, wie man sie benutzt?«

Helena nickte. Sie stopfte die Büchse in ihre Jacke und fühlte, wie sie kalt und scharfkantig gegen ihre Rippen stieß. So würde sie wenigstens merken, wenn sie herausfiel, dachte sie.

Jamie nahm ihr das Zaumzeug ab und holte einen Männersattel, dann ging er aus der Sattelkammer und schloss die Tür hinter sich. Im sanften orangefarbenen Licht, das der Ofen warf, zog sich Helena rasch das Kleid aus. Dann streifte sie Jamies Hose über und spürte erstaunt, wie sich das weiche Material an ihre Beine schmiegte. Es war so viel leichter als das schwere, einengende Kleid. Die Hose war ein gutes Stück zu lang und in der Taille zu weit, aber Helena rollte sie bis zu den Knöcheln hoch und drehte den Bund um, bis sie nicht mehr hinunterrutschen konnte. Dann rannte Helena schnell aus der Sattelkammer und fühlte, wie ihr dabei die Zunderbüchse gegen die Seite schlug.

Jamie hatte Oriel schon gesattelt und führte ihn mit ernstem Gesichtsausdruck hinaus. »Der Wind wird auf den Klippen noch schlimmer sein«, sagte er. »Reite daher durch die Home-Farm und über die Felder zu der Seite des Hügels, die zum Landesinneren zeigt. Das ist deselbe Weg, den wir mit Piper und Snowdrop genommen haben, weißt du noch? Wenn das Leuchtfeuer wieder brennt, kommst du sofort zurück, hörst du?«

»Ja, mach ich«, sagte Helena, dann schwieg sie. »Jamie, wird dein Vater die Berittenen Zollfahnder holen? Selbst . . . selbst wenn es bedeutet, dass Jarrow verhaftet wird?«

Er sah sie mit festem Blick an. »Mein Vater wird tun, was er für richtig hält, Nell. Er wird die Strandräuber nicht ungestraft davonkommen lassen.«

Helena nickte. »Ich weiß«, sagte sie. Sie erwiderte Jamies Blick einen Moment lang, dann griff sie mit beiden Händen nach dem Sattel und hielt sich daran fest. Sie beugte ihr linkes Bein, wie sie es bei ihrem Vater gesehen hatte. Jamie packte ihr Knie und hob sie mühelos in den Sattel. Das Leder fühlte sich hart und kalt unter der dünnen Hose an, aber Helena war klar, dass sie damit hundertmal sicherer im Sattel saß als mit ihrem Kleid. Oriel bewegte sich unter ihr und sie genoss es, jede Bewegung seines Rückens und seiner Schulter zu spüren. Dann nahm sie die Zügel und sah Jamie an.

»Fertig?«, fragte er und blinzelte durch den heftigen Regen zu ihr hoch.

»Fertig«, antwortete sie.

»Dann los und viel Glück!«, sagte Jamie.

Er trat einen Schritt zurück und Helena stieß ihre Fersen kräftig in Oriels Flanken. Der Hengst sprang nach vorn, schnappte nach dem Gebiss und galoppierte mit wenigen Sprüngen aus dem Hof. Dieses Mal war Helena auf die Stärke seiner Galoppsprünge gefasst. Sie kauerte sich tief in den Sattel und klammerte sich mit beiden Beinen fest. Sie ritt mit Oriel über den Pfad durch den Garten. Kurz bevor sie die Koppeln erreichte, zog sie kräftig am linken Zügel und lenkte das Pferd am Garten vorbei zur Home-Farm.

Mit klappernden Hufen raste Oriel über den Hof; das Geräusch verstummte schlagartig, als sie den Wiesenpfad erreichten, der über die Felder führte. Wind und Regen schienen schwächer zu werden. Helena konzentrierte sich völlig auf den ständigen Dialog zwischen ihren Händen und Oriels Maul, ihren Fersen und seinen Flanken. Oriel reagierte auf die kleinsten Kommandos. Als sei er eine Verlängerung ihres Körpers, wich der Hengst einem Schlagloch aus und kletterte dann einen Hügel hinauf.

Als der Wald von St-Luke als wogendes Baummeer vor ihnen auftauchte, lehnte sich Helena nach rechts. Oriel folgte ihr und kam auf dem steinigen Pfad kurz aus dem

Rhythmus, fand ihn aber gleich wieder. Jetzt lag die befestigte Hügelanlage nur ein paar hundert Yards vor ihnen.

»Weiter, Junge«, flüsterte Helena in die dichte schwarze Mähne, die sich vor ihrem Gesicht aufbauschte. »Wir sind fast da!«

Und plötzlich erschallten Rufe aus dem Schatten vor ihr. Dann krachte ein Schuss. Die Strandräuber!

Oriel scheute und verlor fast den Halt auf den Steinen. Helena sah auf. Vor Schreck gefror ihr das Blut in den Adern, doch instinktiv verkürzte sie die Zügel und trieb Oriel weiter an. Sie sah ein paar Gestalten, die ihr auf dem Pfad entgegenkamen. Offensichtlich hatten die Strandräuber gerade das falsche Leuchtfeuer entzündet und befanden sich jetzt auf dem Rückweg. Wenn Helena diesen Pfad weiterritt, würde sie ihnen direkt über den Weg laufen und riskieren, dass sie oder Oriel getroffen wurde.

Genau vor ihr tauchte die Hecke auf, an der sie vor vierzehn Tagen mit Piper vorbeigeritten war. Sie war mannshoch und fast genauso beeindruckend breit. Sie war übersät mit dornigen Ästen, die im Sturm hin und her peitschten. Man brauchte Nerven wie Drahtseile, um die Hecke bei Tageslicht zu überspringen; es bei diesem Zwielicht zu versuchen, schien Helena der pure Wahnsinn. Aber es war der schnellste Weg zum Gipfel und die Strandräuber würden ihr auf diesem Wege nicht folgen können.

Oriels Ohren zuckten und sein Kopf ging hoch, aber sie galoppierten weiter. Helena schätzte den immer kleiner werdenden Abstand zwischen Pferd und Hecke ab. Oriels

Galoppsprünge waren etwas größer als Pipers und er würde sich versammeln müssen, um über die Hecke zu springen. Sie wollte das Tempo des Hengstes aber nicht zu sehr beeinflussen. Das könnte ihn aus dem Rhythmus bringen. Helena setzte sich tief in den Sattel und presste die Beine gegen die Flanken des Pferds. Zu ihrer Linken wurden die Rufe jetzt immer lauter und ein weiterer Schuss löste sich, flog pfeifend über ihren Kopf und klang in ihren Ohren nach.

Drei Galoppsprünge, zwei, dann waren sie dicht vor der Hecke. Sie war noch höher, als Helena in Erinnerung hatte. Aber Piper war damals zurückgescheut, weil sie an ihm gezweifelt hatte. Genau davor hatte ihr Vater sie immer gewarnt. Wenn Helena Oriel deutlich zeigte, dass sie ihm zutraute die Hecke zu überspringen, würde er es schaffen. Helena holte tief Luft, umfasste die Zügel noch fester und drückte ihre Fersen in die Seiten des Hengstes.

Oriel zögerte nicht eine Sekunde und schnellte in die Luft. Mit den Händen folgte Helena der Kopfbewegung des Pferds und neigte den Oberkörper nach vorn über den Widerrist. Als Oriel die Hecke um Haaresbreite übersprang, spürte sie, wie der Wind ihr ins Gesicht blies und die Zweige gegen ihre Beine klatschten.

Dann landeten sie mit einem Ruck auf der anderen Seite und Helena wäre fast aus dem Sattel gestürzt. Sie packte die Mähne und zog sich wieder zurück, dann trieb sie den Hengst die Steigung hinauf. »Weiter, Oriel!«, schrie sie.

Mit gestrecktem Hals galoppierte der Hengst mühelos

den steilen Berg hinauf. Die Rufe auf der anderen Seite der Hecke gingen im Sturm unter; es waren auch keine Schüsse mehr zu hören.

Schließlich wurde der Untergrund flacher und sie hatten den Gipfel erreicht. Oriel sprang den Schutzwall hinab und ging in Trab über. Er atmete laut schnaufend. Helena drängte ihn wieder in den Galopp und tastete dabei mit der linken Hand in ihrer Jackentasche nach der Zunderbüchse. Der Korb für das Leuchtfeuer tauchte in der Dunkelheit auf. Er sah aus wie ein kahler, blattloser Baum, der wie ein Wächter über den langen Küstenstreifen von Chesil Bank blickte.

Helena hielt Oriel neben dem Holzpfosten an und sah zur Küste hinunter. Der Mond schien nicht, aber sie konnte die wogenden schwarzen Wellen erkennen, die sich mit einem Schwall weißen Schaums krachend am Ufer brachen. Es war Flut und man konnte das Riff nicht sehen, aber Helena wusste, dass es unter der Oberfläche lauerte, direkt unterhalb vom Beacon-Berg. Sie schaute nach Osten und spähte über den Küstenstreifen nach Weymouth und Portland hinüber. Einen kurzen Moment schien ihr Herzschlag auszusetzen, denn vor den dunkelgrauen Felsen sah sie hell und deutlich eine orangefarbene Flamme flackern. Die Strandräuber hatten das falsche Leuchtfeuer angezündet.

Helena packte die Wut. Sie würde es nicht zulassen, dass die Strandräuber ein weiteres Schiff zerstörten! Oriel hatte sie bis hierhin gebracht und jetzt musste sie nur noch das Leuchtfeuer entzünden.

Und dann sah sie weiter draußen auf dem Meer ein weißes Segel schimmern, dass sich auf der aufgewühlten See hob und senkte. Es war ein Schiff und es kam direkt auf sie zu.

KAPITEL 25

Helena hielt mit der einen Hand die Zügel und reichte mit der anderen nach oben. Hoffentlich hatten die Strandräuber das Feuer nicht mit Wasser, sondern mit Erde gelöscht. Erleichtert fühlte sie, dass das Anzündholz von einer Schicht Erde bedeckt war.

»Ruhig, Oriel«, murmelte sie, während sie den größten Teil der Erde wegstrich. Die Stöcke waren zum Glück trocken und sie rüttelte sie durcheinander, um die restlichen Erdklümpchen abzuschütteln. Eine sandige Dusche regnete auf ihren Kopf nieder.

Dann holte sie die Zunderbüchse aus ihrer Tasche hervor. Ihre Finger waren steif vor Kälte und sie ließ die Büchse fast fallen, als sie versuchte den Deckel zu öffnen. Oriel machte einen Schritt zur Seite und sie vergeudete kostbare Sekunden damit, ihn zu beruhigen und wieder nah an den Feuerkorb heranzubringen. Sie hatte sich die Zügel um das Handgelenk geschlungen, um beide Hände freizuhaben und öffnete den Deckel der Zunderbüchse. Sofort zerrte der Wind an dem Leinenstückchen und fast wäre es fortgeweht worden. Schnell hielt Helena es mit dem Daumen fest und das Leinenstückchen flatterte wild wie eine gefangene Motte.

Mit der anderen Hand schlug sie den Feuerstein an dem Stahl an. Der erste Funken erlosch nach einem kurzen Moment, der zweite überlebte nicht länger und geblendet sah Helena ein weißes Nachlicht vor ihren Augen. Fluchend schlug sie den Stein wieder an. Ihr war bewusst, dass das Schiff, vom falschen Feuer geleitet, immer weiter auf das Riff zusegelte.

Endlich brannte der Stoff und Helena hielt die Zunderbüchse nach oben in den Korb. Aber als sie den Arm ausstreckte, rutschte ihr Daumen ab. Zu ihrem Entsetzen wurde das Stoffstück vom Wind ergriffen und über den Rand des Hügels geweht. Es glühte kurz wie ein Glühwürmchen auf und verschwand dann völlig. Einen schrecklichen Moment lang glaubte Helena, dass sie aufgeben musste. Dann erhellte ein Blitz die aufgewühlte See und tauchte sie in silbernes Licht. Die Masten des Schiffes sahen aus wie pechschwarze Finger, die aus den Wellen emporragten.

Helena biss voller Wut die Zähne zusammen. Dieses Schiff würde nicht untergehen! Sie presste die Beine an Oriels Seiten, damit er ruhig stehen blieb, und riss ihre Jacke auf. Dann zog sie ihr Hemd aus dem Hosenbund, packte den Stoff mit beiden Händen und riss ein Stückchen vom Saum ab. Das war nicht der normale Zunder für die Zunderbüchse, aber wenigstens war es trocken. Schützend schloss sie ihre Hand um das wertvolle Stoffstück, dann stupste sie Oriel mit dem rechten Bein, damit er sein Hinterteil herumdrehte, bis sie ins Landesinnere blickten. Jetzt trommelte der Regen auf Helenas Rücken und sie konnte den Stoff in der Zunderbüchse abschirmen, während sie den Feuerstein erneut anschlug.

Ihre Hände zitterten so sehr, dass sie beim ersten Versuch nicht den Stahl, sondern ihr Handgelenk traf. Der Schmerz schoss ihr bis in den Ellbogen hinauf. Helena ignorierte die Blutstropfen, die aus dem Schnitt quollen, und probierte es noch einmal. Dieses Mal sprang ein Funken von dem Stahl und sengte das Stoffstück an. Helena wölbte die linke Hand um die Zunderbüchse und wagte nicht zu atmen, als sie darauf wartete, dass das Material Feuer fing. Die angesengte Stelle breitete sich aus und bildete eine braune Linie. Und plötzlich loderte eine Flamme auf und verschlang den Stoff gierig.

Helena klemmte eine Ecke des Tuchs unter ihrem Daumen fest und langte wieder hinauf zum Leuchtfeuer-Korb. Sie warf die Flamme zwischen die Stäbe des Käfigs und streifte dabei schmerzhaft mit ihrer Schürfwunde über das Metall. »Bitte, lieber Gott, lass es Feuer fangen«, betete sie.

Plötzlich gab es einen hellgelben Lichtblitz und eine Flamme schoss durch das Anzündholz. Helena zuckte zusammen und ließ die Zunderbüchse fallen. Sie verschwand irgendwo im Dunkeln auf dem Boden. Hastig hob Helena die Zügel hoch, damit Oriel nicht zur Seite sprang, dann schaute sie zum Feuer hinauf. Es brannte immer kräftiger und leckte mit seiner hungrigen gelben Zunge über die Äste. Heller und heller leuchtete es, bis Helena Oriel schließlich nicht mehr neben der Flamme halten konnte und ihn ein Stück weit weggaloppieren ließ.

Dann brachte sie ihn zum Stehen und warf noch einen Blick am Feuer vorbei zur See. An der Stelle, wo ihre Jacke offen war und das zerissene Hemd immer noch lose aus dem Hosenbund hing, piff der Wind über ihre nackte Haut, aber Helena war das egal. Sie hatte das Feuer wieder angezündet.

War das Schiff jetzt in Sicherheit?

Ein Blitz erleuchtete für den Bruchteil einer Sekunde die Küste und Helena konnte das Schiff wieder sehen. Jetzt befand es sich noch näher an der Küste und gefährlich nah am Riff. War es nur ihre Einbildung oder sah sie da dunkle Gestalten an Deck, die hektisch die Segel hissten? Sie starrte in die Finsternis und versuchte verzweifelt herauszufinden, ob die Seeleute das Leuchtfeuer gesehen hatten und jetzt zu wenden versuchten. Das Schiff wurde die ganze Zeit von den Wellen wie ein Spielzeug hin und her geworfen.

Wieder gab es einen Blitz und dieses Mal sah Helena, dass das Hauptsegel am Mast durchhing. Die Matrosen hatten stattdessen eilig das Topsegel hochgezogen, das sich jetzt auf der anderen Seite des Schiffes aufblähte. Sie mussten das Leuchtfeuer gesehen haben und versuchten nun den Kurs zu ändern.

»Bitte, Gott, gib ihnen Kraft«, flüsterte Helena. Mehr konnte sie nicht tun. Wenn die Seeleute ihr Schiff nur eine Viertelmeile weiter weglenken konnten, würden sie den

Hafen von West Bay erreichen. Und die Strandräuber gingen in dieser Nacht leer aus.

Plötzlich fühlte Helena die Erschöpfung. Sie trieb Oriel zum Trab an und ritt auf die Öffnung im Erdwall am hinteren Ende der Hügelanlage zu. Das war der längere Heimweg, der auf einem Pfad um den Berg herumführte. Sie konnte nur hoffen, dass die Strandräuber schon weg waren, denn bergab war es nicht möglich, über die Hecke zu springen. Oriel stolperte, als seine Hufe die Steine berührten, und Helena ließ das müde Pferd im Schritt gehen. Sie fragte sich, ob Jamie inzwischen seinen Vater gefunden hatte, und dachte dann daran, wie ernst er ausgesehen hatte, als er ihr versprach die Strandräuber nicht ungestraft entkommen zu lassen. Sollte das bedeuten, dass Samuel Polstock das Gesetz in seine eigenen Hände nehmen und selbst den Strandräubern hinterherjagen wollte? Jeder Mann in Roseby würde ihm dabei helfen, das war Helena klar.

Auf einmal ertönten Schüsse im Wald unten und Oriel blieb stehen und warf erschrocken den Kopf zurück. Zwischen den Bäumen, wo Musketen neu geladen und abgefeuert wurden, sah man gelbe Lichtblitze aufleuchten. Dann hörte Helena ärgerliche Rufe. Sie bekam panische Angst. Hatten die Dorfbewohner die Strandräuber in ihrem Versteck angegriffen?

Oriel stieg bei der nächsten Salve hoch und Helena warf sich nach vorn, bis er wieder auf seinen Vorderbeinen landete. Er zitterte am ganzen Körper vor Angst.

»Ruhig, mein Junge, ganz ruhig«, sagte sie und presste

ihre Schenkel an seinen Körper, damit er weiterging. Die Flanken des Hengstes waren erhitzt und schweißnass, die Zügel glitschig vom Schaum. Sie hielt ihn dicht an der Bergseite und beobachtete den Pfad vor sich, der durch den Wald führte. Das war der schnellste Heimweg, aber Helena hatte Angst, ins Schussfeuer zu geraten.

Plötzlich stürzten einige Gestalten zwischen den Bäumen hervor. Helena erstarrte und Oriel blieb sofort stehen, als er spürte, wie sich ihre Muskeln anspannten. Einige der Männer kamen aus dem Dorf. Sie erkannte die breitschultrige Silhouette von Samuel Polstock und den großen blonden Harry Savage. Aber da waren auch noch andere Männer, bei denen es sich weder um Strandräuber noch um Schmuggler handelte. Sie trugen dunkelrote Mäntel und ihre unverwechselbaren, flachen Kappen sowie Schwerter in ihren breiten weißen Gürteln. Das waren Dragoner, Soldatenbatallions, die entlang der Küste stationiert wurden, um die Berittenen Zollfahnder zu unterstützen.

Helenas Gedanken rasten. Hatte Jamies Vater die Zollfahnder geholt, damit sie das Versteck der Strandräuber gemeinsam angreifen konnten? Und wenn die Strandräuber verhaftet worden waren, wie lange würde es noch dauern, bis Mathias Jarrow die Roseby-Schmuggler verriet?

Da hörte man Hufgeklapper und ein stämmiges helles Pferd galoppierte auf Helena zu.

»Wer da?«, rief der Reiter und brachte sein Pferd zum Stehen.

Helena hatte den kurzbeinigen Palomino erkannt, noch bevor sie die vertraute Stimme hörte. Sie trieb Oriel an und ließ ihn weitertraben, bis der Berittene Offizier sie sehen konnte.

»Lady Helena!« Roger Chapman klang, als könnte er seinen Augen nicht trauen. »Was machen Sie denn hier?«

Helena schnürte es auf einmal die Kehle zu und sie konnte kaum sprechen. »Ich . . . ich habe gesehen, dass das Leuchtfeuer ausgegangen ist«, stammelte sie. »Ich habe es wieder angezündet.«

»Was?« Der Berittene Offizier spähte an Helena vorbei zur Hügelkuppe, wo das Feuer sein gleichmäßiges orangefarbenes Signal in die Nacht hinaussendete. Leise stieß er einen erstaunten Fluch aus und wandte sich ihr wieder zu. »Sie haben sich in große Gefahr begeben, Lady Helena. Wussten Sie, dass sich die Strandräuber im Wald versteckt hielten?«

Helena nickte.

»Die restlichen Dorfbewohner wussten offensichtlich auch Bescheid.« Roger Chapman nickte zu den Männern hinüber, die sich am Rande des Waldes versammelt hatten. »Als ich mit den Dragonern hierher kam, stellten wir fest, dass die Dorfbewohner die verfallene Kapelle bereits umzingelt hatten. Aber wir waren froh über ihre Hilfe. Das war eine gefährliche Bande.«

Helena wickelte eine Strähne von Oriels Mähne um ihren Finger. Die Ungewissheit plagte sie. War Jamies Onkel entkommen? »Wurden alle Strandräuber geschnappt?«, zwang sie sich zu fragen.

»Gefangen oder erschossen.« Etwas Endgültiges lag in der Stimme des Berittenen Zollfahnders.

»Erschossen?«

Roger Chapman sah ernst aus. »Drei der Männer wurden getötet, als sie versuchten zu flüchten. Einer hieß Mathias Jarrow. Es war seine Spur, die wir aus Weymouth verfolgt hatten. Ein Berittener Zollfahnder erzählte uns gestern, dass dieser Jarrow etwas mit den Strandräubern zu tun hat und vermutlich bei seiner Schwester in Roseby wohnen würde. Heute Nachmittag fanden wir eine Karte zwischen seinen Habseligkeiten, auf der die verfallene Kapelle markiert war.«

Helena schloss kurz die Augen. Gott würde ihr hoffentlich vergeben, dass sie erleichtert über den Tod eines Mannes war. Aber so konnte Jarrow die Roseby-Schmuggler nicht mehr verraten, um seinen eigenen Hals zu retten.

Als sie die Augen wieder öffnete, sah Roger Chapman sie mit einem seltsamen Gesichtsausdruck an. »Kommen Sie, Lady Helena, Sie müssen nach Hause.« Er drehte seinen Palomino herum und begann den Hügel hinabzureiten.

Oriel trabte neben ihm her. Helena war so erschöpft, dass sie nichts anderes tun konnte, als sich aufrecht im Sattel zu halten. Die Männer von Roseby machten sich ebenfalls auf den Heimweg, die Köpfe gebeugt, um sich gegen den Regen zu schützen. Zwischen den Männern, die am Waldrand zurückblieben, sah Helena die Strandräuber, die man aneinander gefesselt hatte. Dragoner in roten

Mänteln standen um sie herum, die Musketen im Anschlag, damit keiner der Gefangenen auf die Idee kam, zu fliehen.

Sie erhaschte einen flüchtigen Blick von einem der Männer. Er war ungefähr so alt wie ihr Vater, sein langes Haar und sein wilder Bart sahen aus, als hätte er schon eine Weile draußen gelebt. Trotz des kalten Windes trug er keine Jacke, Hemd und Hose waren schmutzig und hatten außerdem dunkle, unheimliche Flecken. Er schien zu spüren, dass Helena ihn ansah, denn er drehte sich um und begegnete ihrem Blick. Seine Augen leuchteten hell in der Dunkelheit. Helena zuckte zusammen, aber sah nicht weg. Stattdessen erinnerte sie sich daran, wie verzweifelt sie gewesen war, als sie das Schiff unterhalb des Leuchtfeuers mit den Wellen kämpfen sah. Und voller Schaudern fiel ihr ein, wo dieser Mann landen würden: angekettet auf der Anklagebank.

Roger Chapman hielt Noah neben dem Pfad an, der über die Felder zum Herrenhaus führte. »Können Sie von hier aus allein weiterreiten, Lady Helena?«

»Ja, danke«, antwortete sie.

Er folgte Helenas Blick und fügte hinzu: »Jetzt wird sich das Gericht um sie kümmern, da können Sie sicher sein.«

»Zum Glück wurden sie geschnappt, bevor sie noch mehr Schiffe auf die Riffe locken konnten«, sagte Helena.

»Es war großartig, wie Sie heute Nacht das Feuer wieder angezündet haben, Lady Helena.« Mr Chapman betrachtete sie einen Moment lang schweigend und Helena war es unangenehm, als sie seinen Blick auf ihrer schmutzbespritzten Hose und dem zerrissenen Hemd fühlte. »Sie sind eine höchst ungewöhnliche junge Dame«, sagte er. »Sie scheinen bereit zu sein ein hohes Risiko für andere Menschen einzugehen.«

Helena umklammerte die Zügel etwas fester. Sprach Mr Chapman von den Seeleuten und dem erloschenen Feuer oder von den Schmugglern, die sie in der Nacht gewarnt hatte, als er sie auf den Klippen entdeckt hatte?

»Ich bin genauso erleichtert wie Sie, dass die Strandräuber gefasst wurden«, fuhr er leise fort. »Aber meine Arbeit hier ist noch nicht zu Ende. Ich muss immer noch die Schmuggler fangen, die an der Küste tätig sind. Das verstehen Sie doch, oder?«

Helena zwang sich ihm in die Augen zu sehen. »Ja, Mr Chapman, das verstehe ich«, sagte sie aufrichtig. Sie hatte nicht eine Sekunde geglaubt, dass der Zollfahnder sich damit zufrieden geben würde, die Strandräuber geschnappt zu haben.

Plötzlich warf ihr Roger Chapman ein unerwartetes Lächeln zu. »Ich freue mich zu sehen, dass man den Hengst reiten kann«, bemerkte er. »Vielleicht wird Lord Roseby ihn nun doch behalten?«

Helena nickte und fragte sich, was ihr Vater dazu sagen würde, wenn er herausfand, dass sie Oriel heimlich geritten hatte.

Der Ruf eines Zollfahnders mit sandfarbenem Haar unterbrach sie. Es war Evan Price, der auf seinem grauen Pferd herankam. »Wir können die Gefangenen jetzt abtransportieren«, kündigte er an.

»Ich bin sofort bei Ihnen«, sagte Roger Chapman. Er warf noch einen Blick auf Helena. »Auf Wiedersehen, Mylady.« Er lüpfte seinen Hut und trabte den Weg zu den wartenden Dragonern hinab.

Helena nahm ihre Zügel auf und ritt über die Felder auf das Herrenhaus zu. Der Hengst schien den Weg zu kennen und Helena saß kraftlos im Sattel, während er sich seinen Weg über das Gras suchte. Die Nadeln in ihrem Haar hatten sich bereits gelöst, bevor sie das Leuchtfeuer erreichen konnte, und jetzt hingen ihr die nassen Strähnen bis auf die Schultern hinab und sorgten dafür, dass eiskalte Tropfen ihren Nacken hinunterrannen. Die schlecht sitzende Hose scheuerte an den Knien und jeder Muskel in ihren Beinen schmerzte von dem anstrengenden Galopp.

Ein schwaches Licht und der Klang besorgter Stimmen kam aus dem Stallhof hinter dem Haus. Als Helena und Oriel um die Ecke bogen, verstummten die Stimmen. Das helle Licht der Laternen blendete und blinzelnd erkannte Helena, wie ihre Mutter, die einen Herrenmantel über dem Kleid trug, auf sie zustürzte.

»Oh, Helena, Gott sei Dank, es geht dir gut!«

Helena ließ die Zügel auf Oriels Hals fallen und fühlte sich auf einmal so müde, dass sie sich kaum noch im Sattel halten konnte. Ihr Vater bemerkte, dass sie schwankte, machte einen Schritt vor und hob sie teils aus dem Sattel, teils fing er sie auf, während sie zu Boden rutschte.

»Nell, Nell«, sagte er und umarmte sie. »Was um alles in der Welt hast du dir dabei gedacht?«

Helena drehte den Kopf, um ihn anzusehen. Sie fühlte die Wolle seiner Jacke warm und tröstend an ihrer Wange. »Ich musste das Leuchtfeuer wieder entzünden«, erklärte sie. »Um das Schiff vor den Strandräubern zu retten. Das verstehst du doch, oder?«

»Ich denke schon«, sagte Lord Roseby leise. Dann richtete er sich auf und beobachtete Jamie, der herbeikam, Oriel am Zügel ergriff und in den Stall führte. »Sieht so aus, als hättet ihr beide Freundschaft mit diesem Pferd geschlossen«, kommentierte er. »Ich nehme an, das war nicht das erste Mal heute, dass du auf ihm geritten bist?«

»Nein, Papa«, gab Helena zu. »Bitte gib nicht Jamie die Schuld. Das war alles meine Idee. Oriel ist wundervoll und überhaupt nicht gefährlich. Er rennt unvorstellbar schnell!«

Lord Roseby hob die Augenbrauen. »Heute Nacht scheint er sich jedenfalls gut um dich gekümmert zu haben, junge Dame. Aber es gefällt mir gar nicht, dass du mir wieder nicht gehorcht hast.«

Helena sah ihm in die Augen. »Es tut mir Leid, Papa. Aber ich hätte es nicht getan, wenn ich nicht so sicher gewesen wäre, dass du Oriel falsch eingeschätzt hast. Er ist ein gutes Pferd, man muss ihm nur vertrauen.«

Ihr Vater lächelte und strich eine feuchte Locke von ihrer Wange. »Ich denke, das hast du bewiesen, Nell.«

Jamie kam aus dem Stall. Im Schein der Laternen leuchtete sein Gesicht. »Geht es Ihnen gut, Mylady?«, fragte er, als er auf Helena zukam.

»Ja, es geht mir gut«, sagte sie. »Und Oriel auch. Jamie,

wir sind über die Hecke auf dem Beacon-Berg gesprungen! Weißt du, die Hecke, über die ich mich mit Piper nicht gewagt habe.« Schuldbewusst blickte sie zu ihrem Vater hinüber, aber der schien nichts mitgekriegt zu haben. »Die Strandräuber wurden verhaftet«, fuhr Helena leise fort.

Jamie nickte. »Ja, ich hörte die Schüsse. Die Dragoner galopppierten hier vorbei, kurz nachdem mein Vater weggeritten war. Daher nahm ich an, dass genügend Männer da waren, um die Kapelle zu umzingeln.« Fragend sah er sie an.

Helena holte tief Luft. »Mr Chapman hat mir berichtet, dass einige Strandräuber erschossen wurden, als sie versuchten zu flüchten. D. . . dein Onkel war einer von ihnen.«

Mit nichts verriet Jamies Miene die Erleichterung, die er empfinden musste. »Dann ist jetzt wohl alles vorbei«, seufzte er leise.

»Ja, alles ist vorbei«, wiederholte sie.

Lady Roseby trat heran. »Komm jetzt rein, Nell«, sagte sie. »Jamie wird sich um Oriel kümmern. Ich weiß, es war mutig, was du getan hast. Aber du musst versprechen, dass du nie wieder so etwas Gefährliches machen wirst.« Helena nickte und plötzlich lächelte ihre Mutter. »Und wenn du den Hengst das nächste Mal reitest, solltest du den Damensattel nehmen. Stell dir nur vor, was Tante Emma sagen würde, könnte sie dich jetzt sehen!«

Helena blickte an ihrer durchnässten, verdreckten Hose herunter und grinste.

»Ja, hinein mit dir«, rief ihr Vater. Er schaute zu Oriels

Stalltür und kniff nachdenklich die Augen zusammen. Der Hengst war im dunklen Stall nicht zu sehen, aber Helena hörte ein mampfendes Geräusch. Er schien seine Nase also bereits ins Heu gesteckt zu haben.

Lord Roseby sagte zu Helena: »Weißt du, wenn Oriel wirklich so schnell ist, wie du sagst, dann sollte er beim Rennen starten. Er ist sicherlich fit genug, wenn er den ganzen Beacon-Berg hinaufgaloppieren konnte.«

Helena starrte ihren Vater entzückt an. Oriel sollte am Bridport-Rennen teilnehmen! Gab es einen eindeutigeren Beweis dafür, dass er nun für immer nach Roseby gehörte? Dann runzelte sie die Stirn. »Und was ist mit Piper?«

Lord Roseby lächelte. »Oh, ich möchte Piper immer noch reiten. Das ganze Training soll ja nicht umsonst gewesen sein, nicht wahr?«

»Wer reitet Oriel dann?«

Ihr Vater sah sie einen Moment lang ernst an. »Zu schade, dass es die meisten Leute empörend fänden, wenn eine junge Dame am Rennen teilnehmen würde«, sagte er. »Ich bin sehr stolz auf dich, Nell. Für das, was du heute getan hast, braucht man viel Mut und Können. Ich kenne nicht viele Männer, die zu so etwas in der Lage gewesen wären.«

Helena wurde rot.

Dann wandte sich ihr Vater zu ihrer Überraschung an den Stallburschen, der mit Oriels Zaumzeug neben ihnen stand. »Jamie, würdest du den Hengst reiten? Schließlich hast du gute Arbeit mit Pipers Training geleistet.«

Jamie strahlte. »Natürlich, Mylord«, sagte er. »Wäre eine Ehre für mich und ich werde mein Bestes geben.«

»Das weiß ich«, sagte Lord Roseby und nickte.

Helena umarmte ihren Vater stürmisch. »Danke, Papa! Du wirst es nicht bereuen, das verspreche ich dir.«

Kapitel 26

Als der Tag des Rennens anbrach, hatten sich die Herbststürme ausgetobt. Die Luft war kühl und klar und das Gras so weich, dass die Pferde mit ihren Hufen zwar Abdrücke hinterließen, aber nicht einsanken. Das versprach ein schnelles Rennen. Helena war beim ersten Tageslicht in Oriels Stall und bürstete das Fell des Hengstes, bis es wie ein Mahagoni-Spiegel glänzte.

Sie hielt inne, als Jamie in der Tür erschien. Sein Atem gefror zu silbrigen Wölkchen und seine Wangen waren rot vor Kälte. Vor lauter Aufregung glänzten seine Augen und er wirkte angespannt, aber es war nicht dieselbe Anspannung, die auf seinen Schultern gelastet und ihn bedrückt hatte, als das Dorf von den Strandräubern bedroht wurde. Am Ende war es gar nicht notwendig gewesen, den Zollfahndern Jarrows blutbefleckten Hammer zu zeigen. Helena hatte Jamie zugeschaut, als er ihn während eines von Oriels Trainingsritten von den Klippen ins Meer geworfen hatte. Der Stallbursche wollte nicht, dass seine Mutter ihn zu sehen bekam. Sie hatte schon genug traurige Erinnerungen an ihren Bruder.

Mit verschränkten Armen lehnte Jamie am Türpfosten. »Wenn du ihn weiter so bearbeitest, hat er gleich kein Fell mehr«, neckte er sie.

Helena grinste ihn an. »Unsinn! Ich möchte nur, dass du heute das schönste Pferd reitest.«

»Oh, das ist doch keine Frage«, sagte Jamie. »Aber jetzt musst du gehen. Es ist Zeit fürs Frühstück und er soll ein paar Stunden vor dem Beginn des Rennens nichts mehr fressen.«

Helena legte die Bürste zurück in die Kiste und fuhr mit der Hand über Oriels Schulter. Sie genoss das samtweiche Gefühl seines Fells und der glatten Muskeln darunter. Dann nahm sie die Decke, die über der Stalltür hing, und legte sie auf den Hengst, damit er warm blieb. »Mach dich nicht wieder schmutzig«, warnte sie ihn und ging aus dem Stall.

Sie lief ins Haus und suchte sich einen Weg durch die Berge von Grünpflanzen, die in der rückseitigen Halle lagen. Am Tag des Bridport-Rennens begannnen die Bediensteten immer das Haus weihnachtlich zu schmücken. Efeuranken und Stechpalmenzweige wurden durch das Treppengeländer geflochten und auf den Kaminsimsen drapiert.

Ein Stechpalmzweig verhakte sich in Helenas Kleid und sie bückte sich, um ihn loszumachen.

»Alles in Ordnung, Lady Helena?«, fragte Jamies Mutter Mary, die mit einem Berg sauberer Wäsche im Arm aus der Küche kam.

»Ja, danke, Mary. Das heißt, gleich, wenn dieser Zweig mich endlich loslassen will! Haben meine Eltern schon gefrühstückt?«

»Sie sind gerade fertig«, sagte Mary. »Und Sie sollten sich beeilen, wenn Sie auch etwas essen wollen. Die Abfahrt ist bald.«

Endlich gelang es Helena, den Stachel aus ihrem Kleid zu lösen, und sie richtete sich auf. »Ich bin zu nervös, um etwas zu essen«, gestand sie.

Mary steckte sich die Laken unter den Arm und tätschelte Helenas Hand. »Keine Sorge, Nelly, meine Süße«, sagte sie. »Jamie hat mir von Oriel erzählt und er scheint das beste Pferd hier in der Gegend zu sein, ja vielleicht sogar von ganz Südengland.«

Helena lächelte die Haushälterin dankbar an. »Stimmt«, sagte sie. Sie schwieg, als die Uhr hinter ihr zu schlagen begann. »Neun Uhr! Ich muss mich umziehen, Harding wird bald losfahren.« Impulsiv drückte sie einen Kuss auf Marys Wange, dann drehte sie sich um und rannte die Treppe hinauf.

Louise wartete bereits mit einer Schüssel voll heißem Wasser in Helenas Schlafzimmer, um ihr beim Waschen und Ankleiden zu helfen. Dankbar steckte Helena ihre kalten Hände in das Wasser und saß dann geduldig da, während die Zofe die Nadeln aus ihrem Haar holte und es bürstete, bis es in glänzenden braunen Wellen herabhing. Dann drehte sie es zu Locken, die Helenas Gesicht einrahmten und ihren Nacken entblößten. Schließlich half ihr Louise das Kleid anzuziehen, das Susan Clark geschneidert hatte. Der Rock fiel wie ein Wasserfall aus grüner Seide über das cremefarbene Unterkleid und raschelte leise, als Helena sich umdrehte, um sich im Spiegel zu betrachten. Sie musste zugeben, dass Louise die richtige Farbe vorgeschlagen hatte. Das Grün ließ ihre Augen wie Katzenaugen aussehen und die großzügigen Falten des Kleids leuchteten silbern, wenn sich das Licht darin verfing.

»Werden Sie Ihre Bernsteinkette tragen, Mylady?«, fragte Louise.

Helena lächelte. »Ja, ich denke, die passt gut zu diesem Kleid, nicht wahr?«

Louise nickte und legte die Kette mit den schweren Bernsteinperlen um Helenas Hals, während Helena sich den dazu passenden Ring auf den Mittelfinger ihrer rechten Hand steckte. Den Schmuck hatte sie zum letzten Geburtstag von ihren Eltern bekommen und er bildete einen leuchtenden Kontrast zu ihrer hellen Haut.

Helena holte tief Luft und strich ihr Kleid glatt, dann sah sie Louise an. Die Augen des Mädchens strahlten anerkennend. »Sie sehen wie ein Gemälde aus, Mylady«, stieß sie atemlos hervor.

»Danke, Louise«, sagte Helena. Sie war mit ihrem Aussehen zufrieden, mehr als normalerweise. »Jetzt hilf mir noch den Hut aufzusetzen, dann bin ich fertig.«

Nachdem der Hut auf ihrem Kopf festgesteckt war, nahm Helena ihren Rock in die Hand und rannte die Treppe zur Halle hinunter, wo ihre Eltern und Will bereits auf sie warteten. Alle hatten die feinsten Ausgehkleider angezogen und dicke, breite Schals gegen die Dezemberkälte umgelegt. Helenas Vater lächelte, als er seine Tochter sah, dann hielt er die Hintertür auf, damit seine Familie in den Hof gehen konnte.

Die Rosebys reisten in ihrer Kutsche zum Rennen. Jamie und Watkins würden auf Oriel und Piper vor ihnen herreiten und Lord Roseby erst zum Start des Rennens aufsitzen.

Als Helena in den Stallhof kam, hatte Jamie Oriel gesattelt und führte ihn hinaus. Sobald Helena um die Ecke bog, wieherte Oriel zu ihrer Freude leise. Sie rannte zu ihm hin und presste ihre Wange an seinen Hals, der sich warm und seidig anfühlte und im Sonnenlicht wie Pechkohle schimmerte. »Wir sehen uns beim Start wieder, Oriel«, flüsterte sie und trat dann zurück, damit Jamie in den Sattel steigen konnte.

»Bis später«, sagte er zu ihr. Seine braunen Augen leuchteten unter der Hutkante hervor.

»Los geht's, Junge«, rief Watkins von der anderen Seite des Hofes herüber, wo er gerade auf Piper gestiegen war. Der kastanienbraune Wallach warf den Kopf zurück und seine bernsteinfarbene Mähne flatterte wie tausende von Seidenbändern.

»Sieht so aus, als wäre Piper ganz deiner Meinung«, sagte Will lachend. Er stand an der Hand seiner Mutter neben der Kutsche.

Die beiden Reiter lüpften ihre Hüte und ritten dann die Einfahrt hinunter. Acht Hufe knirschten rhythmisch über den gefrorenen Kies.

»Na, dann los«, sagte Lord Roseby und öffnete die Tür der Kutsche. »Wir wollen doch nicht zu spät kommen.«

Lady Roseby nahm seine Hand und ließ sich von ihm in die Kutsche helfen. »Komm, Will«, sagte sie und klopfte auf den Sitz neben sich.

Helenas kleiner Bruder kletterte in die Kutsche, dann half Lord Roseby Helena beim Einsteigen und setzte sich zum Schluss selbst hinein.

Harding schwang die Peitsche über die braunen Pferde vor ihm, die farblich perfekt zusammenpassten. Das Leder des Geschirrs und die hölzernen Räder knarrten, als sich die Kutsche in Bewegung setzte und über das Hofpflaster rollte. Helena lehnte sich in den gepolsterten Sitz zurück und steckte die Hände unter die Decke.

Normalerweise hätten sie an einem solchen kalten Tag die geschlossene Kutsche benutzt, aber in der offenen konnten sie sich umsehen und die anderen Leute begrüßen, die ebenfalls zum Rennen fuhren.

Die Straße wurde immer voller, als sie sich dem Feld außerhalb von Bridport näherten, wo das Rennen startete. Harding ließ Apollo und Jupiter im Schritt weitergehen und reihte sich in die Schlange von Kutschen und Wägen ein, die darauf warteten, auf das Feld einfahren zu können. Auf der anderen Seite der Hecke sah Helena eine Reihe von Ständen, in denen heiße Pasteten und gewürzte Früchte verkauft wurden. Außerdem gab es Wurfbuden für die Kinder. Will befreite sich von der Decke und stand auf, um besser sehen zu können. Dabei wackelte die ganze Kutsche.

»Setz dich, Will, sonst landen wir noch alle im Graben«, warnte ihn sein Vater.

Sobald sie das Tor passiert hatten, hielt Harding die Kutsche an und ließ sie aussteigen. Helena hielt sich am Arm ihres Vaters fest, raffte mit der anderen Hand ihren Rock hoch, damit er nicht dreckig wurde, und sah sich dann entzückt um. Überall waren Menschen. Alle hatten sich mit Hüten und Schals ausstaffiert, sodass man nur ihre Augen und geröteten Wangen sehen konnte. Und zwischen den Leuten standen alle mögliche Arten von Pferden: große und kleine, von Bauernpferden mit breitem Brustkorb, borstigen Schweifen und geschorenen Mähnen bis zu langbeinigen Vollblütern, deren Adern man unter der zarten Haut erkennen konnte.

Lord Roseby hob grüßend den Hut. Helena blickte sich um und sah Faith Powell. Ihr hübsches Gesicht war von der Kälte gerötet und blonde Strähnen kamen unter ihrer Haube hervor.

»Guten Tag, Lord Roseby, Helena. Haben Sie meinen Mann schon gesehen?«, wollte sie wissen.

»Nimmt Mr Powell am Rennen teil?«, fragte Helena.

Faith nickte. »Ich mache mir Sorgen, wie es Whistler zwischen all diesen Vollblütern ergehen wird«, sagte sie.

»Da kommt er«, sagte Lord Roseby und zeigte zum Tor.

Jonathan Powell trabte auf seinem scheckigen Geländepferd über das Feld auf sie zu. »Guten Tag, Lord Roseby!«, rief er. »Das ist doch ein schöner Tag für das Rennen, nicht wahr?« Er brachte Whistler neben ihnen zum Halten und Helena streichelte den braun-weißen Hals des Pferds.

Plötzlich ertönte ein Jagdhorn und Whistlers Kopf schoss hoch, seine Ohren waren gespitzt. Die Menge verstummte und drehte sich erwartungsvoll in die Richtung, aus der das Signal gekommen war. Eine laute Stimme kündigte an: »Meine Damen und Herren, das Bridport-Rennen wird gleich beginnen! Könnten sich bitte alle Pferde und Reiter an den Start begeben?«

Helena sah sich nach Oriel und Piper um und erblickte das kastanienfarbene Pferd, das sich elegant den Weg über das matschige Feld suchte. Sie zog ihren Vater am Ärmel. »Da ist Watkins, Papa«, sagte sie.

Lord Roseby verabschiedete sich mit einem Nicken von den Powells, rückte seinen Hut gerade und ging zu den Pferden hinüber. Watkins sprang aus dem Sattel. »Sie können aufsitzen, Mylord«, sagte er.

»Danke, Watkins«. Lord Roseby beugte sein linkes Bein, damit der Stallmeister ihn in den Sattel hieven konnte, und wartete, bis dieser den Steigbügel auf die Länge seiner Beine eingestellt hatte.

Helena ging zu Oriel und ihr Herz begann auf einmal nervös zu klopfen. Aber der mahagonifarbene Hengst fühlte sich offensichtlich nicht gestört von den vielen Menschen um ihn herum. Er machte nur einen Schritt zur Seite, als ein kleiner braun-weißer Terrier japsend vorbeiraste. Jamie nahm die Zügel und fuhr mit einer Hand über die seidige schwarze Mähne.

»Ruhig, mein Junge«, murmelte er.

»Wie geht es ihm?«, fragte Helena.

Jamie lächelte. »Oriel geht's hervorragend, aber bei mir bin ich da nicht so sicher«, sagte er scherzend.

»Unsinn«, widersprach Helena. »Ihr werdet es beide gut

machen.« Sie merkte, dass Jamie sie aufmerksam betrachtete und runzelte die Stirn. »Was ist denn los?«

Jamie schüttelte den Kopf. »Ich habe nur dein neues Kleid bemerkt, sonst nichts. Du siehst wunderschön aus.«

»Wunderschön?«, wiederholte Helena und wurde rot. »Na ja, danke.« Unbewusst hob sie eine Hand und berührte die Bernsteinperlen auf ihrem Schlüsselbein.

Jamies braune Augen blickten ungewöhnlich ernst. »Siehst wie eine richtige Lady aus, Nell«, sagte er leise.

Helena lachte und merkte, wie sich die Spannung, die sich zwischen ihnen aufgebaut hatte, in Luft auflöste. »Wie eine Lady? Ich denke, das ist auch gut so. Ich möchte ja nicht wie eine Schmugglerin aussehen!«

Sie schwieg verwirrt, denn Jamie lachte nicht mit, sondern starrte erschrocken an ihr vorbei. Helena drehte sich um. Roger Chapman stand hinter ihr.

Kapitel 27

Mr Chapman!«, rief Helena.

Der Berittene Zollfahnder verbeugte sich höflich. »Guten Tag, Lady Helena. Ihr Mutter hat mich freundlicherweise eingeladen das Rennen mit Ihnen anzusehen.«

»Oh ja, natürlich«, stammelte Helena und fragte sich, ob der Zollfahnder ihr Gespräch mitbekommen hatte. Sie konnte nicht vergessen, was er in der Nacht, als die Strandräuber gefasst wurden, versprochen hatte. Er würde weiter nach den Schmugglern suchen.

»Alle Pferde an den Start!«, rief der Leiter des Rennens noch mal, bevor Helena etwas sagen konnte.

»Ich muss gehen, Nell«, rief Jamie.

Schnell zog Helena noch die dunkelgrüne Decke unter Oriels Sattel glatt. »Gott sei mit dir«, murmelte sie.

»Viel Glück, Master Polstock«, rief Roger Chapman Jamie zu. »Ihnen auch, Lord Roseby«, fügte er hinzu.

»Danke, Mr Chapman«, antwortete Lord Roseby. »Fertig, Jamie?«

»Ja, Sir«, sagte Jamie mit fester Stimme. Die beiden Pferde trabten auf die andere Seite des Felds und ihre Reiter hoben und senkten sich im Rhythmus ihres Hufschlags.

»Sollen wir gehen und den Start anschauen?«, schlug Mr Chapman vor und bot Helena seinen Arm an.

Sie drehte sich zu ihm um. Plötzlich flatterten Schmetterlinge in ihrem Bauch und sie konnte kaum sprechen. »Danke«, murmelte sie und nahm seinen Arm.

Der Berittene Kommandant sah sie kurz an. »Darf ich Ihnen zu Ihrem neuen Kleid gratulieren, Lady Helena?«, fragte er. »Die Farbe steht Ihnen außerordentlich gut, finde ich. Ein Glück, dass Ihre Näherin einen so schönen Stoff finden konnte.«

Helena sah ihn erschrocken an und versuchte herauszufinden, ob irgendeine Bedeutung hinter seinen Worten versteckt lag. Hatte er etwa den Verdacht, dass sie in geschmuggelte Seide gekleidet war? »Danke, Sir«, sagte sie. Ihre Gedanken rasten. »Meine Tante, Lady Windlesham, ist so freundlich uns jedes Mal Stoff mitzubringen, wenn sie London besucht. Sie denkt offensichtlich, dass wir unter einer Horde Barbaren leben, die nur Wolle tragen!«, fügte sie hinzu.

Mr Chapman lächelte höflich über Helenas Scherz. Erleichtert stieß Helena einen Seufzer aus, als er das Thema nicht weiterverfolgte, sondern sich umdrehte, um Faith Powell, die ihrem Mann hinterhersah, seinen anderen Arm anzubieten. »Mrs Powell?« Er führte sie beide geschickt durch die Menge bis zu dem Seil, das die Rennstrecke abgrenzte. Dort standen schon Lady Roseby und Will.

»Da bist du ja, Nell!«, rief Will, als sie sich näherten. »Ich dachte schon, du würdest noch alles verpassen. Sieh mal, da sind Papa und Jamie.« Er deutete auf das hintere Ende der Pferdereihe.

»Fertig?«, rief der Rennleiter. Er stand auf einer Kiste und hob eine weiße Flagge. »Und los!«

Die Flagge ging nach unten und die Pferde drängten über die Startlinie und galoppierten mit trommelnden Hufen über das Gras.

»Lauf, Oriel! Lauf, Piper!«, rief Helena. Ihre Stimme wurde von dem ohrenbetäubenden Geschrei der Menge verschluckt.

Die Reihe der Pferde fiel immer mehr auseinander, als sie sich der Hecke am Ende des Feldes näherten. Die weniger souveränen Pferde und Reiter fielen zurück und ließen die anderen in Führung gehen. Ein paar verweigerten in letzter Minute den Sprung und ihre Reiter landeten in den Dornen. Die restlichen Pferde sprangen hinüber, aber man erkannte nur eine verschwommene Masse von Hufen und Köpfen, dann verschwanden sie auf dem angrenzenden Feld und waren nicht mehr zu sehen.

Schnell ließ Helena ihren Blick über die reiterlosen Pferde gleiten, die jetzt zum Start zurückgaloppierten. Hoffentlich war kein dunkelbraunes, kastanienfarbenes oder scheckiges dabei. Aber es sah so aus, als hätten Jamie, ihr Vater und Mr Powell den Sprung ohne Probleme geschafft.

Lady Roseby wandte sich mit leuchtenden Augen an Helena. »Ein hervorragender Start!«, sagte sie. »Am besten suchen wir jetzt Harding, bevor die Straße vollständig verstopft ist, einverstanden?«

Helena nickte. Die Zuschauer entfernten sich bereits von dem Seil und drängten auf die wartenden Kutschen zu. Wer zu Fuß unterwegs war, ging zu dem Tor, das vom Feld führte. Man konnte die Pferde nicht über die ganze Strecke hinweg beobachten, daher folgten die Wettbewerber der markierten Strecke über die Felder und Hecken, während die Zuschauer an den Zäunen entlang bis zum Ziel liefen.

Harding hatte die Kutsche schon zum Tor gebracht und trat schnell herbei, um Helena und ihrer Mutter die Stufen hochzuhelfen. Roger Chapman hob Will hinein und wollte soeben hinzuklettern, da lehnte sich Lady Roseby über eine Seite der Kutsche und rief: »Faith! Kommen Sie doch mit uns!«

Faith Powell wollte sich gerade in die Schlange stellen, die auf den Wagen wartete, der von den Organisatoren des Rennens zur Verfügung gestellt wurde. Jetzt drehte sie sich dankbar um und lief zur Kutsche der Rosebys hinüber. »Danke, Mylady«, sagte sie atemlos.

Harding fuhr los und lenkte die Kutsche an den langsameren Wagen vorbei, bis sie sich fast am Kopf der Wagenkolonne befanden, die zum Ziel fuhr.

»Halten Sie sich fest!«, warnte er, als Apollo und Jupiter abbogen und durch ein Tor liefen, das auf ein Grasfeld führte. Harding schwang schnalzend die Peitsche über die Köpfe der Pferde hinweg und sie galoppierten über das feuchte Gras. Kurz vor dem Ziel kamen sie mit einem Ruck zum Stehen.

Helena kletterte aus der Kutsche und rannte so schnell sie konnte zur Ziellinie.

Mr Chapman kam hinterher und stellte sich neben sie. »Können Sie sie schon sehen?«

Helena schüttelte den Kopf. »Noch nicht.«

In diesem Augenblick quetschten sich zwei kleine Jungen mit roten Wangen hinter sie und Helena stolperte nach vorn. Roger Chapman ergriff ihren Arm und bewahrte sie davor, auf das Seil zu fallen, mit dem die Strecke abgegrenzt wurde.

»Alles in Ordnung, Lady Helena?«

Helena befreite sich so höflich wie möglich aus seinem Griff und strich ihr Kleid glatt. »Ja, danke«, antwortete sie. Sie blickte über die Schulter und hoffte, dass die Pferde am Ende des Felds in Sicht kamen. Hier mussten sie über eine Hecke springen, aber es gab noch kein Anzeichen von ihnen. Sie überlegte, was sie sagen könnte, und fragte: »Kommen Sie zum Silvesterball, Mr Chapman?« Lord und Lady Roseby gaben jedes Jahr zu Silvester einen Ball. Die grünen Zweige, mit denen das Haus bis zum Abend dekoriert sein würde, wurden sorgfältig gewässert, damit sie bis dahin frisch und glänzend blieben. Helena hatte immer den Eindruck, dass ihre Eltern jeden einluden, den sie in den vergangenen zwölf Monaten kennen gelernt hatten.

Der Berittene Kommandant schüttelte den Kopf. »Ich fürchte nicht, Mylady. Man hat mir eine Position in Portsmouth angeboten, die ich noch vor Weihnachten antreten werde.«

»Heißt das, Sie gehen von hier fort?«, rief Helena erstaunt aus.

»Ja. Die Neuigkeit, dass die Strandräuber gefasst wurden, hat sich offensichtlich herumgesprochen und der leitende Kommandant hat mich angefordert.«

»Ich ... ich gratuliere Ihnen«, stammelte Helena. »Wissen Sie, wer Sie in West Bay ersetzen wird?«

Roger Chapman hob ganz leicht die Augenbrauen. »Ich hörte, dass Mr Jessop aus Warwickshire zurückkommt. Es hat ihm wohl so gut hier gefallen, dass er um eine Zurückversetzung gebeten hat.«

Helena lächelte. »Ich freue mich ihn wieder zu sehen«, sagte sie und blickte in eine andere Richtung, damit der Kommandant ihr strahlendes Gesicht nicht sehen konnte. Am liebsten hätte sie vor Freude geschrien. Die Schmuggler würden begeistert sein, wenn sie diese Neuigkeiten erfuhren! Denn Mr Jessop stellte natürlich eine viel geringere Gefahr für sie dar als Mr Chapman.

Als sie sich wieder herumdrehte, sah Mr Chapman sie ernst an. »Seien Sie vorsichtig, Lady Helena«, sagte er leise. »Was auch immer Sie denken mögen, Schmuggler sind gesetzeslose Menschen. Und der Vorfall mit dem Leuchtfeuer hat gezeigt, dass Sie sich offensichtlich gerne selbst in Gefahr bringen.«

»Ich ...« Sie brach ab, da sie das Geräusch trommelnder Hufe hörte. Schnell drehte sie sich um und sah die Hüte der führenden Reiter bei der Hecke auftauchen. Helena kniff die Augen zusammen und versuchte die Gesichter zu erkennen, aber sie waren viel zu schmutzbespritzt, um sie auf die Entfernung unterscheiden zu können.

Die ersten Pferde sprangen über die Hecke und landeten so dicht nebeneinander, dass ein Hellbrauner mit geschorener Mähne böse strauchelte und sein Reiter in den Dreck segelte. Die anderen Pferde wichen ihm aus und galoppierten mit gestreckten Hälsen und geblähten Nüstern aufs Ziel zu. Ein glänzendes kastanienbraunes und ein mahagonifarbenes Pferd galoppierten Seite an Seite, aber man konnte nicht ausmachen, wer in Führung lag.

Kapitel 28

Sie kamen immer näher. Helena öffnete den Mund, um sie anzufeuern, aber sie brachte keinen Ton heraus. Dann fegten sie vorbei – die restlichen Pferde waren ihnen dicht auf den Fersen – und die Menge brüllte ohrenbetäubend. Der Rennleiter sprang auf seiner Kiste auf und ab, schwenkte wie verrückt seine Fahne und rief den Namen des Gewinners aus, aber seine Stimme ging im Getöse unter.

Verwirrt drehte Helena sich zu Roger Chapman um. »Haben Sie gesehen, wer gewonnen hat?«

Der Kommandant lächelte sie an. Offensichtlich hatte er ihre ernste Unterhaltung von vorhin vergessen. »Der Hengst, Helena«, sagte er. »Oriel hat gewonnen!«

Er nahm sie am Ellbogen und führte sie durch die Menge, die zum Ende der Rennstrecke hin immer dichter wurde. Helena quetschte sich ganz nach vorn und drückte sich an Oriels warme mahagonifarbene Schulter, die über und über mit Schmutz, Schweiß und Schaum bedeckt war. Sie blickte hoch in Jamies überglückliches Gesicht. Er strahlte von einem Ohr zum anderen.

»Er hat es geschafft, Nell!«, jubelte er. »Er hat gewonnen!«

Der Hengst drehte den Kopf und schnaubte auf Helenas Haare. Sie fuhr mit der Hand über seine Mähne. »Du wunderschönes Pferd«, murmelte sie.

»Gut gemacht, Jamie!«, rief Lord Roseby über die Köpfe der Menge hinweg. »Das war ein brillanter Ritt!«

»Ein dreifaches Hoch auf Oriel!«, rief Will. Er drängte sich zwischen zwei Bauern hindurch und tätschelte die schaumbespritzte Brust des Hengstes.

»Und ein dreifaches Hoch auf Piper«, fügte Lady Roseby hinzu, die hinter ihm herkam. »Schließlich ist er Zweiter geworden.« Sie sah ihren Mann an und lächelte. »Gut gemacht, William.«

»Vielleicht hätte ich Ihrem Vater ein Angebot für den Hengst machen sollen, als ich noch die Chance dazu hatte«, murmelte Roger Chapman in Helenas Ohr.

Sie wirbelte erschreckt herum.

»Keine Sorge, Lady Helena«, sagte er lachend. »Ich habe ein Auge auf das drittplatzierte Pferd geworfen.« Er zeigte auf einen grauen Vollblüter, der den Kopf hin und her warf und die Leute, die in seiner Nähe standen, mit Schaum bespritzte. »Sein Name ist Devlin's Pride. Ich habe gehört, dass sein Besitzer ihn gerne verkaufen möchte.«

Helena lächelte. »Scheint ein gutes Pferd zu sein«, sagte sie und hätte vor Erleichterung am liebsten gejubelt.

Dieser Tag konnte kaum besser werden. Mr Chapman verließ West Bay, Mr Jessop kam zurück und die Roseby-Schmuggler würden noch eine ganze Weile in Sicherheit sein. Der Kommandant hatte laut und deutlich gesagt, dass er kein Interesse mehr daran hatte, den Hengst zu kaufen. Und das Beste war, dass Oriel das Bridport-Rennen gewonnen hatte!

Auf einmal dachte Helena voller Sorge an ihre Hauslehrerin, die das Rennen nervös beobachtet hatte. »Wo ist Mrs Powell?«, fragte sie.

»Sie ist da drüben bei Ihrem Mann«, sagte Mr Chapman und zeigte zur Ziellinie, wo eine blonde, junge Frau den Hals eines erschöpften Schecken tätschelte. »Sieht so aus, als sei Whistler heil angekommen.«

In diesem Moment drängte sich ein Mann mit grauem Schnurrbart und brauner Jacke zu Oriel durch und sah zu Jamie hoch. »Wie heißt du, Junge?«, fragte er.

»James Polstock, Sir«, antwortete Jamie.

Der Mann machte sich eine Notiz auf einem Stück Papier. »Und das Pferd?«

»Oriel«, sagte Helena. Sie spürte, wie sie errötete, als sie voller Stolz einfach hinzufügen musste: »Es gehört Lord Roseby.«

Der Mann sah sie an. »Danke, Miss. Das heißt also, dass Lord Rosebys Pferde Erster und Zweiter geworden sind. Guter Tag für ihn, würde ich sagen.« Er sah auf seine Liste. »Devlin's Pride ist Dritter, Starling Vierter und Alex von Arabien Fünfter«, las er vor. »Okay, das sind alle.« Er drehte sich um und verschwand.

Lord Roseby war inzwischen abgestiegen und tauchte neben Helena auf. Die dunkelblaue Wolle seiner Jacke war unter der dicken Schmutzschicht kaum zu erkennen. »Komm, Nell«, sagte er. »Jamie und Watkins sollten diese großartigen Pferde jetzt nach Hause bringen.«

»Natürlich, Papa.« Helena legte ihre Hand noch einmal auf Oriels Schulter und fühlte die warme Haut durch ihre Handschuhe hindurch. Dann lächelte sie Jamie zum letzten Mal zu und folgte ihrem Vater und Mr Chapman durch die Menge zur wartenden Kutsche.

Als die glückliche Gruppe ins Herrenhaus zurückkehrte, war es schon fast dunkel und in den Fenstern der unteren Stockwerke sah man einladende Kerzenlichter. Die Neuigkeiten von Oriels Sieg hatten sich wie ein Lauffeuer im Haus verbreitet und Helena hörte, wie ihr Vater Watkins die Erlaubnis gab, in der Scheune eine Feier für die Stallburschen zu veranstalten. Die Rosebys wollten den Sieg etwas ruhiger mit einem späten Essen feiern, bei dem auch Will dabei sein sollte und als besondere Belohnung länger aufbleiben durfte.

Nachdem Helena ihrer Mutter geholfen hatte das Menü festzulegen und das Silberbesteck aus den Seidentüchern zu wickeln, entschuldigte sie sich und behauptete, sie wolle sich vor dem Essen noch waschen.

Sie wusste, dass Oriel jetzt in seinem Stall war, aber sie konnte sich auf keinen Fall zum Essen hinsetzen, ohne ihm Gute Nacht gesagt zu haben. Außerdem wollte sie Jamie suchen und ihm erzählen, dass Roger Chapman fortging.

Sie holte rasch ein Schultertuch aus der Truhe neben der Hintertür und rannte dann die Treppe zum Stallhof hinunter. Das Hofpflaster leuchtete pechschwarz im schwachen Licht, das aus den Fenstern der Stallungen schien. Watkins würde die Laternen später, nachdem er ein letztes Mal nach den Pferden gesehen hatte, löschen. In der offenen Scheune am anderen Hofende hörte man Stimmen und der alte Abel Woodford spielte eine lebhafte Tanzmusik auf seiner Fiedel. Verschwommen erkannte man Gestalten, die in der Mitte der Scheune im Tanz herumwirbelten, und es gab immer wieder Gelächter, wenn die Tanzpartner sich in den Kreis und wieder hinausdrehten.

Helena lächelte und ging leise zu Oriels Stall hinüber. Der Hengst fraß Heu, drehte sich aber um, als sie kam, und streckte den Kopf über die Tür. Mit bebenden Nüstern begrüßte er sie. Helena legte die Hände an beide Seiten seines Kopfs und bewunderte wieder einmal die wunderschöne Form.

»Nell! Was macht du hier draußen?« Das war Jamie, der gerade ein Fass trug.

»Ich wollte vor dem Essen noch etwas Luft schnappen«, erklärte Helena. »Und natürlich dem Siegerpferd gratulieren!«

»Nicht dem Siegreiter?« Jamie tat so, als sei er eingeschnappt.

Helena lachte. »Na gut, euch beiden.« Sie blickte über die Schulter zur Scheune. »Sieht so aus, als hättet ihr eine schöne Feier.«

»Ja, stimmt«, sagte Jamie. »Sie läuft so gut, dass ich noch ein Fässchen aus dem Black Feathers holen musste!«

»Ich muss dir etwas erzählen«, sagte Helena. »Hast du eine Minute Zeit?«

»Natürlich.« Jamie setzte sich auf sein Fass, richtete sich auf und sah sie neugierig an.

»Was gibt's denn?«

»Keine Sorge, ich habe gute Neuigkeiten. Mr Chapman ist nach Portsmouth versetzt worden! Und Mr Jessop wird ihn hier ersetzen.«

Ein breites Grinsen ging über Jamies Gesicht. »Das sind tatsächlich gute Neuigkeiten«, stimmte er ihr zu. »Wird unsere Geschäfte erleichtern. Woher weißt du das?«

»Er hat es mir selbst vorhin erzählt«, erklärte Helena. »Ich . . . ich glaube, er wollte mich auch warnen. Er sagte, ich solle mich nicht in Gefahr begeben, oder so ähnlich.«

Plötzlich fiel ihr etwas ein und sie sah Jamie erschrocken an. »Meinst du, er wird Jessop erzählen, dass ich etwas mit den Schmugglern zu tun habe?«

Jamie schüttelte den Kopf. »Glaub ich nicht. Und Jessop würd's ihm kaum glauben, wenn er es täte. Wie auch immer, du wirst uns in Zukunft sowieso nicht mehr helfen, nicht wahr?«

»Warum nicht?«, rief Helena aus. »Wir haben doch jetzt Oriel! Er ist schneller als die Pferde der Zollfahnder, das weißt du doch.«

»Langsam, Nell!«, sagte Jamie lachend und legte seine Hand auf ihren Arm. »Du kannst nicht bei uns mitmachen, und das weißt du auch.«

Helena öffnete den Mund, um etwas zu erwidern, aber da hörte sie Stimmen aus der Sattelkammer. Jamie versteifte sich und zog sie in den Schatten neben der Wand von Oriels Stall.

Jemand kam aus der Sattelkammer, ein schlanker Mann, der eine weiße Hose und Schuhe mit silbernen Schnallen trug, die im Licht des Stalls glänzten. Der dunkle Schatten hinter ihm deutete darauf hin, dass er nicht allein war.

Helena biss sich auf die Lippen, damit sie nicht laut nach Luft schnappte. Was machte ihr Vater hier draußen und wer war da bei ihm?

Dann tauchte die zweite Gestalt auf, ein breitschultriger Mann, fast so groß wie Lord Roseby. »Ich möchte Sie nicht länger vom Essen abhalten, Mylord.«

Helena merkte, wie sich jeder Muskel in ihrem Körper anspannte. Der Mann, der gerade gesprochen hatte, war Jamies Vater, Samuel Polstock. Was war der Grund für dieses Treffen? Und warum hatten sich die beiden gerade jetzt verabredet, wo sie eigentlich den Erfolg des Rennens feiern sollten? Hatte ihr Vater etwa herausgefunden, dass Samuel ein Schmuggler war? Helena wurde ganz mulmig bei diesem Gedanken. Ihr Vater würde doch nicht seine Freunde und Nachbarn verhaften lassen?

Die schlimmsten Befürchtungen rasten durch ihren Kopf, dann merkte Helena, wie Jamie sie angrinste. »Weiß mein Vater ...«, begann sie flüsternd, aber Jamie legte den Finger auf seine Lippen und brachte sie damit zum Schweigen. Dann nickte er zu den Männern in der Sattelkammer hinüber.

Helena sah, dass ihr Vater Samuel eine weiche Lederbörse aushändigte. Sie hörte das Klirren von Metall, offensichtlich enthielt die Börse Geld, und zwar nicht gerade wenig.

»Das sollte für die nächste Schiffsladung reichen«, sagte ihr Vater so leise, dass Helena ihn kaum verstehen konnte.

Samuel stopfte die Börse in die Hosentasche. »Ja, Mylord. Wir erwarten das nächste Boot in vier Tagen. Ich nehme an, Sie brauchen die übliche Menge Tee und Seide?«

Lord Roseby nickte. »Ja, bitte. Viel Glück für die Anlandung, Samuel.« Er verabschiedete sich mit einem Kopfnicken und ging dann schnell über den Hof, lief die Treppe hinauf und verschwand um die Ecke.

Samuel Polstock strich sich die Jacke glatt und ging in die Scheune zurück, fast direkt an Helenas und Jamies Versteck vorbei.

Als die Schritte des Schmieds sich entfernten und von der Musik aus der Scheune übertönt wurden, trat Helena in den Raum hinein und drehte sich zu Jamie um. »Kannst du mir mal erzählen, was hier eigentlich los ist?«, fragte sie. Angst und Verwirrung machten sie wütend sowie die Tatsache, dass Jamie an der Wand lehnte und sie angrinste, als würde er sich über einen ganz privaten Witz amüsieren.

Schließlich hatte Jamie Mitleid mit ihr und kam zu ihr herüber. »Nell, Lord Roseby weiß, dass mein Vater die Schmuggelgeschäfte von Roseby leitet.« Erschrocken wollte Helena protestieren, aber Jamie hielt eine Hand hoch, um sie zum Schweigen zu bringen, und fuhr dann fort: »Er hat es schon immer gewusst. Weißt du, dein Vater ist der so genannte Unternehmer. Er stellt das Geld zur Verfügung, das mein Vater nach Frankreich schickt, um damit unsere Waren zu kaufen. Ohne ihn, Nell, würde es in Roseby überhaupt keine Schmuggelei geben.«

Helena starrte Jamie ungläubig an. War das wirklich wahr? Ihr eigener Vater ein Schmuggler?

Jamie fuhr fort: »Es war Lord Roseby, der meinem Vater das Versprechen abnahm, dass die Schmuggler niemals Waffen tragen dürfen. Er möchte nicht riskieren jemand zu verletzen, weder uns noch die Zollbeamten. Er weiß, dass wir nur das schmuggeln, was wir brauchen. Und so müssen wir nichts von den bewaffneten Schmugglerbanden kaufen, die an der Küste tätig sind.«

Helena fand endlich ihre Sprache wieder und tausende von Fragen kamen ihr in den Sinn. »Wissen die Schmuggler, wer der Unternehmer ist?«

»Nein, Lord Roseby möchte, dass dies ein Geheimnis bleibt. Mein Vater hat's mir auch nur gesagt, weil ich einmal das Geld für ihn abholen musste.«

»Und weiß mein Vater von mir?«, fragte Helena unsicher.

»Dass du uns geholfen hast?« Jamie grinste. »Nein, Papa sah keinen Grund, ihm dies mitzuteilen.«

Plötzlich war Helena alles klar. Die ganze Zeit hatte sie sich Sorgen darüber gemacht, ob ihre Eltern von der Schmuggelei im Dorf wussten, und dabei war ihr Vater für die Finanzierung der ganzen Sache verantwortlich! Oriel, der hinter ihr im warmen dunklen Stall stand, schnaubte.

Sie drehte sich um, sah ihn an und lächelte, als sie das schwache mahagonifarbene Glänzen im Schatten sah.

»Aber dann ist es doch in Ordnung, wenn ich euch helfe!«, sagte sie und drehte sich wieder zu Jamie um.

Er schüttelte den Kopf und sah sie auf einmal ernst an. »Nein, Nell. Es ist Sache der Dorfbewohner, die Ware anzulanden, nicht die deines Vaters oder deine. Nur so funktioniert's, verstehst du? Sieh dich an, du bist jetzt eine Lady.« Er zeigte auf Helenas Kleid und sie wurde rot. »Und eine recht elegante sogar«, fuhr er fort. »Du musst Tanzen und Französisch lernen und was weiß ich noch, damit du heiraten und deinen eigenen Haushalt führen kannst. Und ich? Ich bin ein Stallbursche und ein Schmuggler. So ist's nun mal.«

Helena wollte protestieren, aber tief in ihrem Innern wusste sie, dass Jamie Recht hatte. Ihr Leben hatte schon immer ein anderes Ziel gehabt als seines, und das war nicht zu ändern. Sie lächelte ihn an. »Aber wir werden immer Freunde bleiben, nicht wahr?«, fragte sie.

Jamie lächelte zurück. »Immer«, versprach er.

Aus der Scheune ertönte wieder Abels Fiedel und die hohen Töne schallten durch die frostige Luft.

Jamie machte eine übertriebene Verbeugung und streckte Helena die Hände entgegen. »Darf ich Sie zu diesem Tanz bitten, Mylady?«

Helena knickste und ihr Rock streifte mit leisem Rascheln über das Kopfsteinpflaster. »Mit Vergnügen, Sir«, antwortete sie.

Sie machte einen Schritt auf ihn zu, nahm seine Hand

und ließ sich leicht über den Hof wirbeln. Ihr einziger Zuschauer war der mahagonifarbene Hengst, der sie über seine Stalltür hinweg beobachtete.

Antje Babendererde

Lakota Moon

Ein Umzug in die Welt der Lakota-Indianer, das ist unendlich viel mehr als nur eine Reise! Olivers packende Geschichte erzählt von scheinbar unüberwindlichen Konflikten – aber auch von der Weisheit der Indianer, von ihrer Naturverbundenheit, vom Zusammenhalt in der Familie und vom Umgang mit Abschieden und Veränderungen.

248 Seiten. Gebunden. Ab 12

ISBN 3-401-**05368**-X

www.arena-verlag.de

Arena